U0008007

高寶書版集團

目錄

引子

子夜，星子如稀疏的雨點點綴於漆黑的天幕，一輪皓月當空懸掛。

大東第一高山——蒼茫山在星月的映射下，仿如一面挺峭的玉璧屹立於祈雲平原之上，月華如銀色輕紗薄薄地籠罩而下，襯得蒼茫山尊貴傲然，無愧於「王山」之稱。

高高的山頂上，此時正有兩名老者相對而坐，一著白袍，一著黑袍，皆是年約五旬，相貌清瘦。兩人中間是一塊方形巨石，頂部被削得平平整整，再刻劃成棋盤，上面密密地嵌著許多石子。

兩人身邊各放著幾塊大石，需落子時便從大石上捏下一塊，再隨手一搓，那石子便成扁圓形棋子，棋子再落下時，嵌入巨石一寸，露出一寸，分毫不差。

棋盤上，棋局已下一半，雙方勢均力敵，鹿死誰手，猶不可知。

「這等清朗的星月已許久不見。」白袍老者沉思的目光忽從棋局上移開，抬首仰望著滿天的星月，頗為感慨。

「夷靡亂世，難有清朗。」黑袍老者也移目夜空，「子時已過，也該來了吧。」語氣中帶著隱隱一絲期盼。

老者的話音才落，天幕之上忽然星芒大起，當空躍起了一顆明星，霎時星光直貫九天，竟是蓋過了那一輪皓月，瞬間照亮整個天地。

「出現了……終於出現了！」白袍老者平靜的眸中驀然湧現出激動的神色。可就在此時，天幕上忽又升起了一顆星子，光芒絢爛奪目，似整個天地間只容它一顆星一般，亮得不可一世。

「看！果然……果然也出現了！」黑袍老者枯瘦的臉上有著一抹無法抑止的興奮。

「它們……終於來了。」白袍老者站起身來，望著天幕上那兩顆耀比朗月的星子。

「所以……這個亂世也終於要結束了。」黑袍老者起身與白袍老者並肩而立，同看天幕上那兩顆遙遙相對、互比光輝的星子。

「亂世將會終結於它們之手，可九天之上卻註定只能存一顆王星。當星辰相遇，孰存孰隕？」白袍老者抬手舉高，似要撫上天際的星辰，語氣中有著激動也有著對未來無可捉摸的疑慮。

天空中那兩顆閃亮的星子忽然慢慢收斂光芒，不似剛才那般耀眼奪目，但依然比周圍的星子要明亮得多。

「星辰相遇，孰存孰隕……那或許取決於它們自己，又或許是由命運來定奪。」黑袍老者聲音悠長靜遠，仿從亙古傳來。

「命運啊……」白袍老者目光裡隱隱閃現出一絲惋惜與悵然。

「是的，那不能由你我來定奪。」黑袍老者收回目光，落向身前的棋局，「這盤棋還下不下？」

白袍老者亦自天幕收回目光，看著眼前的半局棋局，然後搖首，「既然不由你我定奪……那又何須你我下完。」他抬手指向星空，「等他們來下吧。」

「他們？」黑袍老者看看棋局，再看看星空，淡淡一笑，「也好，就留著由他們來下吧。」

白袍老者拂袖轉身，「我們下山吧，該是你我去找他們的時候了。」

「嗯。」黑袍老者也轉身離去，「這最後的半局棋便由他們來下，定你我的勝負，也定這個天下的歸屬。」

「呵呵……」白袍老者輕笑作答。

兩人飄然而去，只留下蒼茫山頂那半局棋。

日後有登上蒼茫山的人，看到山頂上有這樣的一盤棋時皆感驚異，但誰也沒有去動它。

能登上大東第一高山的人不多，而登上去的人也非凡俗之輩，既然有人留下殘局，那自然還會有人來把它下完。

許多年後，有兩個人沿著命運的軌跡，終於相會於蒼茫山頂，面對命運留給他們的棋局。

兩位老者於蒼茫山頂留下棋局之時，正是大東景炎二年。

大東自威烈帝建國傳至景炎帝已有六百餘年。

威烈帝東始修布衣出身，生逢亂世卻胸有抱負，領著一干兄弟從赤手空拳到兵甲百萬，終是一掃群雄、定鼎天下，以姓氏「東」為國號，締建大東帝國。其後論功行賞，封七位功勳最為顯赫的部將為王，這便是七州七王——冀州之王皇逖、閩州之王寧靜遠、雍州之王豐極、北州之王白意馬、幽州之王華荊台、青州之王風獨影、商州之王南片月，並以得自北海海底之墨鐵鑄成八面玄令，其中最大一面為「玄極」，為帝擁有，七面小的為「玄樞」，賜七州之王。封王賜令之時，帝與七王歃血為盟——玄極至尊，玄樞至忠！

威烈帝後，泰興帝、熙寧帝、承康帝皆為一代明主，廣納良才，體察民情，輕徭薄賦，政治清明，各諸侯國安守本分，忠心帝室，王朝在明君賢臣手中日漸強盛。

至中期，永安帝、延平帝、弘和帝等數位帝王，雖無十分才幹，但還算守成之君。而至禎光帝、天統帝、聖曆帝，卻是一干昏庸之主，貪圖安逸享樂，疏於政事，任一干奸佞之臣把持朝政，一個強大的王朝便漸漸衰落。

後至寶慶帝，喜奢華，愛女色，大修桂殿蘭宮，收盡天下美女，又好大喜功，兩次派兵出征蒙成皆大敗而歸，弄得國內財匱力盡，民不聊生，怨聲四起，各州諸侯漸生異心。先是閩州閩王揮軍而起，欲取而代之，而寶慶帝卻不待寧軍殺至帝都，那酒色腐蝕的身子便因驚恐過度崩於奢麗的驪馳殿。

太子即位，年號「聖祐」。聖祐帝請出凌霄殿裡的玄極，號令天下諸侯揮師勤王，終集六州大軍擊潰閩軍。閩王窮途末路，自刎身亡，其封地為鄰近之雍州豐氏、冀州皇氏、青州風氏三州吞併。

平定闔王叛亂後，各州諸侯勢力坐大，聖祐帝雖有宏圖之志，奈何大東已是百病纏身之殘軀，且帝在闔王之亂中身負一箭，纏綿病榻不及三年便駕崩，未有子息，其弟厲王繼位，年號「淳僖」。

淳僖帝性殘暴，不喜金銀美女，卻獨愛圍獵，而其圍獵卻非獵獸，而是獵人。他將活人分散於獵場各處，然後率侍從、臣子像獵野獸一般去密林中捕獲射殺，得頭顱多者勝，若獵得活人，則開膛破肚，飲酒取樂。

這些被圍獵的活人一開始只是死囚，稱為「活獵」，後來死囚不夠，便將牢中無論是何罪過的囚犯統統帶去獵場，最後連囚犯也不夠時，便抓平民充數。如此暴行激得舉國震憤，各地時有義軍揭竿而起。然經兩次蒙成之征，再經闔王之亂，皇帝的嫡系部隊已近全耗，淳僖帝只得請諸侯出兵鎮壓，於是各諸侯便藉此明目張膽地招兵買馬，爭相伐戮，以擴充自己的領地與財富，且各國間時有相攻互伐之事，而皇帝此時已無力約束各國。

淳僖十一年，皇帝在帝郊秋吉獵場圍獵時，不堪暴虐的活獵們終於群起反抗，殺死了皇帝，而後他們又衝向王公貴族居住的帝都，沿途回應之百姓甚多，很快便集結成數萬人的義軍，他們攻進了猝不及防的帝都城，攻進了富麗的皇宮……最後雖被禁軍統領東殊放率大軍鎮壓，但這一次的反抗行動卻在青史上留下了鮮明一筆，史稱為「秋吉獵變」。

淳僖帝崩後，太子即位，年號「景炎」。

景炎帝登基後，卻發現在那場暴動中不見了凌霄殿裡的玄極，立時發詔遍尋天下，卻是大海撈針，杳無蹤跡。各諸侯國卻藉此為由，稱「帝室失德，玄極棄之」，而不再尊崇帝室，至此大東帝國開始分崩離析，進入了六州各自為政、互相傾軋的時代。

玄極失蹤後，天下英雄莫不想得，以登至尊之位。

據東朝末年青州文人柳渚川所著《渚川筆談》記載：

大東域土遼闊，帝都位於王朝中部的祈雲平原，在大東建立之初，這一片平原分爲祈州、雲州，又被稱爲王域，爲皇帝直接管轄。以祈雲王域爲中心，東有商州，商王封地；東南冀州，冀王封地；南有幽州，幽王封地；西南青州，青王封地；西有闓州，闓王封地；西北雍州，雍王封地；北有北州，北王封地。

及至東末，帝室無尊，祈雲王域已失半數，六州互爲擴張併吞，又兼闓州闓王覆滅，各國方位亦有所變化，其中以雍州豐氏、青州風氏、冀州皇氏最顯。其中豐氏北進北州，東併祈雲，南吞闓州西部；風氏北上併吞闓州中部；皇氏東進商州，北吞祈雲，西併闓州東部。

以疆土論，雍州豐氏、冀州皇氏居六州之首，青州風氏次之；因冀州皇氏擴張，幽州華氏被迫夾於冀州皇氏、青州風氏兩州之間，與王域再無相通，難有擴張，疆土又次於青州風氏，然幽州沃野千里，商貿發達，論富庶居六州之首；北州白氏、商州南氏相鄰，只是北州又鄰雍州，商州又鄰冀州，處虎視獅窺間，已成弱國之勢。

第一章　素衣雪月絕風華

景炎二十五年，七月。

剛入秋，天氣依然十分炎熱，正午時分又恰是一天最熱之時，驕陽火一般烘烤著大地，人多避於家中或樹蔭下納涼。

只是位於北州西部的宣山腳下，卻見許多人在烈日下追逐著，奔在最前方的，是一名身著黑衣的男子。

「燕瀛洲，你已無處可逃！」

將黑衣男子逼入山中密林之後，一群人將他團團圍住。那群人裡有戎裝將士，有儒袍書生，有作商賈打扮的，還有的像莊稼漢……服飾不一，神態各異，相同的是手中刀劍皆指向圍著的人。

被圍住的男子年約二十七、八，手執長劍，身上已多處受傷，鮮血不斷流出，染紅他腳下的草地，可他依舊挺身昂立，面色冷峻地看著眾人，並不像一個窮途末路的逃亡者，反像個欲與敵拚死一戰的將軍。

那群人雖是圍住了男子，可目光卻多集中在男子背著的包袱上。

「燕瀛洲，將東西留下，我們放你一條生路！」一名武將裝扮的人抬了抬手中的大刀，指著黑衣男子——燕瀛洲。

被喚作燕瀛洲的男子臉上浮起一絲淺笑，帶著一種冷冷的譏誚，「曾聞北州曾甫將軍每破一城必屠城三日，刀下冤魂無數，今日竟是對燕某格外慈悲了。」這一句話既諷刺了曾甫言不可信，又點出其殘暴的本性。

果然，曾甫面現惱怒，正欲出聲，他身旁一個儒生裝扮的男子摺扇一搖，斯斯文文道：「燕瀛洲，今日你定難生逃，識時務便將東西留下，我們倒可讓你死得痛快一些。」

「燕某當然知道今日難逃一死。」燕瀛洲平靜道，並以未握劍的手拉緊了背上的包袱，「只是公無度，你扇中之毒已害我二十名屬下，我自要取了你的狗命才可放心走。」話落，長劍直指公無度，目光比手中的寶劍更冷更利。

公無度扇下殺人無數，可此刻對著這樣的目光，竟不由膽寒。周圍眾人也不由自主地握緊了手中的兵器，全神戒備。

冀州「風霜雪雨」四將名震天下，而眼前這人——昔日察城一戰成名的四將之首「烈風將軍」燕瀛洲——這一路他們已見識到了其以一敵百的勇猛。

「燕瀛洲，今日你已受重傷，誰勝誰負早已明瞭。」那個打扮似莊稼漢的人上前一步，目光盯著燕瀛洲，舉刀呼喝，「各位，何需怕了他，咱們並肩子上，將他斬了各取一塊，也好回去請功！」

「好！林淮林大俠說得有理，斬了燕瀛洲，東西自是我們的！」商賈模樣的人從腰上解下軟鞭，話還未落，手臂一揮，長鞭已迅疾飛出，直取燕瀛洲背上的包袱。

「並肩子上！」

不知誰吼了一句，便見數人出手，兵器全往燕瀛洲身上刺去。

燕瀛洲雖然受傷，但動作依舊敏捷，身形微側，左臂一抬，那纏向後背的長鞭便抓在手中，然後身體迅速一轉，手一帶，那商賈模樣的人便被他大力拉近擋住曾甫砍過來的刀，再接著右手一揮，長劍已橫架住側向砍來的兵器，力運於臂。

「去！」一聲冷喝，那砍在劍上的兵器齊齊震動，持兵器的那幾人只覺虎口劇痛，幾握不住，迫不得已，只得撤回，身形後退一步，才免兵器失手之醜。

片刻間燕瀛洲逼退數人，動作乾脆俐落，令在一旁觀望之人不免猶疑是坐等漁翁之利還是一塊上，速戰速決。

「我們也上！」

公無度一揮摺扇，欺身殺了進去，餘下各人便也跟著紛紛出手，一時只見刀光劍影，只聞金戈鳴叩。

在眾人圍殺燕瀛洲之時，卻有一白袍小將持槍旁觀，他身後跟著四名隨從。

雖被十多人圍殺，燕瀛洲卻毫無畏色，寶劍翻飛之時帶起炫目的青光，長劍所到之處，必有哀號，必見血光。

『好身手！』白袍小將暗自點頭，一雙明亮的眼睛裡盡是讚賞。

圍鬥中的燕瀛洲自知今日難逃一死，因此只攻不守，完全是拚命的打法，只是圍殺他的也盡是高手，況且人數還這麼多，是以過不得多久，他身上便又添了數道傷口，血流如注，腳步所到之處盡染殷紅。

『唉！』白袍小將輕輕搖頭，看著燕瀛洲因傷勢加重而漸緩的動作，露出了惋惜之色。

「燕瀛洲，納命來！」只聽一聲冷喝，公無度瞅準機會，鐵扇如刀，直刺燕瀛洲前胸。

眼見鐵扇襲來，燕瀛洲身形微微一側，待要閃過，卻還是慢了一點，鐵扇刺入他肋下。

公無度眼見得手，正待得意之時，忽覺胸口一陣劇痛傳來，低頭一看，燕瀛洲的青鋼劍已沒柄刺入他胸口。

「我說過必取你狗命！」燕瀛洲咬牙道。他竟是拚著受公無度一扇也要殺他。

「你……」公無度張口剛說出一個字，燕瀛洲卻迅速抽劍，血雨噴出，灑濺了他一身。公無度眼一翻，倒了下去。

燕瀛洲抽劍即往身後架去，卻終是晚了一步，左肩一陣刺痛，曾甫的刀從背後刺入，霎時血湧如泉，整個人都成了血人。

「竟從背後偷襲……虧你還是一國大將！」燕瀛洲冷吸一口氣，怒目而視。

「哼！此時有誰是君子。」曾甫毫無羞愧地冷哼，刀還嵌在燕瀛洲體內，看著刀下已是重傷待宰之人，他心中不禁一陣快意，左手探出直取他肩上的包袱，「你還是……啊！」

只見劍光一閃，曾甫慘嚎，昏死在地上，他的雙手竟已被齊腕切下！

燕瀛洲得手即退後一步，反手將嵌在背後的刀拔出扔在地上，刀柄上還留著曾甫的斷手，圍攻的人看得不寒而慄，皆往後退開一步。

而經兩番重創，燕瀛洲終是力竭不支，身子一晃，眼見要倒地，他長劍支地，人便單膝跪著，抬首環視周圍的敵人，一雙眼睛凌厲嗜血，如受傷狂暴的野獸，周圍的人都被他氣勢所壓，竟不敢妄動。

燕瀛洲喘息片刻，然後慢慢站起身來，那些圍著的人不由自主地又往後退去。

「來吧！今日我燕瀛洲能盡會各國英雄也是三生有幸……黃泉路上有各位相伴也不寂寞！」燕瀛洲長笑一聲，抬起手中長劍，直指前方。

站在他正前方的是林淮，此刻喉結滾動，滿臉懼色地看著眼前仿若染血修羅的「烈風將軍」，腳下不由後退……

啪！啪！啪！啪！

正當林淮畏懼不前時，林中忽然響起擊掌之聲，在這片肅殺中顯得格外突兀。

眾人怔了怔，轉頭往擊掌之人看去，卻是一旁袖手旁觀的白袍小將。

那白袍小將緩步上前，目光直視舉劍候敵的燕瀛洲，朗然道：「燕瀛洲，你果是英雄了得！與其死在這些無能鼠輩手中，不如我來成全你的英名！」

話落，他飛身而起，手中銀槍仿若一束穿破萬里雲空的白光，迅捷而美妙，裹挾著無可比擬的凌厲刺向燕瀛洲。

燕瀛洲一動也不動地站在原地，右手緊緊握住劍柄，等待著這破空裂風的一槍。他不能躲也躲不過，只能站著等，等著銀槍刺入他的胸膛——然後他燕瀛洲的劍也一定會刺入敵人的胸膛！

銀槍燦目，眼見著即要刺入燕瀛洲的身體，驀地空中閃過一抹白電，快得讓人來不及看清便已消失，可隨著那白電一起消失的，還有重傷的燕瀛洲。

這一變故來得那般突然，不但眾人呆怔，便是那白袍小將亦維持著原有的動作，銀槍直直平伸，彷彿刺入了敵人的身體……但事實上，他什麼也沒刺中。他眼睛盯著槍尖，似不敢置信自己全力一刺下竟會失手，而且連對手是誰、在哪都不知道。

「哈哈哈哈……」

正當眾人呆愣著時，悶熱而腥氣熏人的林中忽地響起了一串清亮的笑聲。瞬間，林中彷若有道清涼的微風一掃而過，又彷若有條清冽的冰泉乍泄而出，腥味淡去，悶熱退散，一股涼意從心底沁出。

「有趣，有趣。一覺醒來，還能看這麼出戲。」

清亮的嗓音再度響起，眾人循聲望去，只見三丈外一棵高樹上，一名年輕的白衣女子倚枝而坐，長長的黑髮直直垂下，面容清俊非凡，唇角含著絲詘笑，眼睛半睜半閉，帶著一種午睡才醒的慵懶神情俯視著眾人。

樹下眾人望著如此清逸的一個女子，不由都有些發呆。

片刻，林淮最先出聲相詢：「敢問姑娘是何人？」

白衣女子沒有答他，反是笑嘻嘻道：「喲，林大俠，你這刻倒是挺身而出了，剛才對著人家的三尺長劍怎麼就後退了。」說話之時，手一揮，一物飛起落在她手中。

眾人此刻才看得清楚，她手中提著的正是燕瀛洲，只是此時已昏厥過去，腰間還纏著一根長長的白綾，想來剛才正是這女子以白綾救走了他。

「妳！」林淮被白衣女子一譏，不由老臉一熱。

「嘖嘖，這燕瀛洲雖是英雄了得，此時竟也給你們整得只剩半條命了，真是可憐啊！」白衣女子單手提著燕瀛洲，細細地打量著，還一邊搖頭惋嘆，而一個百十斤重的大男人被她提在手中，竟似提著嬰兒般的輕鬆。

「妳這臭婆娘不想活了！」一道粗嘎的嗓音響起，人群中一個身材粗壯的大漢排眾而出，指著白衣女子大聲喝斥，「識相的快快放下燕瀛洲，然後滾得遠遠的！臭……唔——」

那大漢話未說完，眾人只見綠光一閃，「啪」的一聲，他一張嘴竟被一片樹葉嚴嚴實實地封住了。

「你的聲音實在太難聽了，我不愛聽你說話。」白衣女子一邊將燕瀛洲隨手往樹杈上一放，一邊悠悠然道，「而且你這口氣也實在太臭了，還是閉嘴為妙。」

「噗哧！」有人忍俊不禁，但礙於大漢滿臉凶相又趕忙收斂住了。

那大漢一張臉憋得像豬肝，伸手撕下嘴上的樹葉，一張嘴還麻辣辣的痛，心中又驚又怒，卻真的不敢再開口。白衣女子剛才這一手可見其功力已至摘葉飛花，傷人立死之境界，而最可怕的卻是自己看不到人家是如何出手的，眼見著樹葉飛來也無法躲避，高下已分，若非人家手下留情，或許自己此時已和公無度同路了。

僵持間，那商賈模樣的人走上前，和和氣氣地開口道：「這位姑娘，今日在這兒的人也皆非無名之輩，姑娘武功雖好，但雙拳難敵四手，因此姑娘不如走自己的路去，也算賣個人情給我等，他日青山綠水，也好相見。」

「哎呀，何勳何老闆果然為人和氣，難怪你家鏢局生意那麼紅火。」白衣女子對著那商賈模樣的人點點頭，顯是識得這人身分，「你這話甚有道理，說得我怪動心的。」

何勳本就在江湖上名聲甚廣，所以對白衣女子識得他身分一事倒也不覺奇怪，他只盼這女子能早早離去就好，要知他跑江湖一輩子，誰有幾斤幾兩重自也是能看個八九不離十的，這白衣女子對著他們這麼多人依舊談笑風生，想來自恃功夫不差，而且從她的出手來看，也非等閒之輩，因此多一事不如少一事，何況重點只在燕瀛洲背著的包袱上。

「只是——」在眾人剛要鬆口氣時，白衣女子忽又來了一句。

「只是什麼？」何勳依舊和氣地問道。

「只要你們能賠償我的損失，我自然離去。」白衣女子閒閒地笑道。

「這個容易，不知姑娘要多少？」何勳聞言倒是鬆了口氣，原來是個愛財的。

「我要的也不多。」白衣女子伸出一根手指。

「一百銀葉？」何勳試探著問道。

白衣女子搖了搖頭。

「一千銀葉？」何勳眉一挑又問。

白衣女子再搖搖頭。

「姑娘難道想要一萬銀葉？」何勳倒吸一口氣，這豈不是獅子大開口嗎？

「非也、非也。」白衣女子嘆息著搖搖頭。

「那姑娘？」何勳也不知她到底要多少了，總不能要一百萬銀葉吧？

「何老闆果然是個生意人，只是除了金銀之物以外，你就不能說點別的嗎？」白衣女子邊說邊將手中的白綾纏來繞去地把玩著。

「還請姑娘明示。」何勳也懶得再猜了。

「唉！」白衣女子長長嘆了口氣，似乎為何勳不能領會其意而頗有些遺憾，「本來，我在午睡，好夢正酣時卻被你們給吵醒了。」

何勳看著白衣女子，不知她到底要說什麼，而一旁的眾人已有些許不耐地皺起了眉頭。

「本來呢，一個夢被打斷也沒什麼，只是就在於這個夢啊——那可是千年難得一做的夢！」白衣女子忽地收斂笑容，一本正經地說，「你們可知道，我正夢見自己被西王母邀請上崑崙仙山，品瓊漿玉液，賞仙娥歌舞，真是好不愜意哦，最後她還賜我一顆瑤池仙桃，可就在我要接過這仙桃時，你們卻闖進來打斷了我的美夢，害我沒有接著。何老闆，你說這嚴重不嚴重？」

「什麼？臭婆娘，妳擺明瞭在耍我們！」林淮一聽此話不由怒聲罵道。

「嘖嘖。」白衣女子搖頭看著林淮，臉上重新泛起一絲笑意，「我哪裡是在耍你們？我是很認真的哦。須知這瑤池仙桃可不同一般，吃了就可以長生不老，位列仙班，你說這是多少人夢寐以求的事，可就因為你們才害我沒吃到，這損失得有多重啊！所以當然得賠給我！」

「難道姑娘要我們賠妳一顆瑤池仙桃？」何勳亦是臉色一變，帶出幾分陰狠之氣。

「當然！」白衣女子手一揮，白綾在空中舞出一顆桃形，「只要你們把瑤池仙桃賠給我，我立馬就走人，這燕瀛洲呀……」她眼珠子一溜，看了一眼昏過去的燕瀛洲，「又或是什麼玄極的，全與我無關了。」

聞得她最後一語，在場眾人面色俱是一變，齊齊盯著白衣女子，目光裡已暗含殺機。

「看來姑娘是打算管閒事了。」何勳臉色一冷，右手悄然握上一把暗器，「只是何某最後奉勸姑娘一句，今日在場幾已齊盡諸國英雄，姑娘這一管可是將六州全得罪了，天下雖大，只怕姑娘日後也要無藏身之處了！」

「諸國英雄齊聚一堂可還真是榮幸。」白衣女子聞言卻依然是笑意盈盈，「只是我這人向來是珍珠與魚目都分不清的，所以也著實看不出幾位哪裡英雄了，以你們之行徑，稱狗熊倒是恰如其分。」

「妳！」何勳脾氣再好也忍不住動怒了。他本以為經其一番勸說，那女子再怎麼武藝高強也該有幾分顧慮才是，誰知她竟毫不將六州英雄放在眼裡，反是出言相譏。眼見在場眾人怒氣升騰，他亦不再多言，左掌探向兵器，打算合眾人之力一舉擊殺此人。

正在一觸即發之際，自那白衣女子現身後即沉默多時的白袍小將，忽地出聲：「敢問是風女俠嗎？」

白衣女子聞言眨了眨眼睛，看向白袍小將，「你認識我？」也算是承認了自己是他口中的「風女俠」。

白袍小將凝目看向她額間，那裡墜著一枚以米粒大小的黑珍珠串著的彎月雪玉。他垂下銀槍恭恭敬敬地向她行了一個禮，「『素衣雪月』白風夕，天下皆知，何況小人。」

此言一出，眾人俱是一震！尤其是何動，不由慶幸自己手中的暗器剛才沒有發出，否則這一把毒砂肯定全回到自己身上了。

要知道當今武林名聲最響的便是風夕與豐息，因他兩人名字同音，容易混淆，武林中人便根據他們的衣著而將風夕稱為「白風夕」，豐息則稱為「黑豐息」，合稱為「白風黑息」。他們成名已近十年，皆為當世數一數二的高手，本以為年紀即算不老，至少也有三、四十左右，卻未曾想到白風夕竟是這般年輕俊麗的女子，更沒想到她竟會在此地出現。

「嘻嘻，你不用這麼有禮，你們賠償得我不滿意，說不定我這白綾就會纏到你的脖子上呢。」風夕坐在樹枝上，兩條腿左搖右晃的，身後長髮亦隨著她的動作微微擺動，「看你手持銀槍，大概是雍州那位『穿雲將軍』任穿雲了。」

「正是穿雲。」任穿雲依然恭敬地回答，然後問道，「風女俠也對玄極感興趣嗎？」

「我對玄極不感興趣。」風夕搖頭，「只是這燕瀛洲極對我胃口，讓他命喪於此實在可惜，所以呢，我想帶走他。」她語氣輕描淡寫，似覺得帶走燕瀛洲就如同順手帶走路邊的一塊石頭似的，六州英雄在她眼中有如無物。

「放屁！妳說是為了燕瀛洲，其實還不是為著他身上那塊玄極！這種托詞騙騙三歲孩兒還差不多，在老子面前就省省吧！」一名滿臉鬍鬚的大漢聞言不由張口罵道。

要知在場各人皆為這玄極而來，有的是自己想得到，有的是為重金所買而前來，有的是遵從各國王命。玄極為天下至尊之物，一句「得令者得天下」，引無數人爭先恐後，即便自己不能號令天下，但六州之王誰不想當這萬里江山之主，自己只要將這玄極或贈或賣與任一國主，那榮華富貴自是滾滾而來。

「好臭的一張嘴！」

只聽得風夕淡淡道，然後綠光閃過，直向那髯鬚大漢飛去，那大漢眼見著樹葉飛來，直覺要閃避，可還來不及動，那樹葉便啪地貼在了嘴上，一時間劇痛襲來，直痛得他想呼爹喊娘，又偏偏只能唔唔唔地哼著。

「我家公子極想得玄極，不知風女俠可容我從燕瀛洲身上取到？」任穿雲對此視而不見，只是向風夕問道。

「怎麼，蘭息公子也想當這天下之主嗎？」風夕頭一歪，似笑非笑地看著他，然不待他回答又道，「只是這玄極是燕瀛洲拚死也要護住的東西，我想還是讓他留著吧。」

「如此說來，風女俠是不同意穿雲取走？」任穿雲雙眼微微一瞇，握著銀槍的手不由一緊。

「怎麼？你想強取嗎？」風夕淡淡掃一眼任穿雲，並未見她人動，但她手中白綾忽若有自己的生命一般飛舞起來，仿是一條白龍在空中倡狂地擺動身子。霎時間，眾人只覺一股凌厲而霸道的氣勢排山倒海地壓來，將他們圈住，使人無法動彈。

他們不由自主地運功相抗，可那「白龍」每擺動一下，氣勢便又增強一分，眾人無不是咬緊牙關，死命支撐，心中都明白，若給這股氣勢壓下去，即便不死也會去半條命！

任穿雲銀槍緊拄於身前，槍尖向上直指白綾，眼睛眨也不眨地盯住空中舞動的白綾，全身勁道全集於雙臂，只是隨著壓力越來越大，槍尖不住地顫動，握槍的雙手亦痛得幾近發痲，雙腿微微抖動，眼見支援不住，即要向地下折去。

忽地，白綾一捲，再輕輕落下，眾人只覺全身一鬆，胸口憋住的那口氣終於呼出，但隨即而來的是全身乏力，虛脫得只想倒地就睡。

而任穿雲壓力一鬆時，只覺嚨頭一甜，趕忙咽下，心知自己必受了內傷。想不到這白風夕年紀輕輕卻有如此高深的內力，還未真正動手便已壓制全場，唯一慶幸的是，她總算手下留情，未曾取命。

「我想要帶走燕瀛洲，你們可同意？」耳邊再次響起風夕輕淡的聲音。

眾人心中自是不肯，卻為她武功所懾，不敢開口。

「風女俠請便。」任穿雲調整呼吸，將銀槍一收，領著隨從跳出圈外。

「怎麼？不搶玄極了？」風夕看著他笑笑，一雙眼睛亮得彷彿穿透了他的靈魂，看清他所有思想。

任穿雲卻也淡淡一笑，道：「公子曾說過，若遇上白風黑息、玉無緣公子、冀州皇朝公子及青州惜雲公主，不論勝負，只要能全身而退即記一功。」

「是嗎？」風夕手一揮，那長長白綾隨即飛回袖中，「蘭息公子竟如此瞧得起我們？」

「公子曾說，只這五人才配成為他的朋友或敵人。」任穿雲看一眼風夕，然後又似別有深意地微笑道，「若風女俠他日有緣到雍州，公子定會十里錦鋪相迎。」

在大東，十里錦鋪為諸侯間互相迎送之最隆重的禮儀，只是風夕武功再厲害、名聲再響亮，說到底也只是一介平民百姓，怎麼也搆不上一國世子以此禮相迎，想來任穿雲此言不過是客套。

「十里錦鋪嗎，就怕會換成十里劍陣呢。」風夕聽得此話不為所動，神色淡淡的，「而你，若剛才不試一下，現在也不會想要『全身而退』吧？」

任穿雲聞言臉色微變，但隨即恢復自然，「穿雲平日常聽公子說起五位乃絕代高手，一直無緣得見，今日有幸遇見風女俠，自是想請教女俠指點一二。若有得罪，還望海涵。」

「是嗎？」風夕淡淡一聲，隨後輕輕一躍，立在枝上，底下眾人皆不由神情戒備。

風夕掃了一眼眾人，嘴角浮起一絲淺笑，然後看向任穿雲，「若非你對燕瀛洲還有那麼一絲惜英雄重英雄的意思，憑你剛才那想坐收漁翁之利的念頭，我便不會只指點你『一二』了。」

「穿雲多謝風女俠手下留情。」任穿雲垂首道，手不由自主地握緊銀槍。

「哈哈……有你這樣的屬下，足見蘭息公子是何等厲害。他日有緣，我定會向蘭息公子親自請教。」風夕驀地提起燕瀛洲飛身而去，轉眼間便失去蹤跡，只有聲音遠遠傳來，「今日就少陪了，若有要取玄極的，那便跟來吧！」

眼見風夕遠去，任穿雲身後幾名下屬不由問道：「將軍，就此作罷嗎？」

任穿雲揮手止住他們，道：「白風夕不是你我能對付得了的，先回去請示公子再說。」

「是。」

「我們走。」任穿雲也不與其他人招呼，即領著屬下轉身離去。

待任穿雲走後，林中諸人面面相覷，一時間不知是散的好還是追的好。

最後何勳一抱拳，道：「各位，何某先走一步，玄極能否從白風夕手中奪得，咱們各憑各的運氣吧。」說完即轉身離去，而餘下的人見他走了，不一會兒便也作鳥獸散，留下林中幾具屍首及雙腕斷去、昏死在地的曾甫。

日升月落，便又是新的一天。

天色濛濛亮，天幕上還留著一彎淺淺殘月，只是已斂去所有光華。淡淡的晨光中，薄霧籠著宣山聳立如筆尖的高峰，襯得山色幽靜如畫。

宣山北峰的一處山洞中，傳來一聲極淺的悶哼，那是臥於洞中的一名男子發出的。男子在發出這聲淺哼後，睜開了眼睛，先瞄了眼周圍，然後便起身，只是才剛撐起雙臂，便發出一聲痛呼。

「你醒了。」清亮而微帶慵懶的女子聲音響起。

男子循聲望去，只見洞口處坐著一人，正面朝洞外梳理著一頭長長的黑髮，光線雖暗，但梳子滑過時那黑髮便發出一抹幽藍的亮光。

「妳是何人？」男子出聲問道，一開口即發現嗓子又啞又澀。

「燕瀛洲，對救命恩人豈能是這般態度呢。」洞口的女子站起來並轉身走向他，手中執著木梳，依舊掬一縷長髮在胸前，有一下沒一下地梳著。

「妳救了我？」燕瀛洲反問一句，然後想起了昏迷前那刺破長空的銀槍，馬上又想起了更重要的事，不由慌忙往背後摸去，卻什麼也沒摸著，反觸碰了傷口，引起一陣痛楚，也至此時才發現，自己上半身竟光溜溜的什麼也沒穿，底下也只餘一條裡褲。

「你在找那個嗎？」女子手往他左旁一指，那裡有一堆碎布，布上還染著已乾透的血跡，碎布旁放著一個包袱，「放心吧，我沒把它丟了，也沒有動過它。」女子似看穿他的心思又添上一句。

燕瀛洲聞言抬首看向她，此時才發現這女子有著極其清澈俊氣的眉眼，額間墜著一枚雪玉月牙，穿一身寬寬鬆鬆的素白衣裳，長長黑髮未挽髮髻直直披著，說不出的隨性灑逸。

「白風夕？」燕瀛洲看著她額間那一枚雪玉月飾。

「不是黑豐息。」風夕點頭一笑，「冀州風霜雪雨四將都像你這麼不怕死嗎？我昨晚數了一下，除去那些舊疤，你身上共有三十八道傷口，若是普通人，不死至少也得昏迷個三、五天吧。可你不但沒死，且只昏睡一晚就醒過來，狀態看起來也還不錯。」

「妳……數傷疤？」燕瀛洲一臉怪異地問道，想起自己身上現在的衣著。

「是哦，你全身上下我都數了一遍。」風夕走近一步，收起手中梳子，然後好玩地看著他臉上的表情，「要知道你受了那麼多外傷，我得給你止血上藥，當然就會看到那些疤了，於是就順帶數了一下。還有，你那衣裳已成了一堆破布，所以我就自作主張地把它剝下了，免得妨礙我替你上藥。」

她話還沒說完，燕瀛洲已是血氣上沖，臉上熱辣辣的。

「呀，你臉怎麼這麼紅？難道發熱燒了？」風夕看著燕瀛洲故作驚訝地叫道，還伸手在他額頭上摸了一下。

那清涼的手才觸及他額頭，燕瀛洲馬上便驚嚇般地後移，「妳別碰我！」

「嗯？」風夕偏頭看著他，「難道你不是發燒而是臉紅？臉紅是因為害羞？害羞是因為我把你全身都看遍了、摸遍了？」

燕瀛洲聞言只覺得全身所有的血都往臉上湧，而看著風夕臉上的笑容，卻是無言以對，半晌後才頗是惱怒地叫了一句：「妳一個女人……怎麼這麼……這麼……」後面的話吞吞吐吐的就是道不出來。

「哈哈哈哈……」風夕聞言放聲大笑，毫無女子應有的溫柔與嫻靜，卻笑得那麼自然而適意，「我怎麼？哈哈……你以前肯定沒見過我這樣的女人。」

被風夕的大笑刺激到，燕瀛洲忍不住開口道：「若天下女人都如妳這般……」後面的話卻又咽了下去。他本不善言辭，又生性正直敦厚，不忍對面前的救命恩人出言不遜。

「若全如我這般如何？」風夕一雙眼睛帶著濃濃的笑意，臉上的神情也帶出幾分玩味，「其實你這樣的男人我也少見，被我看了、摸了你又沒有什麼損失，況且我又不是故意要看你跟摸你的，要知道我可是在救你呢。」

被風夕左一句看了、右一句摸了刺激，燕瀛洲臉上本來稍稍淡去的血色又湧回來了。

「呀呀，你又臉紅了！」風夕卻似發現什麼好玩的事一般叫嚷起來，「難不成……」她眼珠子轉了轉，笑得十分的詭異，「難不成你從沒被女人看過、摸過？呀，臉更紅了！難道真被我說中了？哎呀呀，真是不敢相信啊，想你烈風將軍也是鼎鼎有名的英雄，看你年紀也應該是將近三十了吧？竟還沒有碰過女人？嘖嘖，可真是天下奇聞啊！」

燕瀛洲一張臉已可媲美早晨的朝霞，悶了半天終於吐出這麼一句，「白風夕就是這個樣子？」江湖上鼎鼎大名的女俠，怎是這般的言行無忌？

「是呀，我就是這個樣子。」風夕點頭，然後湊近他，「是不是讓將軍失望了？」

燕瀛洲一見她靠近馬上便往後退去，誰知這一動，牽動了滿身的傷，痛得他忍不住大口吸氣。

「你別亂動！」風夕趕忙按住了他，「我可是將身上的傷藥全部用光了，才止住你的血，看看，現在又裂開了。」眼光一掃他全身，忽然停在他的肋下，那兒被公無度鐵扇留下一道很深的傷口，此時流出的血竟是黑色的。

「公無度扇上有毒，昨日我雖替你吸出不少毒血，但看來毒還未清乾淨，你我身上都沒什麼解毒之藥，這下可怎麼辦？」說話間風夕不由擰起了眉頭。

「妳替我吸毒血？」燕瀛洲一聽又愣了，眼光瞟見她的嘴唇，忽然覺得肋下傷口熱得有如火燙。

「不替你吸毒，只怕你昨晚就死了。」風夕沒注意到他的神情，一轉身走至洞口，提著一個水囊和幾個野果過來，「你也餓了吧，先吃幾個果子墊墊肚子，我下山替你找些藥，順便再替你弄套衣裳。」將水囊及果子遞給他，又道，「昨日那些人對玄極定未死心，可能還在這山上搜尋，你不要亂跑，若他們來了就先躲起來，我自會來找你。」說罷她轉身離去。

眼見風夕的背影即要消失於洞口，燕瀛洲忍不住喚道：「等等！」

風夕停步轉身，「還有何事？」

「妳、妳……我……嗯……」燕瀛洲「嗯」了半天卻還是說不出口，一張臉憋得血紅。

「你想感謝我？想叫我小心些？」風夕猜測道，看著他那樣子只覺得好笑，「燕瀛洲，你這烈風將軍是怎麼當上的，性子怎麼這麼彆扭？喂，我救了你，又看遍了你全身，你是不是要我為你的清白負責呀？你要不要以身相許來報我的救命之恩呀？」

「妳——」燕瀛洲瞪著風夕說不出話來。

想他少年成名，生性便沉默寡言嚴肅正經，在冀州位列四將之首，世子對他十分器重，同僚對他十分敬重，屬下對他唯命是從，幾時見過風夕這般言行全無禁忌的女子。

「哈哈，堂堂的烈風將軍啊……真是好玩極了。」風夕不由得又是一陣大笑，「你們風霜雪雨四將是不是全都像你這麼好玩啊？那我改日一定要去冀州玩玩。」她一邊笑一邊轉身往洞外走去，走至洞口忽又回頭看著他，臉上那笑容比洞外才升起的朝陽還要燦爛明媚，襯著身後那一片霞光，讓燕瀛洲有一瞬間的目眩神搖，「燕瀛洲，最後我再告訴你一點，那就是……你身上雖然傷疤很多，但是你的身材還是挺有看頭的！哈哈……」

說完她便大笑而去，留下洞中面紅耳赤、恨不得挖個地洞鑽進去的燕大將軍。

第二章　玄衣墨月踏雲來

北州阮城之西有一處大宅，此為北州武林名門韓家。

韓家雖位列武林世家，但並非憑藉絕頂武技，而是以家傳靈藥「紫府散」、「佛心丹」享譽江湖。

紫府散是外傷靈藥，佛心丹是解毒聖品。江湖中人過的都是刀口舔血的生涯，隨時都有受傷中毒之事發生，因此這韓家的靈丹妙藥對於江湖人來說都是極度渴求的。只是這韓家藥都是獨門祕製，決不輕易外贈，是以韓家人雖然武功不算高，但武林中人皆對韓家禮讓三分，難免哪天重傷垂危時需求韓家賜藥救命。

今日乃韓家之主韓玄齡六十大壽，但見其宅前車馬不絕，門庭若市，園中是宴開百席，觥籌交錯，十分熱鬧。不但北州的各路英雄、阮城的名流鄉紳都來了，便是其他國的江湖豪傑也紛紛遠道而來，為韓老爺子賀壽。

「喲，好熱鬧呀。」

賓主盡歡之時，忽然一道清清亮亮的聲音響起，蓋過了園中所有的喧嘩。

賓客們驚奇地循聲望去，便見屋頂之上，一年輕女子斜倚屋簷而坐，白色長衣在陽光之下仿如天際流雲輕輕拂蕩，一臉明燦的笑容看著屋下眾賓客。

「又是妳！」坐在首位滿面紅光的壽星韓玄齡霍地站起身來，怒目瞪視著屋頂上的女子。

「是呀，又是我。」白衣女子笑吟吟地道，「韓老爺子，今天是您老六十大壽，我也祝您福如東海，壽比南山。」

「免了，只要妳這瘟神不再出現，老夫定會長命百歲的！」韓玄齡離席走至園中央，仰首冷著臉對白衣女子道，「白風夕，妳多次強取我韓家靈藥，老夫大度不與妳理論，今日喜慶日子更不想追究，妳識相便速速離去。」

園中眾賓客聞言頓時驚詫不已。

白風夕雖是名動江湖，但向來神龍見首不見尾，江湖識得她的人極少，卻想不到今日得見，也未想到她竟是如此年輕，更詫異的是韓老爺子口中的「強取靈藥」，想她俠名甚廣，怎會做這等事？

於是園中眾人不由紛紛離座，圍在了屋簷前。

「韓老爺子，不要這麼大的火氣嘛，要知道那些藥雖然未經你允許我就取去了，但全都是用來救人，也算替你韓家掙名積德呀，說來你合該謝謝我才是。」風夕笑意盈盈道。

「妳……還要強詞奪理！」韓玄齡怒聲道。

此代的韓家家主生性愛財，而這白風夕卻是常常分文不付地偷取那些千金難求的靈藥，偏她武藝高強，在韓家來去自如，便是韓玄齡請的一些江湖朋友也全敗在她手下，此刻韓玄齡看著屋簷上笑語盈盈的人，只恨不得將眼前嬉笑之人揪下來狠揍一頓，方解心頭之恨。

「唉，韓老爺子，誰叫你家的藥這般的討人喜歡呢，偏你藥錢太貴，我又太窮，所以只好來個不問自取了。要不然你把藥方抄一份給我，我自己去配也行啊，這樣你也就再不用見到我了，自然也就不用每回都發這麼大火了，火氣太旺對身體不好呀。」風夕完全無視韓玄齡那氣得通紅的臉色自顧說道。

「老夫活到如今，還從未見過妳這般厚顏無恥的人！」韓玄齡不屑地冷喝一聲，「白風夕，老夫警告妳，趕快離去，並且永不要出現在我韓家，否則休怪老夫對妳不客氣了！」

「那怎麼行。」風夕足尖一點自屋頂上飛下，彷彿白蝶翩飛，曼妙輕盈地落在韓玄齡跟前。

韓玄齡一見她飛下，便不由自主後退幾步。

風夕完全不以為意，搓了搓手，滿臉嬉笑地看著韓玄齡道：「我這次來就是想跟你再取一點藥，沒想到你正在大擺宴席。我也有一天一夜沒進食了，所以我決定也給你拜拜壽，順便吃一頓飯再走。」

說完她徑直往靠近的一桌走去，一路還對各賓客點頭微笑，彷彿她只是一位遲到的受邀來賓罷了，而那些賓客看著這樣一個眉眼清俊、笑意如風的女子，竟都不由自主退開一步，給她讓開道來。

而那邊，韓玄齡卻已是氣得一張紅臉變青臉，「來人！把她給我趕出去！」

他話音剛落，便跳出兩名身材高大、四肢粗壯的漢子，雄赳赳、凶狠狠地走向風夕，鐵臂一伸，像老鷹捉小雞般直往她頭頂抓去。

剛落座的風夕仿似毫無感覺般，一手抄起一壺美酒，一手隨意揮揮衣袖，然後眾人便眼睜睜地看著那兩名孔武有力的大漢如兩根木樁般被掃出老遠。

「呀，好酒！」

砰！砰！

風夕讚嘆聲裡夾著兩名大漢摔落在地的巨響。

眾人看著還未能回過神來，那廂風夕已是右手一伸，抓了一隻豬蹄在手，張口一咬，便是一大塊，一邊大嚼一邊點頭，「唔、唔……這五香蹄夠香，這廚子的手藝不錯。」

眾人看著不由都咽了咽口水，暗想那麼小的一張嘴怎麼就能一口咬下那麼大一塊來？這人真是那俠名傳天下的白風夕嗎？

風夕一邊吃一邊招呼著眾人，「各位，繼續喝酒吃菜呀，韓老爺子這般豐盛的壽宴，吃了這次可就不知道還有沒有下次了。」

「妳幹嘛咒我爹爹？」忽地一個約莫十歲的錦衣男童跳出來指著風夕叫道。

「呃？」風夕右手豬蹄、左手雞腿，口裡亦是滿嘴的肉，努力要口齒清楚，無奈聲音依舊含含糊糊，「小弟弟，我有咒你爹嗎？我怎麼不知道？」

「妳就咒我爹爹說沒有下一次了！」男童怒氣沖沖地道。

風夕努力咽下口裡的肉，然後走到少年面前，俯下身道：「小弟弟，你誤會了，我不是要咒你爹不能有下一次壽宴，而是說，依你爹這種小氣的性格，下次肯定捨不得再花錢請這麼多人吃飯了。」說完了她一雙油手順道拍了拍男童的腦袋。

男童左閃右躲卻怎麼也避不開那雙油手，最後無可奈何地被拍個正著，只覺額頂一片油膩膩的，頓時又叫道：「妳手髒死了！」

「樸兒，你退下。」韓玄齡大步上前將男童拉開護在身後。

「爹爹，這女人著實可惡，弄髒了孩兒的臉。」男童——韓玄齡的幼子韓樸，抬袖擦拭著額頭。

「你下去洗把臉。」韓玄齡示意僕人將小公子領下去，然後轉頭盯住風夕，「白風夕，論武藝，我韓玄齡確非妳之對手，只是今日妳休想再為所欲為！」

「哦？」風夕頭一偏掃視著園中賓客，「這話倒也不假，今日你家能手眾多嘛。」

「妳知道就好。」韓玄齡「哼」了一聲。

風夕看了一圈，轉回頭，依舊是笑咪咪的，絲毫未見緊張之色，「韓老頭，我有個朋友受的傷頗重，急需你家紫府散及佛心丹救命，你就再送我兩瓶罷，反正你家多的是，也省得我動手搶，掃大家的興啦。」口氣悠閒，仿若向老友借勺鹽一般簡單。

韓玄齡未及開口，卻已有人打抱不平了。

「白風夕，韓老英雄對妳已十分容忍，識趣的就趕快走，否則這裡這麼多英雄，一人一拳就夠妳受的了！」一人跳出來喝道，五短身材，乾瘦卻顯得精悍，一雙三角眼滴溜溜地轉著。

「我想走呀，但是韓老頭得先給我藥嘛。」風夕一攤手，狀若無奈地道。

「哼！敬酒不吃吃罰酒！」那人不屑地哼了聲，然後轉頭望向韓玄齡，「韓老英雄，今天你大壽之日，且一旁歇息，待我魏安替你教訓教訓她！」說著一轉身，便迅速走向風夕，雙手成爪，直襲她雙目。

這魏安見風夕如此年輕，想來功力也不會高到哪裡去，之所以有那麼高的名聲，說不定是武林中人誇大了，因此便想仗著自己功力已有八成火候，出手制服她，若在此處打敗了白風夕，既可揚名天下，又可討韓玄齡的歡心以便討得靈藥，此乃一舉兩得之事。

「呀！原來是鷹爪門的高手，果然厲害。」風夕口中一聲叫嚷，但神態間並不見絲毫緊張，身形看似隨意一轉，眨眼便避開了襲向雙目的鐵爪，然後右袖一揮，直纏向魏安雙腕。

魏安手一縮避過，想著若能一招得手更顯威風，頓時右手變招，蓄滿真力直抓向風夕左肩，打算著這一抓必要卸掉她一條臂膀。

「我和你無冤無仇，你如此出手也太狠了點吧？」風夕聞得風聲眼眸微瞇，身形不退反而迎上。魏安鷹爪便落在她左肩上，魏安一見得手心中乍喜，可隨即又是一驚，一抓之下仿若抓在一堆棉花上，毫不著力，而風夕右手不知何時竟搭在了他右手之上，頓時右手再也使不出力道。

「喀嚓」一聲，緊接著響起魏安的慘嚎，「啊！」

眾人只見風夕飄身後退，魏安跪倒於地，左手捧著無力垂下的右腕，滿臉痛楚之色。

一招之下，魏安的腕骨給風夕生生折斷！

園中賓客有的膽寒畏懼，有的卻是義憤填膺。

「妳這婆娘也太狠了！」

隨著這一聲，已有數人不約而同向風夕襲去，手中兵器寒光閃閃，直刺要害。這些人有的是打抱不平，有的則是魏安的朋友，見他慘遭斷腕，不由出手為他報仇，還有的則是純粹看風夕的狂妄不順眼，更有的則是想試試這白風夕是否真如傳言中那麼厲害，當然，也不乏仗著人多湊熱鬧的。一時間園中人影紛飛，桌椅砰砰，刀鳴劍擊，打得好不熱鬧。

而風夕依然是滿面笑容，意態從容。左手一揮，便打在某人臉上，右手一拍，便擊在某人肩上，腿一伸，便有人飛出圈外，腳一勾，便有人跌倒於地，時不時還能聽到她清脆的調笑聲。

「呀，你這一拳太慢了！」

「笨呀，你這一掌若從左邊攻來，說不定我就被打中了。」

「蠢材！我說什麼你就真做什麼呀。」

「這位大哥，你的腳好臭哦，拜託，別伸出來！」

「呀，兄弟，你手臂上的毛太多，怪嚇人的，我給你拔掉些！」

戲謔之中夾著一些人的痛呼聲、碗盤摔碎聲、桌椅斷裂聲……不過片刻，園中已是一片狼藉，而最狼狽的卻是那些圍攻風夕的英豪們。

明明人數眾多，明明都是一方高手，可此刻，人群中只見風夕穿來走去，揮灑自如，不時拍這人一掌，抓那人一把，或扯扯這人衣領，揹揹那人腦門……這些江湖豪傑們在她手下如被戲的猴兒，怎麼折騰也無法翻出她的掌心。

「好了，我手上的油全擦乾淨了，不跟你們玩了。」

話音才落，一道白綾飛出，若矯龍遊空，頓只聽「噗通、噗通」聲響，那些人便一個個被掃翻在地。

待所有人都倒在地上後，風夕白綾回袖，輕鬆地拍拍手，「韓老頭，你請的這些英雄也不怎麼樣嘛，只夠給我擦手呀。」

「白風夕，妳——妳——」韓玄齡指著風夕說不出話來。看著這些來為他賀壽的各方英豪一個個鼻青臉腫地倒在地上再不復威風，只不過是因為風夕要在他們身上擦去手上的油漬而已，一想至此，便氣得胸膛悶痛。

「韓老頭，別太生氣，我出手也不重啦。」風夕依舊是那笑咪咪、不甚在意的神情，「誰叫他們想以多取勝嘛，說來我這也算手下留情了，他們都只受了一點點皮外傷，休息個三、五天就全好了。」

「白風夕！」韓玄齡此時已顧不得體面吼叫起來，咬牙切齒地看著風夕，「老夫好好的壽宴全給妳搗亂了，妳叫老夫不要生氣？魏安的手都給妳折斷了，這還叫出手不重？老夫的客人全被妳打傷了，這還叫手下留情？」

「韓老頭，這也不能怪我呀。」風夕攤攤手，「怪只怪你定下的規矩『不論貧富，求藥必付千金』，我一窮二白，哪有錢給你。你若是早把藥給我救人了，我也就不會鬧啦，所以歸根結底在於你太貪、太小氣了。」

「妳！」韓玄齡氣得眼珠子都要跳出來了。

風夕卻好像看不到他的怒火，依舊淡淡閒閒道：「至於這魏安麼……」她目光掃向還在一旁哼哼唧唧的魏安，那魏安被她眼光一掃，忽地打個冷戰，口中哼聲也停了，「阮城外涼茶亭，那老伯也不過手腳稍慢了一點，沒能及時倒茶給你這『魏大英雄』喝，可也犯不著將人家一拳打得吐血吧？恃武凌人還配稱英雄嗎？我也就讓你嘗嘗這任人宰割的滋味。」

韓玄齡此時已氣得全身發抖、血氣上湧、眼冒金星了，指著風夕叫道：「好、好、好！全都是妳有理，搶藥有理，搗亂有理，打傷了人妳也有理！妳就真當這天下無人可治妳白風夕？妳白風夕就真天下無敵了？老夫今天就請個可以治妳的人出來！」

「哦？」風夕乍聽此語不但不慌，反而雙目一亮來了興趣，「誰呀？你請了什麼大英雄來了呀？」

「去，快去後院請豐息公子出來！」韓玄齡吩咐一名僕人。

「豐息？你請了黑豐息來對付我白風夕？」風夕聽後滿臉古怪地看著韓玄齡。

「哼，怎麼？害怕了？」韓玄齡一看她那表情只當她怕了。

「不是啊。」風夕搖搖頭，看著他的目光似乎帶著幾分同情了，「韓老頭，你是怎麼請到黑豐息的？」

「前日，豐公子到阮城，蒙他不棄竟來拜訪韓某，老夫自當尊為貴客。」韓玄齡盯住風夕，「白風夕，妳有膽便別逃！」

「哈哈……我豈會逃呀。」風夕像聽到什麼好笑至極的話一樣大笑起來，笑完後看向韓玄齡，自語一般地嘆息道，「所謂請神容易送神難，韓老頭，你知不知道啊？」

「哼，妳這尊瘟神老夫自問要送不難！」韓玄齡恨恨地看著風夕，若眼中怒火能殺人，風夕此刻定是被挫骨揚灰了！

「唉，連誰是瘟神都分不清，真不知你是怎麼活到今日的。」風夕搖頭輕嘆。

說話間，園門口忽走來兩個青衣少年，都是年約十四、五，乾乾淨淨、清清秀秀的，而且長相一模一樣，兩人手中各拿著一個包袱。

兩少年走至園中便是一揖。

「兩位不必多禮，請問豐公子呢？」韓玄齡忙上前問道。

誰知那倆童子卻不理他，反倒是朝著風夕齊聲道：「公子在淨臉，正用第三道水，請稍等。」兩人說完便吆喝著地上的那些江湖英豪們，「你們快快起身別擋了道，我家公子要來了。」一邊說，兩人還動起手，那些江湖英雄有的是自己爬起來，有的是被他們推到一邊，而那些桌椅碗盤全給他們腳踢手撿，瞬間便將園中清理出一大塊空地來。

清空場地後，兩人又返身回去，不過片刻又來了。一個搬來紅木大椅，一個搬來茶几；再打開隨身的包袱，一個拿出拂塵拂了拂椅子和茶几，一個給椅子鋪上錦墊；然後一個捧出翡翠杯，一個捧出碧玉壺；一個揭開杯蓋，一個斟上茶水，那茶水竟還是熱氣騰騰的。

兩人動作都十分的敏捷靈巧，頃刻間便完成，做好這些後，他們便返身回去了，再過片刻他們又來了，卻是一路鋪下了紅色錦毯，一直鋪到紅木大椅下。等他們弄完一切後，便一左一右靜立於椅前。

在他們做這些時，眾英豪包括韓玄齡在內全是傻呆呆的不明所以，風夕卻是早早找了張椅子坐下瞇眼打起盹來。

眾人又等了片刻，卻依然不見豐息出現，就連韓玄齡也很想問一聲，但一見倆侍童那肅靜的模樣，到口邊的話又咽了回去。

一直閉目的風夕打了一個大大的哈欠，然後猛地揚聲叫道：「黑狐狸，你再不給我滾出來，我就去剝你的皮了！」

她聲音一落，便有一個男子的聲音傳來。

「女人，妳永遠都是這麼粗魯呀。」那聲音仿如清風徐吟，從容淡定，又仿若玉璧輕叩，矜貴優雅。

在話音落下的時候，園門口出現了一位年輕公子，髮束白玉冠，額飾墨玉月，身著黑色寬錦袍，腰圍白璧玲瓏帶，若美玉雕成的俊臉上帶著一抹雍容而閒適的淺笑，就這麼意態悠閒地足踏紅雲而來。

眾人看著這公子，不約而同地想著，這樣的人應該是從那白玉為階，碧玉為瓦，珊瑚為壁，水晶作簾的蕊珠宮走出來才是。也只有這樣的人才會是那名動天下的黑豐息，也只有這樣的人才是那天下四大公子中最「雅」的豐息公子。不似那位……不約而同地又轉頭看向風夕。可一看那人白衣烏髮，素面清眸，若碧空流雲之隨性無拘，忽又覺得這樣的白風夕也是獨一無二的。

豐息在那張鋪有錦墊的椅上坐下，左手微抬，左邊的少年將茶杯捧到他手中，他揭開茶蓋微微吹一口氣，淺嘗一口，然後搖搖頭道：「濃了，鍾離，以後茶葉少放三片。」

「是，公子。」鍾離趕忙垂首答道。

豐息蓋上杯蓋，左邊的少年便從他手中接過茶杯放回茶几。

園中明明有上百號人，卻俱是靜悄悄地看著他，無一人敢打擾。

終於，豐息將目光掃向了眾人，眾人只覺心口一跳。這公子的眼神太亮，彷彿心底最黑暗的地方也給他這麼一眼即照亮、照清了。

「女人，我們好久不見了。」豐息微笑啟口，神情愉悅，目光直視前方。

眾人順著他的目光看去，這一看不由又嘆了口氣。

比起豐息高貴優雅的風儀，風夕實在沒什麼形象可言，身子斜斜地倚在椅背上，長髮已垂至地上，雙腿伸得直直地架在另一張椅上，眼睛似睜還閉，彷彿十分的瞌睡。

聽得豐息的喚聲，她懶懶地將眼皮掀開，然後又打了個長長的哈欠，雙臂一展，伸了個懶腰，才開口道：「黑狐狸，你每次做這些麻煩事都夠我睡一覺了。」只是她雖言行隨性，卻不粗俗，令人看著自有一種舒心之處。

「女人，一年不見，妳還是沒什麼長進。」豐息搖頭微帶惋惜。

風夕聞言忽從椅上坐直身，臉上懶懶的神情也一掃而光，腿一伸一點，架在她足下的椅子便向豐息飛去，去勢極猛，隱帶風聲，口裡也叫嚷道：「姑娘我有名有姓，別女人長、女人短地叫，不知道的還以為你我有什麼不清不白的關係呢。跟你齊名已是十分不幸，若再有其他也扯一塊，那我還不如直接找條河跳下去得了。」

對著那直飛而來的椅子，豐息依舊一派悠閒，右手隨意一伸，那來勢洶洶的椅子便安安穩穩地停在他手中，手再一拋，椅子又輕巧地落在地上，未發出絲毫聲響。

「我不過是想提醒妳一下，怕妳這樣混下去哪一天連自己是個女人都忘了。」豐息溫文爾雅道，目光瞄她一眼，然後搖搖頭，「要做我的女人，嘖嘖。妳這個模樣……唉。」話雖未明說，但那一聲嘆息已足以表達意思，於是園中有些人忍不住偷笑起來。

「豐公子。」韓玄齡上前一步，打斷了兩人的冷嘲熱諷。

「韓老英雄。」豐息轉頭看著韓玄齡，臉上掛著親切溫和的笑容，「老英雄喚我出來，可是讓我來結識諸位英雄嗎？」

「此不過其一。」看著豐息的笑臉，韓玄齡也不自覺地扯開一抹笑，「另一事嘛……」他目光瞟了瞟風夕然後望回豐息，「豐公子，老夫前日跟您提起的那件事，不知公子……」

「噢，明白了。」豐息恍然大悟地點點頭，「老英雄是為白風夕強取靈藥一事請我出手幫忙。」說著他轉頭看向風夕，「聽聞妳這些年來自韓家取了不少藥，韓老英雄的意思是叫妳把藥全還來，還不了就折算銀錢。」當然，韓玄齡叫他出手教訓教訓白風夕的話鑒於他對她的瞭解就沒有轉述了。

「呵呵。」風夕聞言便笑了，「藥我已經用完了，至於銀錢——」她眼珠子一轉，「此刻我可是身無分文呢。」

豐息聞言微微一笑，倒好似早就知曉她的答案一樣，轉頭看向韓玄齡，眉尖微挑，頗有為難的模樣，「這……老英雄看要怎麼辦？」

韓玄齡看著風夕，想起那些藥，想起她剛才的大鬧，頓恨不得將她剝皮削骨才好，只道：「那也簡單，讓她當面賠罪並將雙手留下即可。」

「哇，好狠！」風夕頓時叫嚷開，抬起自己一雙手看了一番，然後足尖一點，人便輕飄飄地飄至豐息面前，伸著一雙手問他，「你真要砍我的手嗎？」

豐息看著她，再看看擺在面前的那雙纖長素手，忽然撫額長嘆，似是極其無可奈何，「我此生不幸，竟識得妳。」然後他站起身向著韓玄齡抱拳施禮。

「不敢！豐公子何故如此？」韓玄齡慌忙回禮。

「韓老英雄，我這裡代她向你賠罪。」豐息溫和有禮地道，黑眸清湛，神情誠摯，「她雖強取了你家靈藥，但都是用來救人，未謀私利，也算為韓家積德行善，不如就請老英雄大人大量原諒她年輕不懂事。」

「這個——」韓玄齡吞吐起來，若按他心意，怎肯就此甘休，可這樣當面拒絕豐息卻又有些不能。

「至於她取走的那些藥，老英雄看看折合多少錢，我代她付給你如何？」豐息繼續道。

此言一出，韓玄齡頓時心動。暗想看情況這豐公子與這白風夕交情不淺，而自己連帶這些英豪全不是白風夕的對手，若強行為難只怕難堪的反是自己，如今豐息既肯替她出錢，何不做個順水人情？

豐息看他的神色已知其心意，便又轉身看向園中各人，「剛才她對各位英雄多有得罪，但那只是她生性愛胡鬧，與各位玩笑罷了，還請各位英雄寬宏大量不與她計較，我在此也代她向各位賠禮了。」說完又是抱拳一禮。

他此一番舉動實出人意料之外，要知眾人本以為會看到一場白風黑息的對決，此刻眼見他躬身施禮，園中諸人趕忙還禮。剛才被風夕一番戲耍，雖心頭憤惱，可又不得不承認技不如人，是以羞惱之餘又是慚愧。

豐息此舉不啻是給了眾人一個臺階，況且能得天下四公子之一的豐公子這一禮的人也不多，面上倍添光彩，怨氣頓消，於是個個都道：「豐公子說話我等豈有不從的。」暗裡卻不約而同地猜想這白風黑息到底是何關係。

對豐息此番舉動，風夕似也視作平常，只是站在一旁冷眼看著，唇角微勾，似笑非笑。

「既然諸位英雄都大量不與計較，為表謝意，今日申時我在城中醉仙樓準備百罈佳釀，還望諸位賞臉，同往一醉如何？」豐息再道。

此言一出，眾聲譁然，皆是十分興奮。

一大漢排眾而出，向豐息抱拳道：「在下展知明，阮城人氏，今日得見公子，實乃三生有幸。因此今日醉仙樓之酒還請公子賞在下一個薄面，讓在下盡地主之誼，與公子及眾英雄同醉。」說罷抱拳環視園中眾英雄，「不知諸位可肯賞臉？」

「好！」眾人皆應，然後目光齊齊移向豐息。

「豐息恭敬不如從命。」豐息含笑應承。回首間卻瞥見風夕臉上的那一抹淺笑，四目相交，交換一個只有彼此明瞭的眼神。

風夕隨即一個轉身，目光左右瞅著豐息身邊的兩個少年，「在你們誰身上？」

兩個少年被風夕目光一瞅，不由都望向豐息。

豐息淡笑頷首，「鍾園。」

然後左邊那個少年便從背上的包袱裡取出個一尺長三寸高的紅木盒子，遞予風夕。

風夕接過隨手打開盒蓋，一時間園中諸人只覺寶光惑眼，不由都凝目望向木盒。

只見盒中有拇指大的珍珠，有黃金做的柳樹，有瑪瑙雕的山，紅珊瑚做的佛掌，有巴掌大的碧玉……一件件都是精緻至極的珍品。

眾人還沒來得及看個清楚，風夕卻又砰地關上了盒子，然後走到韓玄齡面前，將木盒往他面前一送，「韓老頭，這盒中之物不下十萬金葉，買我以前從你這取走的那些藥綽綽有餘，所以你今日得再送我一瓶紫府散、一瓶佛心丹。」

「這、這些全給老夫？」韓玄齡瞪大眼睛看看木盒，又看看風夕，再看看豐息，一時之間竟有些如置夢中之感。韓家雖也是富貴之家，但眼前這些罕見的珍寶他卻也是第一次得見，是以對於他一下能擁有這些至寶有些不敢相信。

「這些就當我替她付以前的藥錢，還請老英雄收下，並再送她兩瓶藥如何？」豐息笑笑點頭。

「可以……當然可以！」韓玄齡連連點頭，並趕忙從風夕手中接過盒子，手都有點發抖。

「那我就取藥去了啦。」風夕一聲輕笑，人影一閃，園中便失去她的身影。

「嗯。」韓玄齡還在點頭應承，可緊接著他猛地跳了起來，「等等！白風夕，妳等等！天啦！我的藥啊，又要遭洗劫一空了！」只見他一路飛奔直追風夕而去，遠遠還能聽到他心疼的大叫聲。

第三章　一夜宣山忽如夢

宣山北峰。

看著空空的山洞，風夕輕輕嘆一口氣，手一垂，捧著的那套男裝便落在地上。

那個人沒有等她，受那麼重的傷卻還自己走了。

「真是個笨蛋啊。」她喃喃罵一句，轉身走出山洞，卻發現此刻洞外團團圍著不少人，不由又暗罵了自己一句大意，剛才竟沒發現這些埋伏著的人。

「白風夕，交出玄極！」

同樣的話，只不過對象換成了自己，風夕一瞬間有些啼笑皆非的感覺。

「我沒有什麼玄極，你們快快離去，免得惹我生氣。」她淡淡掃視一圈。圍著的人有些沒見過面，有些是在宣山腳下見過的，數一數竟有三、四十人。還真是不死心啊，難道這些人真的以為擁有玄極就能讓人號令天下，成為萬里江山之主？荒謬！

「屁話！燕瀛洲是妳救走的，他當時昏迷不醒，妳要取玄極輕而易舉，妳若沒有，那誰還有？」一名葛衣大漢喝道。

他話音才落，眼前白影一閃，頓時呼吸困難，卻是一道白綾緊緊纏在頸上。

「妳……妳咳咳……放、放開我！咳咳……」他使勁地拉扯著白綾，無奈卻是越扯越緊，立時呼吸困難，眼前發黑。

「我說過我沒拿，那就沒拿！我白風夕豈是做過的事不敢承認之人！」風夕冷冷道，手一挽，白綾回袖。

那人趕忙大口大口吸氣，只覺已自閻王殿轉了一圈回來。

「風女俠，既然玄極不在妳手中，那就請將燕瀛洲之下落告訴我們。」一名年約三旬的男子拱手道。

「你是何人？」風夕目光依然看著那跪趴在地上喘息的葛衣大漢。

「在下商州令狐琚，奉商王之命將玄極送回帝都，以讓天下紛爭局面得以平息。」令狐琚抱拳答道。

「平息天下紛爭？好冠冕堂皇的話！」風夕冷笑一聲。

「無論女俠信與不信，在下卻信女俠沒有拿玄極。」令狐琚道。

風夕聞言不由移目看向他，見其五官端正、眉蘊英氣，倒是一副正人君子的模樣。

「所以，請女俠告之燕瀛洲的去向。」令狐琚再次道。

「我也不知道他去哪了。」風夕搖搖頭，「你若是找到了他別忘了告訴我一聲，我也想找他算帳。」

令狐琚聞言微有怔疑。

「令狐大俠，你別被她騙了！」人群中一個滿身肥肉的人站出來，身材本算高大的令狐琚被此人一襯，倒是顯得瘦小了。

「是呀，別被她騙了，玄極肯定早就落到了她手中，燕瀛洲不是被她殺了便是給藏了起來。」

「唾手可得的玄極她怎會不取？」

眾人紛紛猜測。

「住口！」令狐琚忽然大聲喝道，「白風夕自出道以來所做之事皆不背俠義，豈容你們如此侮蔑！」

「嗯？」風夕聞言眉頭微挑，斜睨著令狐琚，「令狐大俠怎麼就這麼肯定我非小人？」

「在下知道。」令狐琚卻也不多言，「既然風女俠也不知燕瀛洲的下落，在下就此告辭。」然後一轉身，對著眾人道，「商州的各路英雄，你們若還認我這個領頭人，那麼就請隨我離去。」言罷，他向風夕一拱手便大步離去，人群中有十多人跟在他身後離去。

風夕轉頭看向還留在原地的那些豪傑們，臉上浮起一抹淡笑，「你們又如何打算？我白風夕可沒有手不沾血的菩薩心腸！」話音一落，白綾出袖環繞於她周身，剎那間，一股凌厲的殺氣便向眾人襲來。

眾人心底寒意滲出，不由自主地運功周身，目不轉睛地盯著風夕，就怕她突然動手。

那一刻，已走出三丈之遠的令狐琚也感覺到了那股氣勢，手反射性地按上腰間劍柄，卻又在下一刻猛然醒悟，放下手，輕嘆一聲，大步離去。

環繞在風夕周身的白綾忽又輕飄飄地落下，她手指一節一節地將白綾慢慢收回，眉間一股倦意，「你們都走吧，我現在不想見血。」

眾人不自覺地咽咽口水，想起剛才那凌厲的氣勢，不覺後怕，可一想到玄極，又不甘心就此離去。

正僵持間，忽然風夕眉頭輕皺，側耳一聽，目光微閃，身形驀然飛起，快如閃電一般從眾人眼前掠過。

待眾人回過神來，已不見她的身影。

立於北峰峰頂，俯首便可將山下情形看得一清二楚。

宣山西側如螞蟻一般爬上許多的鮫甲兵士，看其裝束便知是北州禁衛軍；宣山南邊，偶爾樹叢中會閃過三、兩道黑影，身手矯健敏捷，一望便知是武功極高的好手；宣山北面，便是服裝各異的那些江湖英雄；而東面什麼也看不到，非常平靜，可風夕卻知道，那裡才是最危險的。

「一枚玄極竟引來這麼多人。」她輕嘆。

抬首，日已西斜，緋紅的霞光映得整個天空一片絢麗，蔥翠緋紅相間的宣山也染上了淺淺豔光，天地在這一刻壯美絕倫，卻美得讓人心口沉甸甸的，帶著一抹無法釋懷的悵然。

夕陽無限好，只是近黃昏。

風吹起衣袂，長髮在空中飛揚，風夕的臉上浮起淡淡一層憂傷。

燕瀛洲，你是死了還是活著呢？

最後看一眼掛在西天的落日，她移步往山下走去。

而在那刻，阮城醉仙樓裡卻是熱鬧非凡，原在韓家祝壽的人全移至此處，與名動天下的豐息公子同求一醉。

你敬我一杯，我敬你一碗，人人敞懷痛飲，席上更是擺滿海味珍饈，人人吃得滿嘴流油。

喝至天黑，所有人都醉了，有的趴在桌上，有的倒在桌下，無一清醒。

「來來來……烹羊宰牛且為樂，會須一飲三百杯！[1]三百杯還沒到呢，大家再來喝！」樓中豐息放聲高歌，卻已無人應和，倒是響起了不少呼嚕聲。

「唉，怎麼都醉了呢。」他彈袖起身，一張俊臉被酒意薰染出紅暈，一雙眼睛卻是清醒明亮如冷夜寒星。

鍾離走進樓中，將一封信遞給他，「公子。」

豐息接過，折開掃了一眼，唇邊淡淡浮一抹笑，再看了眼樓中醉倒的眾人，輕聲笑道：「既然諸位英雄都醉了，豐息便告辭了。」

走出醉仙樓，迎面一陣涼風吹來，抬首望天，月淡星稀。

「今夜的星月似乎沒有昨夜的好。」淡淡一語，便負手離去，身後跟著鍾離與鍾園。

宣山之南，風夕悄無聲息地在樹林中穿梭，若一抹白電，瞬即掠過。

忽然一道極低的，彷彿野獸受傷的低喘傳入耳中，風夕猛然停步，側耳細聽，卻又是一片安靜。

枝縫間偶爾透進一絲淺淺星光，風拂過時，樹葉發出沙沙聲響，除此以外一片幽暗。

風夕站定，靜靜等候。

終於，又一聲極低的吸氣聲傳來，她迅速往發聲處掠去，一道劍光閃爍，直向她刺來，她早有防備，白綾飛出，瞬間便纏住了劍身，然後她鼻端聞到一股血腥味。

「燕瀛洲？」她低低喚道，白綾鬆開，飛回袖中。

「風女俠？」沙啞的聲音響起，長劍回鞘。

藉著淡淡星光，憑著習武人的目力，風夕看到燕瀛洲正半跪於丈外，臉上冒著豆大汗珠，一張臉蒼白如紙，唇已是一片烏青。

「傷勢又加重了。」風夕低嘆一句。

移步過去，從懷中掏出藥瓶，餵他吃下兩顆佛心丹，然後伸手至他肋下，觸手只覺濕濡一片，不看也知，定是一手黑血。心頭一緊，也顧不得許多，撕開他肋下衣裳，再倒出一顆佛心丹，揉碎敷在傷口上，再撒上紫府散，然後又撕下衣帶，緊緊縛住傷口，只是他全身上下又豈止肋下一處傷口。

「把衣裳脫了，我給你上藥。」風夕吩咐一句。

這一次燕瀛洲倒不再害羞扭捏，非常配合地解開衣裳。

「呵呵……」風夕想到什麼忽地輕笑一聲，「我本以為你光著身子跑呢，誰知你竟穿了衣裳，哪來的？」

「殺一個人，奪的。」燕瀛洲低聲道，間或嘶嘶吸著冷氣，只因傷口與衣裳黏在一起，強行脫下時自是皮肉撕扯，疼痛難當。

「活該。」風夕低聲罵一句，但手下卻格外放輕力道，小心翼翼地幫他褪下衣裳，以免牽動肋下包好的傷口，「你幹嘛不等我回來？」

燕瀛洲卻不答話，只是抬眸看一眼風夕，黑暗中那雙眼睛幽沉如潭。

「我白風夕是怕連累的人嗎。」風夕低低冷哼一聲，手下俐落地撒下紫府散。

燕瀛洲依然不吭聲。

當下兩人不再說話，一個專心上藥，一個沉默配合。

只是……在第一次上藥時，一個昏迷不醒，一個旨在救人，心無旁騖，根本未曾想到這是一種肌膚相親。而此刻，兩人都是清醒的，黑暗中彼此靠得極近，呼吸可聞。

一個感覺一雙清涼的柔荑在身上遊走，頓全身肌肉緊繃，只盼這刻快快過去，可隱隱地似又盼著這藥永遠不要上完就好。

一個觸手之下是結實的肌肉強健的體魄，雖傷痕累累，卻不覺可怕醜陋，反讓一顆心軟軟的。

彼此心中忽生一種微妙的感覺，清楚地意識到對方是與自己截然不同的人。

一種曖昧而潮濕的氣息在黑暗中緩緩彌漫，讓兩人臉紅得發燙，心跳如擂鼓，這一刻的感覺是他們此生都未曾感受過的。

當終於上完藥後，一個靜靜穿上衣裳，一個難得地靜坐一旁，彼此間不說一話，似乎都想理清什麼，隱約覺得心頭有一種不同於一般的東西在滋生。

雖是神思恍然，但兩人都是身經百戰，剎那間忽都警覺到一種危機接近，不約而同地伸手去拉對方，兩隻手便握在了一起。

一片雪亮的刀光向他們罩來，兩人同時往後掠去，避過攻擊，然後一個白綾飛出，一個長劍刺去，迎向那群從空而降的黑衣人。

黑衣人全是一等一的高手，不比白日遇著的那些良莠不齊的江湖豪傑。這一群人有十個人，其中四人圍向燕瀛洲，而另六人則纏向風夕，手中長刀如雪，刀法精湛，攻守有度，可看出定是出自一門，平日練習有加，相互間配合得十分默契。

風夕對付六人毫不見吃力，依然有守有攻，但燕瀛洲卻是險象環生。這些黑衣人的武功若單打獨鬥絕非他的對手，但相差也不太遠，此時四人聯手合擊，他分外吃力，況且本已身受重傷，功力、體力已大打折扣，因此不到片刻，身上又添兩道傷口。

風夕瞥見，眉頭一皺，頓使出了全力，但見白綾翻飛，時若利劍銳利不可當，時若長鞭狠厲無情，時若大刀橫掃千軍……緊風密雨般襲向六人。

那六人的攻勢立馬被打亂，只有防守的份，風夕卻是毫不給他們喘息的機會。手腕一轉，白綾便若銀蛇纏向左邊三人，那三人往後躍去，避開鋒芒，而風夕在他們躍開的瞬間身形迅速飛起，左掌拍向右邊三人，頓時一股渾厚的掌力如巨風呼嘯，右邊三人忙橫刀禦敵，誰知風夕忽變拍為切，迅若閃電般從三人刀縫中刺進，只聽啪啪啪三響，那三人便全給砍中右肩，劇痛之下，手中刀應聲墜地。

風夕一擊得手並未停下，半空中身形折回又撲向左邊三人。那三人見此，大刀一揮，刀芒耀眼，織起一座刀牆。可風夕白綾一揮，化為一道白虹，直貫刀牆，叮叮叮三響，三柄精鋼大刀便齊齊攔腰而斷，三人還未回過神來，風夕人已到眼前，左手一揮，纖指如蘭，曼妙拂出，三人胸前一麻，便全給拂倒於地。

這邊風夕得手，那邊燕瀛洲卻更是吃緊，那四人見他劍勢越來越弱，更是出手猛烈，四柄大刀揮出有若一張刀網罩向他，讓他無處可避，眨眼間他背上又中了一刀，背上背著的包袱頓被砍斷，落在地上，包中盒子滾出，從盒中掉出一塊黑乎乎的東西。

那四人一見盒中掉出之物，不約而同棄下燕瀛洲，齊向那物飛掠而去，而燕瀛洲不由得大急，一聲厲喝，人也跟著飛出。

風夕剛擊退那六人便聽得燕瀛洲的大喝聲，轉頭瞧去，當下手一揮，白綾飛出將那物捲起，左手一張，那物便落在她手中，觸手冰涼冰涼的。

燕瀛洲一見風夕接住，不由急切大叫：「不要！」

風夕見他如此模樣，只道他緊張此物，飛身飄至他跟前，安撫道：「放心啦，不會弄丟你的。」

燕瀛洲卻是馬上撿起地上的包袱碎布，捉住風夕的手低喝道：「放手！」

風夕見他如此在意此物，心底微有失望，手一鬆，那物落在布上，口中卻淡淡道：「我不會搶你的東西。」說話間眼角瞟見那些黑衣人又圍了上來，頓時右手一揮，白綾帶著十足勁道擊向四人，四人閃避不及，齊齊給白綾掃倒在地。

燕瀛洲抓住風夕左腕，手指揮動，封住了她左腕的穴道，然後抬首焦急地對風夕道：「妳快吞幾粒藥！」

風夕被他惶急的神色驚得怔了怔，垂眸一看，這才發現自己左掌竟已變為紫色，而且那紫色還在蔓延，直往手臂上去，雖然燕瀛洲已封住了穴道，但也只是稍稍阻緩而已。她立時知道那物上塗有劇毒，而自己一碰之下已中了毒，當即從懷中掏出佛心丹，連吞二顆。

在這片刻工夫裡，那些黑衣人已都緩過氣來，重向他們圍攏過來。

兩人對視一眼，然後同時飛身後掠，往樹林深處逃去。此時兩人一個受重傷，一個身中劇毒，已無法再與那十人相拚，而那十人之後誰知還有多少人呢？

燕瀛洲拖著風夕飛奔，一開始風夕還能跟上他，但漸漸地，她只覺得全身的力道都似在一點點抽走，身體越來越虛軟，一顆頭越來越重，胸口好似被什麼堵住了，呼吸困難，步伐便慢下來。

而燕瀛洲是傷上加傷，精神體力早已透支，再加上劇烈奔跑，不一會兒也是精疲力竭，一個踉蹌，兩人一齊摔倒於地。

「你自己走吧。」風夕喘息道。聲音已是虛弱不堪，眼前已有些模糊，不由嘲笑起自己，素日談笑殺人，卻不想竟也有今天這束手待斃之時。

燕瀛洲只是看她一眼，那一眼太過深刻，彷彿有什麼被刺痛了一下，讓她恢復幾分清醒，甩頭眨眨眼，卻發現那一張汗水淋淋的臉竟是極為英俊，神情又是那般的執著而決絕。

他爬起身，吃力地抱起她，繼續往前跑去，但速度是那般的緩慢，而背後已能聽到那些黑衣人的腳步聲了。

「傻瓜，能活一個總是好的。」風夕喃喃罵道，卻知燕瀛洲已是打算著要同生共死了。這樣的男人啊……嘆息未止，忽然感覺到燕瀛洲身軀一頓，停下腳步。

她側首一看，原來前方已無路，他們站在陡峭的山坡頂。

「我們賭一場，贏了，便活下來；輸了，便死在一塊。妳願不願意？」燕瀛洲低首問她，抱著她的手臂緊了緊。

「好啊。」風夕虛弱道，然後又笑笑，「死了還有烈風將軍陪葬，其實也是滿划算的事情。」

燕瀛洲忽然俯首看向她，靠得那麼近，鼻息噴在臉上，輪廓分明的嘴唇近在咫尺，讓風夕一瞬間生出「這石頭一般的人是不是要親自己」的念頭。

但沒有，燕瀛洲一雙眼睛黑沉沉的卻又異常明亮，一瞬也不瞬地看著她，然後在身後的腳步聲接近時，他輕輕地嘆息一般低語：「能和白風夕死在一塊，我燕瀛洲也死而無憾！」

說完他抱緊風夕往山坡下滾去，滾動中，風夕能感覺到身軀撞擊地面的震動與疼痛，但並不劇烈。她整個人從頭到腳都被燕瀛洲圈在懷中護著，那些撞擊與疼痛都被他化去一層，傳到她身上時，不很疼，卻直直傳到她心底。

這是第一次有一個男人保護著她。

她少年成名，出道以來，除一個豐息外，無人是其敵手，從來不用人保護，也從來未有人想要來保護武功高絕的白風夕。可此時燕瀛洲的舉動，忽觸動了她心底的一根弦，讓她一顆心不知所以地輕輕悄悄地跳動。

她就安安靜靜地待在他的懷中，感覺一個男人寬闊的胸懷，默默品味著一種被保護的溫暖，然後慢慢地、慢慢地，所有的知覺都漸漸離她遠去。

要死了嗎？這便是死的感覺嗎？其實並不可怕……

黑夜中的宣山看起來十分幽靜，只是揭開那一層黑暗的靜謐，濃密的樹林中不時掠過幾道黑影，閃爍幾道刀光或火光，夾著一些突兀的號叫，或三兩聲壓抑的慘呼。

宣山腳下，一夜間忽然多了一座布幔搭成的小帳篷，帳中此時有三人，當中一張椅上坐著的正是俊雅無雙的豐息公子，身旁侍立著鍾離與鍾園。

片刻，他抬首望向帳外夜空，正是月上中天時分。

「鍾離，時辰到了。」淡淡吩咐一聲。

「是，公子。」鍾離走出帳篷，手一揮，便有一物飛出，半空中發出一抹亮光，瞬間又熄滅。

片刻，天空中忽又升起四抹亮光，皆是一閃而逝，但足夠有心人看得分明。

豐息待那幾抹亮光熄滅後，端起茶杯，揭開茶蓋，低首聞聞茶香，再淺啜一口，然後點頭道：「茶葉不多不少，而泡茶的時間剛剛好，香淡而清遠，味苦而後甘甜，不濃不澀，這才是好茶。」

「公子，夕姑娘還在山上。」鍾園忽然道。

「憑那女人的身手，自能安然下山。」豐息並不在意，手一抬，鍾園馬上接過他手中的茶杯，「若她不能衝破……那也就不配做與我齊名的白風夕！」他仰首看向夜空中稀疏的星點，偶爾有那麼幾顆會分外明亮。

那時刻，在宣山北面，燃著幾束火把。各路江湖豪傑，經過一天半夜的搜山，此時又累又餓，個個衣衫濕透，神色疲憊。

「他媽的，這燕瀛洲到底藏在哪裡？」有人惱怒罵道。

「是啊，老子累了一天，沒吃沒喝的，都是這該死的燕瀛洲害的！」有人附和。

「還有那白風夕！若不是她，玄極早到我們手裡了！」有人遷怒。

「就是！這臭婆娘，就是愛管閒事！若有天落在老子手中，定要將她千刀萬剮，方能解我心頭之恨！」有人咬牙切齒。

「何大俠，我看我們今天還是先下山吧。天這麼黑了，人是搜不到了，不如回去歇息，等養足精神，明日再來。」有人提議道。

「說得也是。」有人讚同，「我們下山後派人各個山口守著，只要這燕瀛洲下山，我們自然會抓到。」

被稱為「何大俠」的正是何勳，他家「天動鏢局」六州皆有分號，實力雄厚，再加上他人緣不錯，無形中便成了這群人的首領。

何勳看看眾人疲憊的神色，當下便點頭同意，「也好，今日我們便先下山，明日再來，量那燕瀛洲跑不了。」

於是一群人便往山下走去。

下山自然比上山快，這些人又全是練武之人，身手敏捷，再加山下美酒佳餚的吸引，個個腳下如飛，很快便行至山腳下，前面已能看到燈火，很快便要返回人間了。

可走著走著，卻發現怎麼也走不出去，來來回回幾趟，卻只是在原地打轉，而前頭的燈火總是隔著那麼一段距離，看起來那麼的近，卻又是那般的遙不可及。

「邪門了！為什麼我們總在原地打轉？」有人嚷道。

「該不是鬼打牆吧？」有人惶恐叫道。

此言一出，所有人都覺得四周變得陰森起來，一陣山風吹來，將眾人手中的火把吹滅，四周便全陷入黑暗。

「媽呀！鬼呀！」驀地有人驚恐大叫。

「天啦！有鬼呀！救命呀！」

「別抓我！滾開！」

「救命啊！救命……」

「滾開！你們這些惡鬼！我砍死你們！」

「哎喲，鬼殺人了！」

一時間，這些素日都自命英豪的人個個不是抱頭鼠竄，便是驚恐不已地揮刀砍向那些鬼影。

黑暗中，只有掛在天邊疏淡的星月，看見他們都在互相砍殺著，猩紅的血雨染盡腳下那片土地，斷肢殘骸相互堆積。

終於，許久後，恐懼的叫喊聲與凶狠的喊殺聲都止了，宣山北峰山腳下歸於沉寂。

一里之外，有幾盞燈火在暗夜裡閃著微光，彷彿在等待著夜歸的旅人。

風夕是在一陣疼痛中醒來的，睜開眼便發現身處一處山洞，一堆小小的篝火發著微弱的光芒。

手上傳來痛意，低首看去，左手被劃開一道口子，燕瀛洲的左手緊緊覆在上面，正以內力吸去她左手上的毒，而地上滴下的血也是紫色的。

「不要……」風夕出聲，才發現自己的聲音虛弱不堪，比貓兒喵叫還要細微，想要阻止他卻根本無法動彈。

『那是什麼毒？竟這般厲害！』她心頭驚駭。

半晌後，燕瀛洲停止吸毒，從她懷中掏出佛心丹，倒一顆揉碎敷在她劃開的傷口上，然後撕下一截袖子包紮好。

在他做這一切時，藉著微弱的光線，風夕看清他的手與自己的手，自己手上的紫色淡了許多，而他——整個左臂都成了紫色。

瞬間，一種恐慌襲上心頭。

她想起自己明明已吞下兩顆可解百毒的佛心丹，可為何到現在自己身上的毒還未解？一個可怕的念頭在她腦中閃過，令她不寒而慄。

「這是什麼毒？」她啞聲問道。

「萎蔓草。」燕瀛洲平靜地回答。

萎蔓草——天下絕頂劇毒！

「你——你——」風夕看著那張平靜的臉，很想一掌打醒他，卻又被一股心疼攫住。半晌，她才啞著聲道：「冀州的風霜雪雨四將是否都如你這般愚蠢？若真這樣，我倒要懷疑冀州『爭天騎』是否浪得虛名了，憑你這樣的人如何去爭奪天下！」

「我燕瀛洲從不欠人人情，妳替我吸過毒，我現在替妳吸，以後便兩不相欠，況且妳也是因我而中毒。」燕瀛洲依舊神色平靜。

他低頭看著手中的那隻手，纖細修長，圓潤如玉，透著淺淺的紫，美得妖異。就是這樣一雙手，隨意間白綾飛舞，瞬息奪命亦瞬息救人。其實這樣的一雙手，這樣的一個人，應該是俏立碧紗窗下，拈一朵幽蘭，低首微嗅，淺笑回眸。

「世上怎麼會有你這樣的人……明知是無解的劇毒竟然還往自己身上引？你就這麼想死嗎？」風夕無力嘆息，可下一瞬，她忽然又想起一事，頓時，她全身如墜冰窟。

再也沒佛心丹了！

一瓶佛心丹只有六顆藥，但最後一顆剛才已敷在她手上了，而燕瀛洲，連延命的機會都沒有了！

「雖說這毒沒法解，可妳能支撐一刻就一定多支撐一刻。」燕瀛洲放開她的手，抬首靜靜看著她，「白風夕不應該是那麼容易死的人。」

「你呢？你就這麼不將自己的性命當回事？」風夕逼視著他。火光之下，那張英俊的臉毫無表情，可是一雙眼睛之下卻藏著暗流洶湧。

忽然，燕瀛洲起身將火熄滅，然後走至洞邊，察看了一會兒，走回風夕身邊，將她移至山洞深處藏好。

「那些黑衣人追來了？你……」風夕待要詢問，可隨即便被燕瀛洲點住啞穴。

粗糙的大掌滑過她臉頰，似不敢久碰，如蜻蜓點水般輕掠而過，然後飛快收回，握住腰間劍柄，猛然轉身往洞外走去。

不要去！不要去！

風夕在心中狂喊，焦灼地看著那離去的背影。

別去！去了，就是死路一條啊！

彷彿聽到她的吶喊一般，燕瀛洲忽然停步，回頭看向她，站立片刻，腦中天人交戰，終於，他又移步走回她身前。

黑暗的洞穴中依然能感覺到他目光中的熾熱，終於，他俯下頭，在她耳邊低語：「我會回來的！下輩子我會回來找妳的，下輩子我一定不短命！風夕，記住我！」

唇輕輕地落下，若羽毛般輕刷而過，忽又狠狠落下，重重一咬！

風夕只覺嘴唇一陣刺痛，然後嘴角嘗到一絲腥甜，一滴滾燙的水落在臉上，迅速流下，滲入唇中，腥甜中便混入苦鹹。最後入眼的是一雙在黑暗中依然閃亮如星的眼眸，那眼中有清澈的波光與無盡的依戀。

一串淚珠滑落。

是她的？是他的？不知道。

只知道那個黑色的身影終於走出山洞，只知道外面傳來刀劍之聲，只知道以後也許，再也見不到了……

1 引自李白〈將進酒〉。

第四章　惘然時分夢已斷

紅日東升，山鳥啼鳴，晨風拂露，朝花吐蕊，新的一天又開始了。

睜開眼，入目的是白如雪的紗帳，染就幾朵墨蘭，素潔雅淨。

「醒了。」淡淡的問候響起。

轉頭看去，窗邊的軟榻上斜倚著豐息，正品著香茗，俊面含笑，神清氣爽。

抬起左手，那可怕的紫色已消失，毒已肅清，自己已再世為人……那他呢？

「燕瀛洲呢？」才一開口，便覺得嘴唇一片疼痛。

「死了。」聲音淡而無情。

閉上眼，心頭一痛。他終是以他的命換了她的命！

「玄極呢？」

「沒有。」依然是淡淡的答覆。

那麼是那群黑衣人奪去了。看那些人的身手刀法，定是斷魂門的人！

「妳怎麼會中毒？真是出乎我的意料。」聲音帶著一絲幸災樂禍的嘲弄，又似藏著某種僥倖。

「玄極上有毒，不小心碰到。」倦倦地答著。

「妳若肯傳信給我，或許我能救下燕瀛洲。」豐息站起身來，踱至床邊，俯身察看她的氣色。

「傳信給你？」風夕聞言冷笑，誰知嘴角弧度張得太大，唇上又是一片刺痛，她不由自主地撫上嘴唇，上面有著一個小小的傷口。

豐息隨著她的動作看去，看到唇上那個傷口，笑容未改，只是眼中帶著一絲陰霾。

「傳信給你，讓你早一步趕到，玄極便是你的了，不是嗎？」風夕直視他，目中含著譏諷，「太遺憾了，害你錯失此等良機。」

「妳——」豐息聲音一沉，可轉眼間又輕鬆一笑，「至少他不會死，對於他那樣的人，妳知道我不會出手的。」

「你不殺他，但若失玄極，他一樣會喪命。他那樣的人自是令在人在，令失人亡。」看著帳頂的那幾朵墨蘭，恍惚間化為那決然無悔，走向洞外的黑色背影。

「令在人在，令失人亡？呵，在妳心中他倒是個頂天立地的英雄。」豐息在床邊坐下，看著她的神色，臉上依舊是雍容俊雅的淡笑，只是說出口的話卻是冷森森、血淋淋的，「不過妳這位英雄也不怎麼樣，連十個斷魂門的人都對付不了，反落個命喪黃泉。」

說話間目光不離風夕，似想從上面窺到什麼，只是風夕卻是眼望帳頂，面無表情。

「嘖嘖，妳不知道呀，妳那個英雄一共身中三十二刀，致命之傷是胸口三刀！不過他也真行，哼都沒哼一聲，臨死還拉了七個斷魂門人陪葬，連我都挺佩服他的英勇無畏，只不過武功還差了那麼一點點。」說完還兩指比出一節短短的距離。

風夕的目光終於從紗帳移到他面上，冷靜且平淡地開口，「黑狐狸，你是在慚愧你沒他英勇嗎？」

「哈哈……」豐息大笑，如同聽到好笑的笑話，而大笑的他，依然風度優雅怡人，「女人，我以為妳很想知道他的英烈呢。」

風夕淡淡一笑，「烈風將軍的英勇天下皆知，不比某隻狐狸假仁假義，浪得虛名。」

「聽過一句話沒？好人不長命，禍害延千年。妳的燕大英雄偏偏短命，妳口中假仁假義之人卻好好活著，說不定活得比妳還長。」豐息毫不在意。

「那是老天不長眼。」風夕閉上眼不再理他。

豐息不以為意地笑笑，站起身來，打算離去，走了幾步又停住。

「妳知道嗎，我見到他時，他還剩最後一口氣，可他已無法說出話來，只是看我一眼，然後一雙眼睛死死地盯著洞口，直至斷氣。」

豐息的聲音低而輕，似夾雜著某種東西，說完即轉身離去，走至門邊回首看一眼，便見一滴清淚正緩緩滑落枕畔，瞬間便被吸乾，了無痕跡。

「妳喜歡上他了嗎？」

這話脫口而出，說完兩人都一驚。

一個嘲笑自己，問這個幹嘛？這干自己何事？

一個心頭一跳，胸膛裡的那一絲悶痛便是因為喜歡嗎？一個認識不過兩天的人？

豐息啟門離去，留下風夕一個人靜靜躺著。

喜歡？談不上吧。

不喜歡？也非全無感覺。

他們若非在這種情境下相識，那麼冀州的烈風將軍與江湖裡的白風夕是不會有多大交集的，迎面而來，或許擦肩而過，或許點頭一笑，僅此而已。又或在第一次救他之後即分道揚鑣，那麼天長日久，他們會慢慢淡忘彼此，或許某個偶然回首間，她會想起那個昂揚七尺，卻容易臉紅的烈風將軍。

可命運偏偏安排他們共患難、同生死。

燕瀛洲，那個背轉身決然踏出山洞的身影便永遠留在她心中。

不論時間如何消逝，他都是她永遠也無法忘記的人了。

紅日正中時，豐息再次走進房中，卻見風夕已起床，正斜倚在窗邊的軟榻上，目光看著窗外，神色間是少有的靜然。

窗外一株梧桐，偶爾飄落幾片黃葉，房內十分安靜，靜得可以聽見葉落發出的輕響。

「鍾園說妳吃得很少。」豐息輕鬆的聲音打破一室沉靜。

「沒胃口。」風夕依然看著窗外，懶懶答道。

「真是天下奇聞，素來好吃的妳竟會沒胃口吃東西？我是不是聽錯了？」豐息挑起眉頭看著她。

聽得此話，風夕回頭瞪他，「你竟只給我喝白粥！」那種淡而無味的清水白米誰愛喝！

「病人當然應該口味清淡。」豐息理所當然道。

「公子，藥煎好了。」鍾離端著一碗藥走了進來。

「給我吧。」豐息接過藥低首聞聞，臉上又掠過一絲笑意，「我本來還想，中了萎蔓草之毒的人可能救不活了，這樣呢，世上就真的只存我一個『豐息』了。」

「那你何必救。你不救，我不會怪你，你救了，我也不會感激你，反正你這黑狐狸從不會安什麼好心。」風夕看著那碗藥，眼中有著一絲畏縮。

「若這世上少了妳白風夕，那我豈不會太過寂寞無聊了。」豐息笑吟吟地走近風夕。

「哼，若我死了，這世上唯一知你真面目的人都沒了，你確實會很寂寞。」風夕冷哼一聲，然後又問道，「這世上還有什麼藥能解萎蔓草之毒？」

「唉，說來便心疼。」豐息長嘆一聲，滿臉惋惜之色，「浪費了我一朵千年玉雪蓮，這可是比佛心丹還要珍貴百倍，用來救妳這種不知感恩的傢伙實在不划算。」

「玉雪蓮？」風夕眼睛一亮，「聽說雪蓮入藥清香微甜？」

「當然。」豐息好似知道她心思一般，臉上的笑帶著一分詭異，「只不過玉雪蓮當時就給妳服用了，現在這碗藥則是我這位神醫配出清毒補體的良藥。」

「你配的？」風夕眉頭皺起，看著那碗藥，彷彿看著世上最為可怕的東西。

「對，我配的。」豐息看清她眼中神色，臉上的笑容越發歡暢。

「我不喝了，我怕這藥比萎蔓草還毒。」風夕已是一臉戒備。

「夕姑娘，我家公子為了找妳可是把整個宣山都翻了個遍。」鍾離見風夕毫不領情的模樣，覺得應該為自家公子說說話，「而且用玉雪蓮給妳解毒時，妳卻是藥一入口就吐出來，多虧了公子親……」

「鍾離，什麼時候你話這麼多了，舌頭要不要修剪一下。」豐息鳳目斜斜掃了眼鍾離。

「我下去了，公子。」鍾離登時噤聲，趕忙退下。

「女人，來，吃藥了。」豐息在軟榻上坐下，用湯匙舀起一勺藥遞到風夕嘴邊。

風夕擰著眉頭轉開頭，這藥肯定是極苦極澀的，光是聞這氣味就讓她作嘔，「我自己有手，不勞煩你。」

「女人，我這是關心妳，要知道能得我親手餵藥的人可真不多。」豐息輕笑，手中的湯匙依然停在風夕面前。

風夕卻不為所動，極力轉著頭，只想躲開，這藥味真的很難聞啊，她已經快要吐了。

「難不成聞名天下的白風夕竟怕苦不成？」豐息好整以暇地看著她，「妳身上的毒可沒清完，這藥還得喝上三天。」

「三天？」風夕聞言瞪大眼睛。

天啦，喝三天！便是喝上一口也會要她半條命！

「女人，妳什麼時候返老還童了，竟如三歲孩兒一般怕吃藥。」豐息鳳目中含著譏誚。

「哼！」風夕冷哼，然後屏住呼吸，口一張，含住湯匙，吞下藥，眉頭隨即皺成一團，然後口一張，「哇」的一聲，剛吞下去的藥又吐了出來，幸好豐息動作快，閃避及時，否則必全吐在他身上了。

「妳慢慢吐沒關係，我早叫鍾離多煎了一鍋。」豐息淡淡地道。

風夕一聽，心涼半截，抬頭看著豐息，目射怨光，但隨即收斂，以難得的溫柔語調道：「黑狐狸，你有沒有丸藥？這種水藥我一喝必吐。」

「沒有。」豐息回答得很乾脆，然後又舀一芍藥至她唇邊，「妳若吐完這一碗，我就讓鍾離再送一碗來，藥煎第二次時我再加點黃連。」

風夕一聽，手悄悄往袖中伸去，卻又聽得豐息道：「忘了告訴妳了，妳的白綾在我房中。」

風夕手一頓，恨恨地看一眼他，然後閉緊雙目，張口吞下藥，緊閉唇，咽下去，而一雙手緊抓衣裳，一張臉皺成苦瓜。

豐息含笑看著她的動作，只是眸光掃過她唇上那個傷口時，眼光一沉，手中的湯匙下意識地便往那一壓。

「哎喲！」風夕一聲慘呼，「黑狐狸，你乘人之危！你別哪天撞在我手上，到時唔、唔……咳咳、咳，黑狐狸，你……」

「喝藥時別說那麼多廢話。」淡淡的語調依然，但不難辨認其中那一絲詭計得逞的得意。

屋外的鍾離、鍾園相對搖頭，真不明白，為什麼公子對每個人都那麼溫和有禮，獨獨對夕姑娘卻是如此，難道真因為夕姑娘名號排在他前頭？

終於，一碗藥喝完，風夕已是一副死裡逃生的模樣。

「茶！」風夕張著嘴，使勁哈氣，極想散去口中那股味道。

「喝藥後不能飲茶，這妳都不懂？」豐息將手中藥碗放置桌上，然後又從桌上的一個盤子裡挑出一盒東西，「這是梅乾，妳解解苦吧。」

風夕迫不及待地從他手中接過，馬上往口裡丟進一塊，「好酸！」不由自主伸手拍拍兩邊臉頰。

豐息看著她那樣甚覺好笑，「說出去都沒人敢相信，堂堂白風夕竟然怕喝藥。」

「這不叫怕，是不喜歡，我爹、我哥都不喜歡喝，這習慣是從我們祖上傳下來的！」風夕義正詞嚴地糾正他。

「哦？」豐息眸光一閃，「我家祖上倒是傳下個法子，說遇上怕苦不吃藥的人就硬灌，過後給她吃點酸的就行了。」

「這什麼破法子！」風夕皺著鼻子哼道，等口中酸甜的滋味蓋過了苦藥味，她斜睨著豐息，「黑狐狸，你真的翻遍整個宣山？」實在不能相信這個假仁假義的人會為她去搜宣山。

「聽說在冀州有一個古老的習俗，男女黑夜裡幽會時以吻定情，而定情時若咬破了對方的唇，那便代表著非卿不娶，生死無悔。」豐息卻不理她的問話，反說起了閒話。

「非卿不娶，生死無悔……」風夕撫著唇畔。

黑暗中那灼熱的氣息、那低沉而堅定的話語——下輩子我會回來找妳的！記住我——是這樣嗎？許下下輩子的誓言？可是人有來生嗎？

燕瀛洲……

忽然間，口中酸甜的梅乾變得如藥般苦澀，難以下嚥。心頭有什麼直往底下沉去，一直沉至最隱祕的一角，深深地藏起來，此生也許都不會再浮起。

「女人，妳和誰定下盟誓了嗎？」豐息拈起一塊梅乾，似要餵給風夕，到唇邊時卻忽又往那傷口上壓去。

「嘶！」風夕痛得回過神來，看一眼豐息，然後轉頭看向窗外，「怎麼可能，那是冀州的習俗，與我何干。」

「是嗎？」豐息臉上浮起一絲耐人尋味的笑，目光卻停駐於她臉上，似研判什麼。

風夕聞言回頭看他，神色極是淡然，「黑狐狸，你哪聽來這些閒話，難不成你想找個人試試冀州之盟？憑你這副模樣，倒是會有些傻女人被你騙到手的。」

「呵，憑我何需盟誓。」豐息一笑。看著她平淡的神色幽沉的眼眸，黑眸裡閃過一絲光芒，卻瞬即垂眸斂起。

一時兩人都沒了鬥嘴的興致，房中頓時沉靜下來。

片刻，豐息起身離去，「妳的毒還未清乾淨，多休息，少費神。」

房中風夕看著他離去的背影，目光深沉。

第二日黃昏時，風夕來到宣山南峰腳下，抬首看看暮色中的宣山，依然靜寂如畫，並未因有條英魂永眠於此而有絲毫的改變。

抬步往山上走去，想去看看那個人，雖然只是墳塋。

驀然，鼻端似聞到什麼，低頭一看，草地上似乎被清理過，但依然留下了幾抹淺淺的血痕。風夕眉頭一斂，抬首，眼光便被幾塊石頭吸引，這樣的石頭大而平整，不似此處天然的石塊，怎麼會出現在此？走近細看，上面還有刀劍劃過的痕跡。

她飛身而起，落在一株高樹上，居高環視。

果然，相隔不遠處也散落著這樣的石頭，但都被移動過，且有些扔在隱蔽處。她審視這些石頭散落的方向，驀地，一個念頭躍進腦中，讓她腳一軟，幾乎摔下樹來，忙穩住心神，細數那些石頭，一、二、三、四、五……不多不少，一百三十六塊。

果然……竟是這樣的！

天氣明明還很熱的，可她卻覺得一股陰冷的寒意從四周籠來，一直沁到心底，手指抓住的樹枝發出脆響。

飛身落地，依然往山上走去，一顆心卻沉至谷底。

南峰山腰之上，堆起一座新墳，墓碑上五個簡單的大字——燕瀛洲之墓。

風夕立在墳前，石化了一般，一動也不動。

良久之後，伸出手指，輕撫墓碑上的字，心中一片淒然。

這麼一個人，就這樣永遠沉眠於此了。可是三天前，那還是一條鮮活的生命，還曾緊緊抱住她，用身體保護著她。

一滴淚落在石碑上，蹲下身來，凝視墓碑。

燕瀛洲，你最後究竟是死於誰手？若是斷魂門，我必為你報仇！

若是他……若是他……

時光流逝，夕陽收起對大地最後的一縷留戀，投進西天深廣無垠的懷抱，黑色的天幕徐徐降下，掩蓋天地，遮起大地上的青山綠水，紅花碧草。

「妳是要在此結廬守墓嗎？」朦朧的暮色中，豐息優雅的身影漸漸走近。

驀地，一道白影飛出，瞬間纏在他頸上。

風夕轉身，手中緊緊攥著白綾，一雙眼睛冷若寒冰。

豐息動也不動，優雅地站立著，任白綾在頸上收緊，再收緊。

「為什麼？為什麼要如此狠絕？」風夕的聲音從齒縫間逼出，若刀鋒般冷利。

「妳知道了。」豐息的聲音依然從容不迫。

「東南西北四個山口，你雖已清理過，但遺下的那些石塊、血跡，足以讓我看明白，那裡曾布下修羅陣！你竟然布下修羅陣！那夜，這宣山裡千餘人想來沒有一個走下山去，全部命喪於此！」風夕攥著白綾的手微微發抖，不知是因為氣憤還是悲傷，「為一枚玄極你竟如此狠絕，你也和那些人一樣要不擇手段得到玄極？也以為得令即能號令天下？」

「果然，我做任何事，可瞞過天下人，卻獨獨瞞不過妳。」豐息輕聲嘆息，「不錯，修羅陣是我布的，那夜宣山上所有人，除妳之外，全部魂葬此處。」

他說得輕描淡寫，似乎千餘人的性命不過是彈指間一點塵埃。果然話音才落，頸上白綾又緊了幾分。

「玄極最後落入你手中？你為著不讓人知道，所以殺盡那夜宣山上所有人？」風夕看著他。眼前的人忽然變得如此陌生，這真是相識十餘年、任她嬉笑怒罵的那個豐息嗎？他不曾如此狠絕過啊！

「對。」豐息答得乾脆，「那一夜所有事幾乎都在我掌控之下，但玄極是假的卻出乎我的意料。」

「假的？」風夕手中白綾緩了緩。

「想來燕瀛洲也沒告訴妳，他手中的玄極是假的。他們得到玄極後，明裡由烈風將軍護送回國，引天下人來追奪，暗中卻將真的另遣人送走。」豐息暗暗吸一口氣道。

風夕聞言頓時嗤笑，「難怪我問起玄極時，你竟答『沒有』，讓這麼多人為之喪命的竟是一枚假令，真真可笑！」她目光一轉，看向墓碑，「而他竟然拚死也要護著那枚假令。」

「聽聞風霜雪雨四將皆對冀州世子忠心耿耿，赴湯蹈火、在所不惜，看來此言不虛。」豐息也看向墳墓，眼中閃過一絲讚賞，「為了將真令安然護送回國，燕瀛洲攜假令引天下人追殺，至死也未吐露真相，這一份忠心實是難得。」

「不管是真是假，那麼多人命喪於你手卻是真。」風夕看著豐息，眼中光芒複雜，「你雖享有俠名，但我素知你從不做於己無利之事，只是我卻沒想到你會冷血至此。那些北州士兵不過是奉命行事，那些江湖人有許多是受人惑弄，他們原不至死，可你……」

「我做事自有我的道理。」豐息卻只是淡淡道。

「你也想得令得天下？」風夕冷笑，「這樣濫殺無辜、滿手血腥的人，怎配坐擁這個錦繡江山！」

「哈哈哈！」豐息忽然放聲大笑，笑中罕有地帶著一絲嘲諷，「女人，滿手血腥的人不配坐擁天下？那妳看看，哪一朝開國帝王不是血流成河、屍陳如山得來這個天下的！」

「至少他們不會愚蠢地相信一枚小小權杖能讓他們得到天下，他們殺人在戰場上，為土地、為城池、為百姓而戰，而不是為一枚權杖殺掉上千無辜之人！」風夕厲聲道。

「哼！」豐息冷笑，「別把那些人說得那麼高尚。在這個天地間，任何一位成為王者之人，他絕非妳心中認為的那種英雄。」

這話仿若重錘擊中了風夕，神色間已是一片黯然。

手勁一鬆，白綾緩緩放開，忽然，她猛地又收緊白綾，目光緊緊盯住豐息，「他是不是你殺的？」

豐息聞言，臉上閃過一絲慍怒，但瞬間消逝，淡淡道：「妳我相識以來，我可曾有騙過妳？我豐息是做事不敢承認的人嗎？況且我早就說過，他那樣的人我不殺。」

風夕聞言垂首，然後手一抬，白綾回袖，「若非太瞭解你，剛才我便殺了你！」

說完即轉身下山，走不到二丈，只聽「叮」的輕輕一響，似兵器回鞘之聲。她足下一頓，苦澀一笑，然後頭也不回地飄身離去。

豐息看著燕瀛洲的墓碑，片刻，臉上浮起絲苦笑，「想來你看到這樣的情形，也該是滿懷欣慰吧？她為你竟然要殺我，相識十年，竟抵不過你這個認識幾天的人。」

說完他也下山去，暗沉的暮色中，便只餘一座孤零零的新墳，偶爾響起幾聲鴉雀的啼鳴，宣山幽冷的山風拂過，墓碑上那幾滴濕痕很快便風乾了。

兩人一前一後下山，相隔約五丈遠，彼此不發一言。

此時天色已全黑，但兩人卻並未施展輕功，而是一步一步走下山去。待至山腳時，夜色已濃，萬籟俱寂。再走回阮城，已是街燈稀疏，各家各戶沉入夢鄉之時。

忽然，西邊一束火光沖天而起，瞬間將夜幕染成緋紅。

兩人一凜，頓施輕功飛身而去，趕至時，只見整座韓宅都在一片火海之中。

宅前聚著被火驚起的街坊，正在潑水救火，呼喊聲、叱喝聲、哭叫聲交雜，一片混亂。

「韓家怎麼會起這麼大的火啊?」

「誰知道啊,這麼久了,竟沒見韓家有一人逃出來。」

「真是奇怪啊,不會全燒死在裡面吧?」

「唉,可憐啊。」

大火之前,還有一些人不忘議論紛紛。

忽地一道白影閃入火海中,隨即便又見一道黑影也飛閃而入。

眾人揉揉眼,想再看看,卻已沒有了,不由驚疑自己剛才是否眼花看錯了,否則這麼大的火誰還會往裡衝,這不是送死嘛。

飛進宅中,大門是從裡拴著的,一路走過,地上倒著不少人,無論男女老少,個個都是胸前一刀斃命,有些血已流盡,有些胸前還流著溫熱的鮮血,有的圓瞪雙目死不瞑目,有的手握兵器似要起來與敵拚命……

門檻上、石地上、臺階上全是殷紅的血,小心地走過,腳落下處依然是血地。

「有人嗎?還有人嗎?」

風夕放聲叫喊,卻無人回答,只有怒捲的濃煙、狂嘯的烈火。

「韓老頭,你死了沒?沒死就應一聲!」

「全死了,竟沒一個活人。」身後傳來豐息嘆息的聲音。

風夕猛然轉身回頭看向他,那樣的眼光,冷如冰,利如劍,「是不是為了藥方?」

「不是我。」豐息脫口道,說完後立時惱怒充溢胸膛。

為何解釋？幹嘛要解釋？

「你入住韓家不就是為著紫府散、佛心丹的藥方嗎？韓老頭將你當菩薩供著，可不要以為我不知道你的用心。」風夕臉色一緩，但語氣依然冷厲。

「藥方我早抄到了。」第一次，豐息臉上斂起了雍容的笑容，代之而起的是如霜的冷漠。

「果然。」風夕冷笑著，忽然側耳一聽，然後迅速飛身掠去，豐息緊跟在她身後。

穿過一片火海，前面是韓家的後花園，隱隱傳來低低的哭泣聲，兩人循聲飛去，便見假山旁跪著一個小小的身影。

「爹爹、爹爹……你起來啊，起來啊！嗚嗚嗚……爹爹，你起來啊，樸兒帶你出去！」那小小的身影死死地抱著地上一具屍體哭喊著。

「韓樸？」風夕一見那個小小的身影不由脫口喚道。

那小小的身影聽得有人喚他，回頭一看，便向她撲來。

「妳這個壞女人又要來搶我家的藥是吧？妳搶啊、妳搶啊！我爹爹都死了，妳再搶啊！嗚嗚……看妳還搶什麼！」一邊哭喊一邊廝打著風夕，滿臉的血與淚。

「韓樸！」風夕抓住他，「發生了什麼事？」

「妳這個壞女人，都怪妳！為什麼咒我爹爹？嗚嗚嗚……爹爹再也不能辦壽宴了！壞女人、死女人，恨死妳了！妳還我爹爹！」韓樸死命掙扎著，掙不過便一張嘴往風夕手上咬去。

「嘶！」風夕一聲痛呼，正待掙開，豐息卻手一揮，點了韓樸穴道，韓樸頓時昏倒在風夕懷中。

「先帶他離開這裡吧，否則我們也要葬身火海了。」豐息道。

「好。」風夕點頭，抱起韓樸，眼一轉，瞧見地上的韓玄齡，嘆一口氣，「黑狐狸，你帶他出去吧。」

說完她即抱起韓樸飛身而去，留下豐息瞪著地上韓玄齡的屍首，片刻後長嘆一聲，彎身抱起韓玄齡，「我黑豐息竟淪落到抱死人的地步，果然，認識那女人便是一生不幸的開始。」

阮城西郊一處荒坡又堆起一座新墳。

「爹爹，您安息吧，樸兒會為您報仇的。」墳前跪著一身白色孝服的韓樸，身後立著風夕與豐息。

「爹爹，您放心吧，樸兒以後會自己照顧自己的，嗚嗚……」強忍著的淚水又掉了下來，慈愛的父親以後再也不能張開雙臂保護他了，這個世上，韓家僅餘他一人了。

風夕與豐息有絲憐憫地看著韓樸，只是心中卻無法再有深切的悲傷。江湖十年，早已看慣了生離死別，僅餘的是對死者最後一絲祝願，願地下安息。

「妳說他要哭到什麼時候？」豐息問。
「我哪知道啊，想不到男人也這麼愛哭。」風夕閒閒答道。
「妳錯了，他還不能算是男人，還是個孩子。」豐息糾正她。
兩人的聲音不大不小，足夠韓樸聽見。
果然，聽得身後兩人的閒言碎語，韓樸回頭瞪他們一眼，只是雙眼中蓄滿淚水，一張臉上又是淚痕又是鼻涕的，實在不具什麼威懾。
抹一把臉，韓樸再重重叩一個頭，然後站起身來，走到風夕面前，從懷中掏出一個錦袋遞給她，「這個是爹爹把我藏起前，交代我要給妳的。」
「是什麼？是不是你爹恨我入骨，臨死了想到什麼報仇的法子了？」風夕小心翼翼地接過，再小心翼翼地打開，一副膽小害怕的模樣。
打開錦袋，從裡面掏出了兩張已有些發黃的絹帛，上面寫滿了字，仔細一看，風夕臉上堆滿了驚訝，「竟是紫府散、佛心丹的藥方！」
豐息一聽，不由也有些訝異，湊近一看，確是自己暗訪韓家密室時偷偷抄下的那兩張藥方，「女人，想不到韓玄齡嘴上雖恨妳入骨，暗裡倒是對妳另眼相看，臨死前還送妳一份大禮。」
「真是想不到啊，韓老頭不是恨不得將我挫骨揚灰嗎？怎麼反倒把這看得比他性命還寶貴的藥方給了我？」風夕喃喃，實在是太過驚訝了。
「爹爹說，黑豐息雖似大仁大義，但性情飄忽難測，藥方若給了他，不知是福是禍；而白風夕雖放蕩不羈、狂妄不馴，但所作所為皆不背俠義，且武藝高強，給了她不用擔心被惡徒奪去，憑她之性情也可造福天下。」韓樸一板一眼地複述著韓玄齡的話。

風夕與豐息兩人聽著這話面面相覷了好一會兒，然後風夕輕輕地，慢慢地問道：「小樸兒，你確定那是你爹爹講的？」

「哼！」韓樸冷哼一聲，「妳不要是不是？那還給我！」

「要，怎麼不要！」風夕趕忙將絹帛收進錦袋，然後手一塞，納入懷中，「小樸兒，多謝啦。」

「不要叫我小樸兒，噁心死了！」韓樸怒目而視。

「這樣啊，那叫你樸兒？小樸？樸弟？樸弟弟？」風夕眼珠轉呀轉的，口中一個勁地念著稱呼。

「我有名有姓，別叫得那麼肉麻，我跟妳又沒什麼關係，女人！」韓樸大聲叫道，可話才一說完，就覺得頸上一緊，腳便離了地，眼前是風夕放大一倍的臉。

「警告你，樸兒，『女人』這稱呼可不是你能叫的，以後記得叫姐姐！聽到了沒？」風夕將韓樸提起來平視。

「咳咳！妳、咳咳……放我下來！」韓樸抓著領口使勁咳著，兩條腿在空中使勁蹬著。

「叫姐姐！」風夕卻毫不理會，依然抓住他，眼睛瞇成一條縫兒。

「姐姐，夕姐姐、好姐姐……」迫於武力之下，韓樸低下高貴的頭顱。

「這才乖嘛，樸兒。」風夕拍拍他的腦袋，然後手一鬆，韓樸便摔在地上。

「女人，韓老頭才剛稱讚了妳，妳就欺負他兒子，他若知道，定要從地下爬出來了。」豐息搖頭嘆息。

「嗨，黑狐狸，咱們商量一件事。」風夕皮笑肉不笑地看著豐息。

「不商量。」豐息斷然拒絕，不給分毫面子，「不關我的事。」

「怎麼不關你的事！你也偷抄了人家的藥方，怎麼說也受了人家的好處，所以對人家的三尺孤兒，你理當照顧照顧。」風夕才不管他的拒絕。

「那藥方是我憑自己的本事取到的，不算受他好處。倒是妳，是人家親自送的，對於這份厚禮，妳當湧泉回報才是。」豐息一副不關己事的模樣。

「黑狐狸，反正不用你自己照顧啦。你到哪兒不是跟著一堆的人嗎？叫鍾離、鍾園隨便一個照顧就行啦。」風夕努力說服他。

「妳是女人，照顧孩子是女人做的事情。」豐息不為所動。

「誰規定女人是照顧孩子的。」風夕嚷起來了。

「不如讓他自己選如何？」豐息看著還蹲坐在地上揉著小屁股的韓樸道。

「好，我相信他會選擇跟你。」風夕自信滿滿地答應。

「韓樸，你過來。」豐息招手將韓樸喚到兩人跟前，「你以後是要跟著我，還是要跟著那個女人？」

「樸兒，你要不要跟著這隻黑狐狸啊？要知道，跟著他可是每天山珍海味，一路之上還有那些風情各異的美女投懷送抱，更不用說由那些纖纖玉手做出來穿不完的錦衣、吃不完的可口點心了，想想我就流口水。」風夕引誘著他。

韓樸看看豐息，再轉頭看看風夕，然後臉對著豐息，定定地看著他。

風夕一見不由心喜，可誰知韓樸說出來的話卻是這樣的：「我不要跟著你，我要跟著她。」說完走到風夕身邊，抬頭看著她，一臉施恩模樣，「妳以後就照顧我吧。」

「什麼？」風夕尖叫起來，「你為什麼要跟著我？要知道跟著我可是沒好的吃、沒好的穿，說不定每天還得露宿野外，跟著他……」

「我知道。」不待風夕說完，韓樸小大人模樣地點點頭，「我知道跟著他會有好吃的、好穿的，但我擔心哪天睡夢裡會被人賣了。跟著妳雖然吃苦些，但至少每天可以睡個安穩的覺。」

「啊？」風夕想不到會聽到這樣的答案，一時間有些發怔，片刻後她爆出一陣狂笑，「哈哈哈，黑狐狸！」她笑得腰都彎了，一手直抱著肚子揉，一手指著豐息，「想不到啊、想不到啊，你竟然也有今日，被一個小孩子嫌棄！哈哈哈哈，我要笑死了。」

而豐息在聞言的剎那露出了驚愕的表情，但瞬間即恢復了他優雅貴公子的模樣，臉上露出那招牌式的閒適笑容，「女人，就這樣決定了，這小鬼就交妳照顧了。只是想不到韓老頭竟生了個聰明的兒子。」末了一句卻說得極低，似心有不甘。

第五章 劍光如雪人如花

「樸兒，你那夜有沒有看清那些凶手？」

阮城外，一騎白馬緩緩而行，馬上馱著兩人，前面坐著韓樸，後面坐著風夕。

韓樸搖頭，「我有看到那些人，可他們全都蒙著面看不到臉。」

「看不到臉啊……」風夕眉頭微皺，「那他們用什麼兵器？」

「刀，全都是很寬、很大的刀。」韓樸道。

「刀嗎……」風夕眉頭又是一皺，「那你記不記得他們用些什麼招式？」

韓樸再搖頭，「那些黑衣人一到，爹爹就把我藏起來，說他不叫我就決不可出來，所以後來的事我都不知道了。」

「唉，你什麼都不知道，這叫我們到哪去找那些黑衣人啊。」風夕不由抬手敲在韓樸腦袋上，「你這輩子還要不要報仇啊？」

韓樸被風夕這麼一說頓時有些委屈，「當然要！我雖不知道那些人的來歷，但是我知道那些人是為我家的藥方來的，因為我聽到他們叫爹爹交出藥方。」

「難怪你家的藥全部被洗劫一空，至於藥方呀，現在藥方在我手中——」風夕托起下巴，眼中閃著狡黠的光芒，「若是我們放出風聲，說韓家的藥方在我手中，那麼貪圖韓家靈藥的人便全會追來，那些黑衣人肯定也會追來。」

「妳……妳若這樣做，到時天下人都會來追殺妳的！」韓樸一聽不由叫道，「妳不要命了！」他雖小，可這點事還是清楚的。

「怎麼說話的！」風夕抬指再敲。

「哎喲，別敲我。」韓樸抱頭叫痛。

「小子，你是不是怕了那些人？」風夕笑謔道。

「我才不怕！」韓樸一挺胸膛，小小的俊臉仰得高高的，「妳都不怕，我堂堂男子漢怕什麼！況且我還要殺那些人為爹爹報仇！」

「嗯，這才像個男人嘛。」風夕點頭，看韓樸努力擺出大人模樣仰著一張俊秀的小臉，於是忍不住再叩指敲在他腦門上。

「不要敲我的頭，痛啊！」韓樸摸著腦門。

「俗話說不敲不開竅，所以敲一敲讓你變得聰明一點。」風夕笑笑，不過也真住手了。

「我已經很聰明了，爹爹和先生都誇過我。」韓樸摸著額頭喃喃道，眼睛呆呆地看著前方。

前路漫漫，不知會去往何方，他小小的腦袋裡一片茫然無措，隱隱約約地知道以後的道路會不一樣了。往日的錦衣玉食、溫情環繞、天真快樂都在那一夜被斬斷，以後或許將是一路風雨、一路煙塵。

沉默了一會兒，他忽然回頭小聲地道：「喂，謝謝妳。」

他雖小，但生在武林世家，平日也常聽長輩們念叨江湖險惡，所以風夕這樣做會冒很大的危險，甚至有可能送命，想到這便心生感激。

「什麼喂呀，叫姐姐！」額上又被敲了一記。

「妳答應不再敲，我就叫。」韓樸抱住腦袋，以防再被敲打。

「行呀，先叫聲來聽聽。」風夕笑咪咪地答應。

「嗯……姐、姐姐。」韓樸扭扭捏捏地終於小小聲地叫了一句。

「嗯，乖樸兒。」風夕伸手本想再敲，臨到頭想起剛才答應的，趕忙改敲為摸。

「姐姐，我們要往哪裡去？」已叫過一次，韓樸再叫時覺得順口多了。

「不知道。」風夕回答得倒是乾脆。

「什麼？」韓樸一聽便要跳起來，不過坐在馬背上沒能跳起。

「樸兒，你多大了？怎麼老是這麼一驚一乍的？你得快點長大，得成熟穩重、處變不驚，懂嗎？」風夕不忘隨時調教這位新弟弟。

「到重陽節我就滿十歲了。」韓樸倒是老老實實地回答。

「哦，我在你這麼大時，已敢一個人出門玩了。」風夕雲淡風輕地說道。

「哦？」韓樸頓來了興趣，「妳一個人出門嗎？妳爹娘不擔心嗎？」

誰知風夕卻不理他的問題，而是凝著眉似在思考什麼，片刻後她眼睛一亮，雙掌一擊，道：「樸兒，我想到了。」

「想到了什麼？」

「若是放出風聲說藥方在我身上，到時各路人馬追殺過來，我倒不怕，只是你……」她睨一眼他，「你這點微末武藝定會性命不保，所以我想到了一個好法子。」

「什麼好法子？」韓樸再問。想想也是有理，自己這點武藝別說報仇，就是自保都不及，到時說不定會連累她。

「那藥方被黑狐狸也偷抄了一份，他的武藝比你不知高了多少倍，而且身邊還有那麼多的高手，所以我們不如放出風聲，說藥方在他手中，讓所有的人都追他而去，然後我們跟在後面，等著那些黑衣人現身就成了。」風夕眉開眼笑的，似是極為得意這個法子，「姐姐我這法子是不是很妙？」

韓樸一聽傻了眼，半晌後才訥訥地道：「妳這不是在害他嗎？」

「說的什麼話！」風夕一掌拍在他腦門上，雖然說過不敲，但沒說不拍，「那隻黑狐狸狡詐、善變、陰險、冷血、無情……武功又少有敵手，你不如擔心那些追去的人會不會命喪於他手吧！」

「背後陷害、誹謗他人卻還這麼振振有詞也算是少見啊。」

驀地背後傳來一道淡雅的嗓音，兩人回頭，便見一匹黑色駿馬馱著豐息緩緩而來，身後跟著兩騎，是那對長得一模一樣的雙胞胎鍾離、鍾園，再後就是一輛馬車，車夫是名約五十的老者，面色蠟黃，但一雙眼睛卻閃著凌凌精光。

「嗨，黑狐狸，你也走這條路呀。」風夕笑吟吟地打著招呼，完全沒一點害臊之意，「既然同路，那借你的馬車睡一覺，我睏啦。」話落，她即從馬背上飛身而起，落在馬車上，朝車夫一揮手，「鍾老伯，好久不見。」然後又對著鍾園、鍾離道，「車裡面的點心我吃了，如果黑狐狸餓了，你們再想辦法堵他的口，到了地頭再叫醒我。」話一說完便鑽進了馬車。

「姐姐，我們去哪啊？」被扔在馬上的韓樸急急問道。

車簾一掀，風夕伸出腦袋，然後指指豐息，「跟著他走吧。」然後頭一縮，不再出來。

韓樸望著豐息，無聲地詢問。

「我們先到烏城。」豐息淡淡道，然後一拉韁繩，領頭行去。

韓樸回首看看寂靜無聲的馬車，開始有點懷疑，自己是不是跟錯人了？

北州境內多高山，其南面有山名烏山，山下有城名烏城，是北州連接王域的一座邊城，有河自烏山起源，若玉帶一般繞城而過，流入祈雲，縱穿整個王域，然後直至幽州，這便是大東境內第三長的大河——烏雲江。

此時，烏雲江邊上停靠著一艘船，此船外形看來與一般船隻並無二致，唯一特別的大概是船身漆成了黑色。

船頭此時站著兩人，一大一小，正是豐息與韓樸。

至於風夕，本來是斜倚船欄而坐的，但此時卻躺在船板上沉入甜夢。

黃昏時分，夕陽從天際灑下淺淺金光，映得烏雲江面波光粼粼。水天一色，纖塵不染，就連江邊那幾叢蘆葦也染上一層淡金色，江風中，微微搖曳，似在炫耀最後的一絲嫵媚。

豐息長長的鳳目微瞇，抬首眺望西墜的那一輪紅日，萬道金光籠罩於身。這一刻的他，默然無語，似亙古以來便矗立於此，格外的靜然，完全不似平日那個溫雅怡人的貴公子。

夕陽中，那道頎長的墨色身影顯得那般高大，如山嶽一般偉岸泰然，卻又帶著暮色裡高山獨有的孤寂，仿若整個天地只餘這一個背影。

而韓樸卻盯著船板上酣然的風夕瞧，只是看了半晌，還是弄不明白，這樣一個人怎麼就是那名傳天下的白風夕？

從阮城到烏城，一路走來，風夕基本上只做了兩件事，那就是吃飯、睡覺。她好像永遠也睡不夠似的，除了站著，只要坐下或躺下，她便能馬上進入夢鄉，這樣的睡功實在叫韓樸佩服不已。

而吃東西，唉！想想第一天，她一個人將馬車裡鍾氏兄弟為豐息準備的，夠吃兩天的膳食全部吃光了，然後自顧睡去了。最後他們只好在路旁一家小店用膳，等飯菜上來，他們這幾個餓壞了的馬上狼吞虎嚥一番，可豐大公子卻只是掃了一眼，根本未動一下筷子，便起身回了馬車。

片刻後，聽到車裡一聲慘呼，夾著忍痛的怒罵聲，「黑狐狸，我殺了你！」

聽著馬車裡的慘叫，鍾離、鍾園及那位鍾老伯依然埋頭大吃，只有他憂心忡忡地瞅著馬車，擔心車毀人亡，連飯都忘了吃了，最後還是鍾老伯拍拍他，示意他莫要擔心。當然，最後那兩人也沒鬧出人命，就連傷痕都沒看到半點。

此時的她——一個女人，就這麼光明正大地躺在船板上睡覺，完全不顧此時光天化日，完全不顧旁有男人，彷彿這天地便是她的床席帳幔，睡得那麼的舒服香甜。

韓樸靜靜地看著，看著看著神思便有些呆怔。

風夕側臥於船板，一臂枕於腦後，一臂斜放腰間，長長的黑髮散放於船板，似鋪下一床墨綢。江風拂過，墨綢便絲絲縷縷地飄起，有的落在白衣上，似輕煙纏上浮雲，有幾縷卻飛揚起來，在空中幾個蕩悠，飄落於她的面頰上，光滑柔亮的黑絲從雪白的臉上戀戀不捨地慢慢滑落……

豐息回頭時便見韓樸目不轉睛地盯著風夕，目中閃過迷惑、懷疑、羨慕、驚嘆……小小的臉上，小小的眼中，滿是與年紀不相符的深思。他手一伸，拍在他的小腦袋上，韓樸回頭看他一眼，半是惱怒、半是無可奈何。

忽然聽得噗通聲響，兩人同時轉頭，卻不見了風夕，只見船頭濺起一片水花，灑落在船板上，片刻後，兩人才回神醒悟到——風夕掉到河裡了！

「呀，她會不會游水啊？」

韓樸一聲驚呼，便向船邊奔去，豐息卻一把拉住他，口中輕輕數著：「一、二、三、四……十！」

砰！江水大濺，然後便見風夕浮了上來。

「咳咳！你這見死不救……咳咳……的狐狸！」她一邊咳著一邊游過來。

「女人，妳的睡功實在是讓我佩服，竟然在水中也可睡覺。」口中嘖嘖稱讚著，卻不難讓人聽出那話中的譏誚之意。

風夕自水中沖天而起，空中一個旋身，那些水珠全向船上濺來，濺得船上兩人滿身的河水。

「獨樂不如眾樂，這般清涼的水我也分你們一些享受。」風夕落在船頭，看著船上被自己濺濕的兩人不由歡笑。

「嘖！」豐息一偏首，黑眸盯著風夕，「妳雖然懶得出奇，不過妳倒是沒有懶得長肉嘛。」眼光上下游移，從頭到腳地打量一番，「這該長的地方長了，不該長的地方沒長，嗯，就這點來講，妳還是有可取之處的。」

此刻風夕全身濕透，那寬大的白衣緊緊貼在身上，玲瓏的曲線看得一清二楚，長長的黑髮沾在身前身後，滴滴水珠從她身上髮間滴落，一張臉似水浸的白玉，溫潤清媚，仿若江中冒出的水妖，漫不經心地展現惑人的魅力。

韓樸一見風夕此時的模樣，年紀雖小，卻趕忙轉過身去，閉上眼，腦中想起以前家中先生教過的「非禮勿視」，但心中卻又懷疑，對風夕這樣的人來講，她的腦子裡到底有沒有一個「禮」字。

風夕一低首，自也知道怎麼回事，但白風夕便是白風夕，對此毫無羞窘之態。頭一甩，濕漉漉的長髮便甩至身前，遮住了一些春光，臉上笑嘻嘻地道：「能得風流天下的豐公子如此誇獎，榮幸之至矣。」笑聲未落，身形一展，便縱到豐息身前，雙臂一伸，嬌軀一旋，若水妖媚舞，「我這模樣比起花樓裡的那些個姑娘如何？」說話間，旋起水花飛濺，織起一層迷濛的水簾，籠罩於身，讓人看不清楚，順帶也籠了豐息一身。

「花樓的姑娘個個溫柔體貼，嬌媚動人，且決不會濺我一身的水。」豐息瞇起眼苦笑。

「哦，就這樣？」風夕停下身歪頭淺問，一雙眼或許因江水浸過，浮著清清冷冷的水光。

「嗯，雖然妳既不溫柔，也不嬌媚，但花樓裡的姑娘沒有這濺我一身水的本事。」豐息抹去一臉的水霧無奈地嘆道。

「哈哈哈哈……」風夕大笑，眼角瞄到韓樸那張通紅的小臉，指尖一彈，一滴水珠便正中他額頭。

「哎喲！」韓樸一聲痛呼，揉著額頭，睜開眼睛，怒視風夕，終於肯定，對於這樣的人真不應該講「禮」。

「你這小鬼呆站著幹嘛，還不快去給姐姐找衣裳來換。」風夕睨著他道。

話音剛落，鍾園已捧著一套衣裳出來，恭恭敬敬地遞給風夕，「夕姑娘，請進艙換下濕衣。」

「鍾離，還是你乖！」風夕接過衣裳，笑咪咪地拍拍他的頭。

「夕姑娘，我是鍾園。」鍾園清秀的小臉紅得恍若西天的夕陽。

「哦？」風夕長眉一揚，然後自顧道，「沒關係，反正鍾離、鍾園都是你們嘛。」說完一轉身進艙換衣裳去了。

待她換好衣裳出來，船頭正升起帆。

「妳往哪去？」豐息負手立於船頭，頭也不回地淡淡問道。

「隨便。」風夕也淡淡地答道，抬首瞇眼看向西天變幻萬千的流雲，「上岸了，走到哪便是哪。」

韓樸聞言下意識地牽住風夕的衣袖。

豐息眼角一瞄看在眼裡，唇角一勾，浮起一絲淺笑，「韓樸，你確定要跟她同去嗎？」

「當然！」韓樸抓緊風夕的衣袖毫不猶豫地答道。不知為何，每次被這豐息眼光一掃，心頭便生出涼意，總覺得那雙眼睛太亮、太深，萬事萬物在他眼中便若透明一般，這也是他為何不跟他的原因之一。

「是嗎？」豐息笑得莫測高深，然後低不可聞地嘆息一聲，「本來想拉你一把，但……將來你便知道苦了。」

「你說什麼？」韓樸聽不清楚也聽不明白。

「沒什麼。」豐息轉頭看向風夕，「你們查滅門韓家的凶手真要以自己為餌嗎？」

「以何為餌看我心情來定，至於那些人——」風夕抬手掠掠還在滴著水的長髮，眼中閃過一絲精芒，雪亮如劍，但轉瞬即逝，依舊是一派懶洋洋的模樣，「你我猜想的估計差不遠。五年前，你我雖踏平了斷魂門，但未能斬草除根。五年後，他們又出現在北州宣山圍殺燕瀛洲。而韓家滅門慘案，想來也與他們脫不了干係的，他們向來只認錢辦事，能請得起他們的人必是富甲一方。」

豐息抬首，帆已升起，「我從烏雲江直入祈雲，妳不如便取道商州，這一路，我替妳追查凶手的蹤跡，妳替我追尋玄極的下落，最後在冀州會合，如何？」

風夕聞言看向他，捕捉到他眼中一閃而逝的亮光，笑笑道：「你為何執著於玄極？你豐息難道真要建一個豐氏王朝？」

「豐氏王朝嗎……」豐息勾起一抹捉摸不透的淺笑，極目瞭望前方，「我不過是受人所托罷了。」

「什麼人這麼大的面子，竟能讓你為他辦事？」風夕挑起眉頭，「那人不怕所托非人嗎？」

「雍州蘭息公子。」豐息淡淡答道，眼光落回風夕身上，「那天替妳還債的珠寶都為他所贈，這樣說來妳也欠他一份人情，玄極既是他想得之物，妳順便為他打聽一下也是應該的。」

「蘭息公子？」風夕一偏首，然後唇邊浮起譏笑，「聞說大東四公子之一的蘭息公子清雅如幽谷芝蘭，想來應是出塵脫俗之人，為何也執著一枚萬千髒手摸過，無數髒血汙過的玄極？不但派部將來奪，更以重金賄賂江湖人，看來一說到江山帝位，再怎麼清高的人也不能免俗。」

對於風夕的冷嘲熱諷，豐息早已習以為常，臉上淺笑不改，看著岸頭道：「船已經在走了，妳要和我同路去祈雲嗎？」

「才不和你這隻黑狐狸同路。」風夕手一伸抓住韓樸衣領，足尖一點，身形飛起，輕盈落在岸上。

「女人，別忘了約定，冀州再見。」豐息輕飄飄拋來一句。

「哈！黑狐狸，我就算找到玄極也不給你，我會送給冀州世子。」風夕卻笑道。

「為什麼？」豐息追問一句。

船已越走越遠，但風夕的回答卻依然清清楚楚傳來。

「因為那是他所希望的，是他以性命相換的。」

看著遠去的白帆——那艘黑船上唯一的白色——風夕喃喃，「況且你這約定，我可沒答應呢。」

那一片白帆終於消逝於天際，岸上的人卻依然怔立，看著暮色中的蒼山碧水，心頭卻沒來由地沉甸甸的。

「姐姐，我們去哪？」韓樸喚回還在遠望的風夕。

「隨便。」風夕的回答等於沒有答。

「我不要去『隨便』。」韓樸再次懷疑自己的選擇。

「哦。」風夕低頭看看他，然後偏頭想了想，「那我們就順著這條路走下去，商州、冀州、幽州、青州、雍州、再到祈雲王域……就這樣一路走吧，總有一天會遇到那些人的。」

聽著風夕一路數下，韓樸已腦子打結，睜著眼睛看著風夕，「難道就這樣亂走一氣？」江湖上對她那些神勇非凡、聰明睿智的評價肯定全是誤傳！

「呿，你這小鬼擺什麼臉色給我看。」風夕纖指一伸，彈在韓樸腦門上，然後領頭前行，「聽過一句話沒？穿在北州，吃在商州，武在冀州，文在青州，玩在幽州，藝在雍州。姐姐這就帶你去領略一番吃喝玩樂！」

「妳走慢點。」韓樸忙跟上，踏上他人生的第一次旅程。

半月後，商州，西境山道。

一大一小兩人正在趕路，走在前頭的是一白衣女子，寬袍大袖，黑髮如瀑，步伐輕盈，神色愉悅。走在後頭的是白衣男童，背上背著個小包袱，一身白衣幾乎已成了灰衣，俊臉神采全失，雙目黯淡，口中還在有氣無力地念念有詞。

「我怎麼會跟著妳？跟著妳吃了上頓沒下頓，有時候還吃霸王餐，沒走脫便把我抵押在那裡，要麼便是野果、野菜果腹，喝的是山溝溝裡的水！睡覺不是睡在人家屋簷下就是掛在樹上，要麼便是破廟裡草席一裹，風吹日曬雨淋的，沒有一天好過。」

「為什麼武林中數一數二的高手白風夕會沒有錢？所有的大俠不是都威風凜凜、腰纏萬貫嗎？我應該跟著黑豐息才是，就算是睡夢中被賣了，至少能吃到幾頓飽的，也能睡上個舒服覺。」

不用想也知道，這抱怨著的人正是一口咬定要跟著風夕，但此時卻懊悔萬分的韓樸。

「樸兒，你是十歲不是八十歲，走個路別像老頭子似的慢吞吞的。」前頭風夕回頭喚著已落後四、五丈遠的韓樸。

韓樸一聽反倒一屁股坐在地上不動了，用最後一絲力氣狠瞪著風夕。

風夕走回他面前，看一眼疲憊不堪的他，臉上堆滿嘲笑，「誰說自己是男子漢來著的，怎麼才走這麼點路就不行了？」

「我渴、我餓，我沒力氣……」韓樸有氣無力地反駁。

「唉，好吧，我去找找，看能不能捉到隻野兔或山雞給你填肚子。」

風夕無可奈何。帶小孩就是不好，特別是這種錦衣玉食養大的，身嬌體貴，還挑吃挑喝。不過他挑食的毛病這一路來已給自己治得差不多了，哈哈，至少他餓的時候，只要是能吃的，全都狼吞虎嚥了。

「至於你渴嘛……這附近好像沒什麼山泉。」她眼珠一轉，壓低聲音湊近他道，「不如就喝野兔或山雞的血吧，既解渴又進補了。」

「嘔！嘔！」韓樸一把推開她撲在地上嘔起來，卻只是乾嘔幾下，沒嘔出什麼來，肚子裡所有的東西早就消耗盡了。

「哈哈哈哈，樸兒，你真的很好玩啊。」風夕大笑而去，「記住，拾些柴火，天下可沒有不勞而獲的事。」

「知道了。」韓樸喃喃應著，然後搖晃著爬起來去撿了些乾柴回來，又找了一處平地，用隨身的小匕首辟出一塊空地，將柴火架上，只等風夕回來。

「乖樸兒，點著火。」

遠遠地傳來風夕的聲音，韓樸知道這代表她已抓著獵物了，趕忙找出火石點著火，柴火燃起時，風夕已一手提著一隻山雞，一手抓著兩個頗大的野梨回來。

「先解渴吧。」風夕將野梨拋給韓樸。

韓樸一接著便馬上咬了一口，用力吸一口梨汁，然後幸福地長長舒一口氣，這酸中帶甜的梨汁此時於他不啻於瓊漿玉露。

「樸兒，是吃烤雞還是吃叫化雞？」風夕俐落地給山雞拔毛、開膛破肚，那種熟練的動作沒個三、五年的操練是做不到的。

「烤——」韓樸口中含著果肉，只求能快點有東西吃。

「那就是風氏烤雞了。」風夕將雞叉起架在火上，「樸兒，火小了點，你吹旺一點。」

韓樸吃下一個野梨有了點氣力，扒扒火吹了一下。

「不行，再大點！」風夕邊說邊翻轉著雞身，「再不大點火，待會兒給你啃雞骨頭。」

深知風夕是說到做到，韓樸趕忙深深呼吸，氣納丹田，然後使盡力氣「呼！」地吹出。

砰！

柴火、塵土飛上半空，黑灰飛飛揚揚地撒下來，落了兩人一頭一臉一身。

風夕抹一把臉上的灰，一張白臉便成了黑白相間的花臉，睜開眼睛，從齒縫裡迸出兩個字，冷若秋霜，「韓樸！」

「我又不是故意的！」韓樸立時弓身便往樹叢裡逃，此時他的動作絕對比野兔還快。

「站住！」風夕飛身追去，密密的樹叢裡哪還見著他的人影。

韓樸躲在樹叢中慢慢蠕動，生怕一不小心就給風夕發現，心裡第一百次懊悔，應該跟著豐息才是，至少死前他會給他一頓飽餐。

嗦！嗦！

身後傳來輕響，風夕追來了！他一把跳出來，使盡吃奶的力氣施展那三腳貓的輕功往前逃去。

叮！身後的風聲似是兵器劃空而來，銳不可當！

「我不是故意的，下次我會小心點！」韓樸淒淒慘慘地叫嚷著。

但身後風聲卻更緊，一股寒意已近在腦後。

她不至於這般狠心吧？百忙中回頭一看，這一看便將他三魂六魄嚇去一半！

彷彿是漫天的雪花夾著針芒，密雨般向他席捲而來，而他卻還來不及為雪花的絕麗風姿而驚嘆，芒刺便已近膚，一陣透骨的寒意傳來，閉上眼，腦中只響起這麼一句，「姐姐救我！」

過了很久，利刃刺破身體的痛楚並未傳來，就連那股寒意也淡去不少，周圍似乎很安靜，韓樸悄悄睜開一條眼縫，頓時一口氣堵在喉嚨裡。

雪亮鋒利的劍尖正抵在他頸前一寸處，順著長劍往上望去，劍尖前兩寸處是兩根沾著黑灰的手指，纖長的中指與食指輕鬆地捏住劍身。跳過手指再順著劍身往上望去，是一隻握劍的手，秀氣、白淨、修長，與前面的兩指天壤之別，再順著那隻手望去，是潔白如雪的衣袖，順著衣袖往肩上望去，是一張如雪的臉。

雪花般潔淨，雪花般美麗，雪花般冰冷，也如雪花般脆弱，彷彿只要輕輕一彈，眼前這張臉便會飛去——融化。

「嚇傻了嗎？」耳邊傳來風夕略帶譏誚的聲音。

「姐姐！」韓樸回神，興奮地一把抱住風夕，所有的寒意便不驅而散，一顆上下蹦跳的心也落回原位。

「嗯。」風夕輕輕應一聲，眼睛卻盯著眼前的人。

這人是男是女？除去那張臉，其餘看來應是男子——像是一個雪人！

長髮如雪，白衣如雪，肌膚如雪，還有那如雪般透明冰亮的眼睛，如雪般漠然冷冽的氣質，唯一的黑色便是兩道入鬢的劍眉。

這般漂亮如雪的人不知是否也如雪般不堪一擊？

心念才動左手便一抬，屈指彈在劍身上，「叮」的一聲響，劍身震動，雪衣男子握劍的手抖了一下，但依然握得緊緊的，如雪冰亮的眼睛死死盯住她，瞳孔裡竟是奇異地湧上一抹淺藍。

「咦？」風夕亦有些驚奇。這一指她使了五成功力，本以為雪衣男子定會寶劍脫手，誰知他竟握住了，看來功夫不錯。

雪衣男子卻更為震驚，眼前這個滿身塵土，滿面黑灰，髒得像從土坑裡冒出來的村姑，竟這般輕鬆地就以兩指捏住了他全力刺出的一劍，而一彈指之力竟令自己手指發麻，若非運足全部功力，寶劍只怕已脫手飛去。

她是何人？武林中何時出現了武功這般厲害的女子？

「我鬆手，你收劍？又或是……」風夕偏首斜睨著雪衣男子，唇角微勾，那是輕淺的笑容，只是一張黑臉笑起來甚為滑稽，「又或是我折斷它？」

果然，她話音一落，那雙漂亮的眼睛裡閃過殺意，而雪衣男子瞳孔裡的淺藍加深，如雪原之上那一抹藍空，而他整個人更是湧出一股銳氣，直逼她而來，仿若戰場上鬥志昂揚的戰士。

『好驕傲的人！』她心中不由喟嘆。

第六章　朝許夕諾可有期

「收劍。」

驀地，身後一道嗓音傳來，輕淡中帶著威嚴，彷彿是王者吩咐臣子。

雪衣男子聞聲，頓時全身氣勢收斂，手腕一動，想抽劍而退，卻沒能抽動。

劍尖捏在風夕手中，他擰眉再次使力抽劍，卻依未能抽動分毫，立時，雪衣男子瞳孔裡才稍稍褪去的藍又湧上來，一瞬也不瞬地盯著風夕，似極想拔劍而戰，卻又十分忍耐。

「姑娘也放手如何？」那個聲音又響起，依舊是淡淡的，可語氣中帶著一絲不可忽視的命令之意，卻又不會令人反感，這人好似天生就是如此。

「不放又如何？」風夕頭也不回地道。

「姐姐？」韓樸拉拉她的衣袖。

「那姑娘要如何才肯放手？」身後的聲音再次響起，帶有一絲忍耐與好奇。

「賠禮道歉。」風夕盯住雪衣男子輕輕道。

「嗯？」身後的聲音似覺有些好笑。

「這人無故拔劍刺我弟弟，若非我及時趕到，小弟早已命喪於他劍下。」風夕依然未回頭，只是盯緊雪衣男子，眼中懶洋洋的光芒此刻已化為凜凜冷光，「或許在你們眼中人命如草芥，但在我眼中，我的弟弟可是勝過世上任何珍寶的。」

「哦？」身後的人目光瞄了一眼韓樸，「令弟並未有分毫損傷。」

「哦？」風夕眼眸微瞇，「只因為沒有受傷或喪命，那他受到驚嚇也就只能怪他運氣不好或是技不如人了？」她歪頭一笑，極其燦爛，「既然如此，我也殺過不少人，但自問未曾殺過無辜之人，現在麼，我也殺個陌生人試試！」

雪衣男子還未在她那一笑中回神，便覺手腕一痛，然後五指一麻，寶劍已脫手而去。

「你也嘗嘗這滋味！」風夕口中輕叱，奪劍轉身，手腕一翻，長劍已化為長虹直往身後之人刺去。

「公子小心！」雪衣男子大叫。

劍光華燦，迅疾如風，剎那間已抵至那人頸前。

那人卻也非等閒之輩，身形快速往左一飄，這一劍便擦肩而過，但不待他喘一口氣，第二劍已如影相隨，直刺雙目。

「咦？」那人微有驚訝，想不到對方身手如此之快，避無可避之下，手腕一翻，袖中藍光一閃，堪堪架住長劍，劍尖已離眼皮不到半寸。

「公子！」雪衣男子見狀驚憂，卻也不敢妄動。

「不錯。」風夕輕讚，同時手腕一抖，劍尖敲在那抹藍光上——那是一把長不過一尺的彎刀，刀身呈淺藍色，在陽光下若一泓流動的藍色彎月。

那人眼見風夕手腕一動，立時力運於臂。

各自運起的力道相撞，頓讓相接的刀劍發出清脆的金戈之聲，同時兩人五指俱是一麻。

「好功夫！」這次是那人出聲讚道。話音未落，他屈指彈開劍身，短刀一劃，帶起一抹妖異的藍光往風夕頸前纏去。

風夕見狀，心神一凜，手中長劍厲揮，頓時織起一道密不透風的劍牆。

只聽得叮叮叮連續的刀劍相擊聲，兩人已是近身相搏，瞬間便交手十來招，卻是旗鼓相當。

「接我這招。」風夕一聲輕喝，右腕一轉，長劍回掃，撞開對方短刀，然後再迅速一轉，直刺那人胸前。同時左袖一拂，若白雲凌空而去，直取那人面門，袖未至，凌厲的袖風已掃得肌膚微痛。

那人見此，也不由讚嘆此人功力之高、變招之快，但依然不慌不忙，右手一翻，短刀擋於胸前封住刺來的長劍，同樣左手一揮，化為掌刀，挾著八成功力，直直斬向風夕的左袖。

「嘻，再接這招。」

眼見招數即要被化解，風夕忽地一聲輕笑，左腕一提，大袖在那人掌刀之前忽地溜走。那人掌刀落空，正要變招之時，剎那間風夕長袖復捲而來，意欲將那人左掌裹住，這一招若得手，那人左掌便要脫腕而去！

那人依然臨危不驚，其武功也高明至極，在長袖堪堪裹住左掌的瞬間，他化掌為爪，五指抓下，只聽「嘶」的一聲脆響，兩人分開，空中半幅衣袖飄飄落在兩人之間。

「姐姐！」韓樸一見兩人分開，趕忙奔至風夕身邊。

「公子！」雪衣男子也趕忙走到那人身邊，眼睛卻瞪著風夕，神情間又羞又惱。羞的是自負劍術絕世，今日竟被人奪劍；惱的是這村姑竟敢與公子動手！

「姐姐，妳沒受傷吧？」韓樸擔心地看著風夕。

「沒有。」風夕低首，回韓樸一笑，示意他不要擔心。風夕抬起左手，被扯去的半截衣袖下露出一截雪白的手臂，只是手掌還是黑黑髒髒的，「唔，竟被扯了衣袖，好多年沒碰上這樣的對手了。」

「公子，你沒事吧？」雪衣男子也關心地詢問著自己的主人。

「沒事。」那人搖搖頭，抬起自己的左手，手背之上留下一道約三寸長的淺淺血痕，「想不到這荒山野外竟能遇到如此高手。」

風夕移眸往那人看去，一見之下卻不由一怔。

那是個讓人一眼就難忘的年輕男子。身材高大頎長，著一襲淺紫色錦衣，長長黑髮以一根紫色緞帶束於腦後，一張臉仿若是上天篩選最好的玉石精心雕刻而成的絕世之作，眼眸是罕見的金褐色，眨動間如有金芒閃爍，隨意地負手而立，在這荒山裡卻似君臨天下的王者，自帶一種尊貴與傲然。

風夕與豐息相識多年，一向覺得世間男子論形貌無人能出其右，自問外貌再出色之人她都可以平常心視之，但此刻卻忍不住驚豔。

「唔，倒是第一次見到能與那隻黑狐狸不相上下的人。」她不由得喃喃自語。

「姐姐，妳說什麼？」韓樸問道。只因風夕聲音實在太小，未曾聽得清楚。

「我在說，你什麼時候能長大。」風夕低首睨一眼韓樸。看著他那張俊秀的小臉，暗想，也許他長大之時亦能與之一較長短也說不定。

「姑娘武功之高實屬罕見，敢問姑娘尊姓大名？」在風夕打量紫衣男子之時，那人也在審視著風夕。

眼前的女子一身衣裳已分不出原來的顏色，一張臉白一塊、黑一塊，亦辨不清形貌，一眼看去實在無甚可取，但偏偏有雙異常明亮的眼睛，仿若是黑暗混沌的荒野裡僅有的兩顆寒星，散發著炫目的清光，引人不由自主地再看第二眼。再看之時，卻發現這個髒兮兮的女人神態間自有一種飛揚灑脫，彷彿是十丈軟紅中無拘無束、隨時會飛逸而去的清風。

「哼！我姐姐的名諱豈是能隨便告訴人的。」韓樸聞言卻是鼻子一哼，下巴抬得高高的，「至少你們也要先向我賠禮道歉才行。」

「哦？」紫衣男子目光淡淡掃一眼韓樸。

被紫衣男子眼光一掃，韓樸也不知怎的，心頭一顫，氣焰便弱了，「你……你們無故使我受到驚嚇，當然要向我賠禮道歉。」

「哦。」紫衣男子濃眉一挑，「那請問小兄弟叫什麼名？」

韓樸一聽人家問及姓名，馬上豪氣萬丈地自報家門，「我叫韓樸，目前雖然武功只是一般的高，但將來肯定是要比白風黑息還厲害的大俠！」

「哈哈哈！」聞言，紫衣男子忍不住仰頭大笑，大笑的他渾身散發著一種張狂的霸氣，令人不敢逼視。

雪衣男子卻是皺著眉頭看一眼韓樸，那眼光明白告訴他，不相信他有那能耐。

被紫衣男子的笑聲及雪衣男子的眼光刺激到的韓樸，頓時握拳叫道：「你、你笑什麼？你不信嗎？哼，要知道我姐姐……」只是話未完，腦門上卻挨了一巴掌，把後半句話給拍回了肚裡。

「你丟了自己的臉不夠，還要丟我的臉嗎？」風夕拍了拍韓樸，目光斜睨了一眼紫衣男子，淡淡道，「江海之浪皆是後浪推前浪，世間人事總是新人換舊人。也許將來某一日，他之武功名聲真會超越這些人，你又何須笑他。」

「韓姑娘，我並非笑他口出狂言，而是讚賞他人小卻有如此志氣。」紫衣男子斂笑，目光看著韓樸，「只是白風黑息那樣的人物數十年不得一出，要超越他們可不是隨便說說就能做到的。」

「我姐姐才不——哎喲！」韓樸見這人誤叫風夕為「韓姑娘」正想糾正，腦門上忽又挨了一掌，把後半句話又給拍回去了。

「是嗎？那拭目以待吧。」風夕淡淡地道，然後將手中長劍一拋，正插在雪衣男子身前，牽起韓樸，「樸兒，既然你的拳頭沒人家硬，那我們走吧。」

「慢著。」雪衣男子忽然出聲叫住他們。

「怎麼？你還要打一場不成？雖然要打贏你家公子會比較辛苦，但要贏你卻絕非難事。」風夕停步回頭看著雪衣男子。

「抱歉。」雪衣男子忽然道。

「呃？」風夕聞言驚詫。

「我蕭澗絕非濫殺無辜之人。」雪衣男子道，卻也就這麼一句話，依然是傲骨錚錚地不肯解釋刺人的原因。

「哦？」風夕聽得這話不由轉過身來細細打量他一番，片刻，她粲然一笑，「蕭澗嗎？知道了。」

蕭澗卻為她這一笑所惑。明明一張臉黑黑髒髒的，不說她醜已是十分留情，偏偏笑起來卻似珍珠，雖然蒙塵，依舊自透出一種光華，讓人不由側目。想起先前也是為她一笑失神，以至失劍，心中忽又對這樣的笑生出幾分懊惱。

紫衣男子忽然問道：「不知姑娘為何會出現在此等荒山野地？」

風夕轉頭迎向他刺探的目光，「似公子這般人物更不應該出現在此等荒山野地才是。」

紫衣男子金褐色的眸子盯緊風夕，似要看穿她一般明利，「姑娘的身手是目前為止第二個我無十分把握可以勝過的人。」

「嗯？第二個？」風夕偏首，「那第一個是誰呢？」

「玉無緣。」狂傲的紫衣男子說起這個名字時，語氣裡透著罕有的敬重。

「玉無緣？」風夕聞言，懶洋洋的眼睛忽地一亮，清光灼灼，臉上亦浮起欣喜的歡笑，「天下第一公子玉無緣？竟能與他同列為你無法勝過的人，可真是榮幸了。」

紫衣男子見一說出玉無緣之名她竟如此欣喜推崇，不由問道：「姑娘也認識玉無緣？」

「風雨千山玉獨行，天下傾心嘆無緣。風姿絕世的玉公子天下誰人不想結交，只可惜聞名久矣，緣慳一面。」風夕惋嘆。仰首望天，驕陽熾耀，不知傳說中的那人是否也如日般光華燦爛？「這世上，我最想結識的人便是玉公子了。」

「哦？」紫衣男子臉上浮起一絲耐人尋味的笑容，「整個天下竟只有玉公子入得了姑娘的眼嗎？」

「哈哈，」風夕回首一笑，看著紫衣男子，「當然，能結識四公子之一的冀州世子皇朝公子這也是甚為榮幸之事，只不過嘛……」她眼珠一轉，帶著狡黠之色，「若結識的是玉公子，我還是要更歡喜些。」

「是嗎？」紫衣男子一挑眉頭，然後又放聲大笑，「姑娘之率性實是少有。」笑聲歡暢，響徹山野。

「狂妄，無禮。」蕭澗看著風夕吐出兩個詞。

片刻，紫衣男子止笑收聲，只是眼中笑意未退，「自我出生至今，未曾有人跟我說過這等話，可我聽著卻歡喜。」

「皇世子高高在上，自然難得聽到『狂言妄語』。」風夕挑眉睨一眼蕭澗，倒好似就是要承認自己的狂妄無禮一樣。

「姑娘為何肯定我是皇朝？」紫衣男子──皇朝，對於身分被識破一事倒也並不在意。

「冀州以紫為尊。」風夕目光掠一眼皇朝的服飾，「況且，」她彎腰撿起地上的半截衣袖，「非我自負，只是闖蕩江湖這麼多年，這天下能與我打個平手的人不多。」抖抖衣袖上的灰土並將其收起，然後轉頭望向蕭澗，「再說了，劍術精妙名為『蕭澗』之人想來也沒有第二位，冀州的掃雪將軍，我可有說錯？」

蕭澗眉頭微皺，看著她，片刻，慎重地抱拳道：「令弟剛才躲躲藏藏，被我誤以為是刺客，多有冒犯，還請見諒。」

對此，風夕卻只是閒閒擺手，道：「這臭小子弄了我一身的灰，本想打他一頓屁股的，誰知他逃得比兔子還快，讓你嚇他一跳也是活該。」

「姑娘將我倆的身分都識破了，而我們卻依然不知姑娘是何人，看來論到識人的眼光，是我們輸了。」皇朝道。

風夕哂然一笑，「皇世子的身分是我自己識破的，自然我的身分也應由世子自己認出，這樣才公平，不是嗎？」

皇朝聞言亦一笑，目光犀利地打量著風夕，腦中過濾著所知的人物。

「這天下武功一流的女子，首屈一指是白風夕，再來便數到青州的惜雲公主，然後便是我國的霜羽將軍秋九霜。」

「哦？」風夕長眉一揚，靜待他下文。

「九霜是我部將，我自然識得，而白風夕我雖未見過，但素聞其『素衣雪月、風華絕世』，姑娘——」皇朝一頓，看一眼對面這一身髒兮兮的，五官都瞧不清楚的女子，哪裡談得上「風華」二字。

「嘻，我這醜八怪自也不是你口中『風華絕世』的白風夕，是不是？」風夕聞言輕笑，並無不快。

「姑娘既不是白風夕，當然也不可能是惜雲公主。青州惜雲公主雖創立風雲騎，威名赫赫，但也未曾聽說其涉足江湖，且公主出身王室，養尊處優，豈會輕易出現在此。」皇朝又道。

「嗯。」風夕聞言頷首，似同意其推測。

「至於江湖上其他武藝高強的女子……」皇朝又屈指數來，「飛雪觀的單飛雪有『冷面羅剎』之稱，但姑娘時帶笑容，而且單飛雪已出家為道，自然姑娘也不是她了。梅花嶺的梅心雨一手『梅花雨』響絕江湖，但其三年前已嫁『桃落大俠』南昭為妻，兩人伉儷情深，形影不離，自不會孤身在此。品玉軒的君品玉乃一代神醫，聽聞每日上門求醫之人絡繹不絕，自也無暇在此荒山遊蕩。」

「嗯。」風夕繼續頷首。

皇朝將所知的武功高強的女子一一數來，卻還是未找著一個能與眼前女子對上號的，「姑娘姓韓，恕我孤陋寡聞，未曾聽說過江湖上有此名號。」

「嘻嘻，皇世子雖深居王宮，但對於天下間的人事也是了若指掌嘛，只是這世間你我不認識的人多著呢。」風夕笑咪咪地道。

「姑娘許是才入江湖不久？」皇朝道，目光一瞬也不瞬地看著風夕的臉，「又或者姑娘洗洗臉，讓我一睹真顏，或許要認出姑娘便不是難事了。」

「哦？」風夕抬手撫上臉，手與臉皆是灰黑一片，然後再低首看了看自己，也不由得自嘲一笑，「不但要洗洗臉，還得洗洗澡才行。」她說著，目光一轉，勾著一抹詭笑看著皇朝又道，「皇世子想要一睹我真顏，難道想跟著去不成？」

「嗯？」皇朝微呆。

他出身尊貴，平日裡接觸的女子皆是溫柔端方的大家閨秀，就算是那些比較豪爽的江湖女俠，她們再怎麼不拘小節，也決不會如眼前女子這般，問一個男人她洗澡時你要不要跟著去看。

皇朝沉默，以從未有過的認真眼神打量著風夕。

眼前這人是放縱淫蕩之人？不像！那一雙眼睛澄澈明亮，毫無一絲淫邪，臉上笑容坦蕩，即算是一身的髒汙，整個人依然是神清氣朗的。

於是，皇朝那張高貴端嚴的俊臉首次浮現出了玩味，淺淺笑道：「若姑娘相邀，皇朝自願舀香湯、捧羅巾。」

「呃？」這次輪到風夕聞言錯愕了。

出道至今，除了那隻黑狐狸，少有人能如此自然坦蕩地答覆她那些世俗難容的言行。要是換作那個燕瀛洲，現在肯定又是滿臉通紅、支支吾吾了，若是換作這漂亮的雪人，肯定是冷著一張冰臉眼角也不瞟她一下，而這個皇朝……呵，能列為四大公子之一的人，果然不俗。

「怎麼？姑娘不敢了？」皇朝看到風夕驚訝的樣子不由笑謔道。

「嗯，不是不敢。」風夕搓搓手，撓撓頭，「而是讓冀州世子來服侍，便是坐在帝都金殿上的皇帝也無此福氣矣，何況是小民我，我怕折壽呀。」

「哈哈哈哈！」皇朝聞言不由朗聲暢笑，然後他雙臂一伸，「他日我將此荒山辟為一座清湖，到時再請姑娘來此淨顏滌塵如何？」

「嗯？」風夕聞言不由定睛看向皇朝，從那張狂放傲然的臉上看不到絲毫戲謔之色，惘然中直覺這人是會說到做到的，於是她緩緩點頭，「你若真挖了個湖在此，那我便是在天涯海角也會回來洗一把臉的。」

「好，一言為定！」

「一言為定！」

兩人竟真擊掌為誓，擊掌過後，看看對方，然後同時仰天大笑。笑聲爽朗，直入雲霄。

一旁的蕭澗看著大笑的兩人，雪亮的眸子裡也掠過一點笑意。然後他仔仔細細地打量著風夕，從頭到腳不漏分毫，最後眼光停駐在她額頭，那裡似乎是掛著件飾物。

「唉，我餓了，你請我吃飯吧。」笑聲一止，風夕便不客氣地要求道。

「嗯？」皇朝挑眉。

「怎麼？你不願請我這山野小民？」風夕眼一瞪。

「怎會。」皇朝搖頭一笑，很爽快地應道，「我請妳。」

聞言，風夕拍拍一旁傻呆呆的韓樸，「樸兒，這下我們的午膳有著落了。」

「姐姐，這是皇朝耶！冀州的世子！與黑豐息齊名的四大公子之一的人啊！」被風夕一拍，韓樸頓時醒過神來，不由得大聲嚷起來，一雙眼睛睜得大大的、亮亮的，無比崇拜地看著皇朝。

「那又怎樣？把你的口水吞回去！」風夕狠狠敲了一下韓樸的腦袋。

「這位小兄弟，妳有這等姐姐，將來自是不凡。」皇朝看著韓樸淡淡一笑。

韓樸摸著被風夕敲痛的腦門，聽得皇朝的話，頓只能傻笑了，「呵呵……那是。」

「唉，還是先解決肚子餓的問題吧。」風夕揉揉肚皮。

皇朝一笑頷首。

風夕牽著韓樸，跟在皇朝與蕭澗身後，幾人在荒野裡穿梭，走不到一刻，便見前面一處較為平坦的草坡上佇立著四人。

「公子。」四人一見皇朝回來忙迎上前來，一邊打量著風夕與韓樸。

「哇，好多吃的呀！」韓樸首先叫嚷起來。

草坡上鋪有一塊一丈見方的紫色錦毯，毯之上置有各式各樣的吃食。

「我要吃這隻烤鴨！」韓樸飛快地撲向正中央那隻烤得金黃的鴨子。

「先拿先得。」風夕也叫道。

一大一小兩條人影全向烤鴨撲去，眼看烤鴨即將不保，但兩人忽又同時止住了，四隻手全停在半空，隔著烤鴨一寸距離。

不是因為他們謙讓，只因那四隻手——實在太髒！

「借你衣裳用用！」

蕭澗還沒來得及反應，眼一花，風夕人已至身前，然後衣袖一緊，低首一看，眼睛不由睜大——她竟然就在他的衣袖上擦起手來！那潔白如雪的衣袖馬上便被汙成了黑灰色！

「妳——」蕭澗瞪著她說不出話來。

「哎，別小氣，要是我的衣裳還乾淨的話，我也不用擦在你身上，反正你一個大將軍很有錢的，回頭再買一身就是了。」風夕一邊說一邊努力擦拭著手上的汙垢。

「妳——可以去洗手！」蕭澗終於吼出聲來，聲音與他那秀麗的外表甚是不符，而他那雙眼睛的瞳孔又奇異地湧現淺藍。

「哇！又變了、又變了！」風夕一見如獲至寶，指著他的眼睛像個孩子一般高興地嚷著。

「什麼變了？什麼變了？」那邊韓樸正倒著酒壺裡的酒洗手，聽得風夕的叫聲，便提著酒壺跑過來。

「你——你——竟然用酒洗手？」蕭澗一見韓樸手中的酒壺頓又額角抽筋，漂亮的眼珠已快跳出眼眶，那一抹藍色更深了，「這是『胭脂醉』啊！」

「哇！他的眼睛變成藍色的了！」韓樸也驚叫著。

「胭脂醉？千金一壺的胭脂醉？」風夕一把從韓樸的手中搶過酒壺嗅嗅，「唔，真的是呢。」

「妳也知道是千金一壺啊。」蕭澗冷哼。

本以為風夕會惋惜一番，誰知……

「那我也洗洗手！」話音落，壺一傾，剩下的酒便全倒在她手上。

當下蕭澗只能目瞪口呆地看著，已完全說不出話來了。

「壺給你。」風夕手一拋，酒壺便落在蕭澗手中，然後再兩手一拍，拍在蕭澗肩上，「再借我擦擦。」

蕭澗的肩上便留下兩個濕濕的手印。

「烤鴨是我的了。」風夕足尖一點，人已落在毯上，手一伸，烤鴨便到了嘴邊，張牙一咬，半隻鴨腿便進了口中。

「啊！」還在傻看著蕭澗眼睛的韓樸總算回過神來，馬上跑回去，一屁股坐下，手一伸，「那這兩隻蜜汁雞腿是我的！」

「那這盤醬汁蝦仁是我的。」

「那這碟芙蓉玉片是我的。」

「那這盒紫雲排骨是我的。」

兩人一份一份地把毯上的吃食瓜分完，並每奪一份時都抬頭瞅一眼蕭澗，滿意地看到那冰雪瞳眸中的淺藍逐漸加深，最後藍如萬里晴空。

「你今日似乎很容易激動。」皇朝一直端坐於一旁靜觀著，看到一向冷靜淡漠，情緒極少波動的愛將今日竟接二連三地被激怒，不由感慨。

蕭澗聞言猛然驚醒，然後斂神靜氣，平復情緒，於是瞳孔上的藍色慢慢淡去，最後瞳孔靜寂如淵。

「唉、沒有了。」韓樸含著雞肉口齒不清地惋嘆著。

「蕭將軍，你有沒有其他的名字？」風夕看一眼他，然後瞇眼看向天空，「你的眼睛就像雪原上的藍空，澄澈而純淨，很漂亮啊，應該取名叫雪空才是。」

蕭澗聞言一怔，凝視風夕，半晌後，他輕聲答道：「字雪空。」

「真好。」風夕微笑點頭，又看看他，一邊嚼著東西一邊道，「你不應穿這種雪白的衣裳，嗯……你適合穿淡藍色，像天空那樣的藍。」百忙中不忘伸出油手指指天空。

這次蕭澗不再答話，只是抬首望向天空，讓碧藍的晴空倒映於他清澈的眸中，偶爾掠過一絲輕淡的雲彩。

皇朝一旁聽著，帶著淡淡微笑看著狼吞虎嚥的兩人。

忽然，埋頭大吃的風夕與端坐著的皇朝同時移首往右瞟了一眼，收回目光時，風夕繼續埋首吃食中，而皇朝輕鬆悠閒的表情慢慢收斂。

隨後蕭澗也發現了，飛身掠去，眨眼不見蹤影。

只有韓樸依舊無知無覺地大吃大喝。

片刻後，蕭澗背負一名男子回來，身後還跟著五名青衣男子。

「屬下拜見公子。」

五人一到跟前即向皇朝拜倒，便是蕭澗背負的那人也掙扎著下地行禮。

「都起來。」皇朝淡淡吩咐，眼光一掃，卻見這幾人都受了傷，尤以蕭澗背回的那人傷勢最重，腹部的青衣已染成鮮紅。

「先替他們治傷。」皇朝示意蕭澗。

蕭澗點頭，然後揮揮手，一直守候在旁的那四名男子隨即上前扶那六人坐下，替他們上藥療傷。

等那六人處理完傷口，其中那受傷最重的男子起身向皇朝走來，雙手發顫地從懷中掏出一青色錦布包裹著的東西，單膝跪下，雙手高舉頭頂，將青布包呈上。

皇朝伸手接過，卻並不急於打開，示意蕭澗扶起他，然後看著手中之物，眼中閃過懾人光芒，但隨即他想到極為重要之事，霎時目光如電，直射那人，「燕將軍呢？」

那人本已發顫的雙手此時更是劇烈抖動，抬首，一雙虎目已潮濕，卻強忍著，顫著聲音答道：「燕將軍……卒於宣山！」

「什麼？」皇朝身軀一晃，然後猛然起身，瞬間便到了那人身前，左手一伸抓住他的肩膀，目中光芒鋒利，「再說一遍！」

「回稟公子，燕將軍已卒於北州宣山！」那人忍著肩膀的劇痛，再一次清晰地回答，眼中的淚終於滴了下來。

皇朝聞言放開了他，身子站得筆挺，雙唇緊閉，面無表情，唯有那金褐色眼眸的瞳孔不斷收縮。

蕭澗寶劍發出叮叮輕鳴，握劍的手已青筋畢露，微微垂首，一頭雪髮無風自舞。

風夕在聽到皇朝詢問燕瀛洲的下落時，不知怎的手一軟，掌中的鴨子便掉落在毯上。她垂首，怔怔看著，一動也不動。

後知後覺的韓樸此時也覺得氣氛有些不對勁了，停下手中動作，靠近風夕，看到她此時的神情，不由擔心地扯扯她僅剩的那一只衣袖，「姐姐？」

風夕聞聲抬首看他，然後淡淡一笑，以示無事。那一刻，韓樸卻覺得那一笑似笑過了千山萬水，笑過了千迴百轉，帶著淡淡的倦、淺淺的哀。

「瀛洲！」默立良久的皇朝終於沉沉出聲，手不由自主地抓緊青布包，金褐的瞳孔裡掠過悲痛。默然片刻，他喚道：「蕭溪。」

「在。」替幾人裹傷的四人中，一人站起身來垂首應道。

「你們四人護送他們六人回去。」皇朝吩咐。

「是。」蕭溪應道。

皇朝頭一轉，看著蕭澗道：「你和我去宣山。」

蕭澗聞言一呆，然後勸阻，「公子，東西既已到手，那您便與蕭溪他們一道回去，宣山我去便成。」

皇朝看著手中的布包，臉上浮起一絲淺笑，卻是深沉而悲傷，「瀛洲離去前曾說，必奪令而歸，決不負我。既然他未負我，我又豈能負他。」

「公子，此去十分危險——」蕭澗待要再勸，卻被皇朝揮手打斷。

「我意已決，你無須再勸。這宣山之行，我倒要看看有誰能從我手中搶奪東西。」一語道盡睥睨天下的自負與狂傲。

見此，蕭澗不再勸阻，轉而吩咐蕭溪，「你等護送他們六人回去，並傳信蕭池，令他們速來與我會合。」

「是。」蕭溪領命，然後與那些人迅速離去。

皇朝轉身走至風夕面前，將手中布包一舉，問道：「姑娘可知這是何物？」

風夕站起身來，卻不看布包，而是抬首仰望天空，唇角微微一勾，道：「這不就是那比我還髒的玄極嗎？」

「髒？」皇朝未料到她竟會如此評價這天下至尊之物。

「這麼多人的手都摸過，還染盡無數鮮血，難道不髒嗎？」風夕回首看他，目光冷淡。

「哈哈。」皇朝一笑，打開那裹得嚴實的布包。

當最後一層布揭開時，露出一塊長形的黑色鐵令，手指拈起，透骨冰涼，約有九寸長，正面有「玄極至尊」四字，反面是騰雲駕霧的飛龍，陽光下，冷冷墨光流動。

「這便是玄極呀。」他以指摩擦，眼中光芒奇異，「長九寸九分，重九斤九兩的至尊玄極。」

「就這麼一枚髒髒的玄極，卻勾了無數英魂。」風夕看著這枚令無數人喪命的玄極，眼中只有冷冷的厭憎。

「妳說得也有道理，這東西確實髒，但是……」皇朝將玄極舉起，看著墨令發出的光芒，「但就某方面來說，它卻是最為神聖的，因為它是天下至尊至聖之物。」

「哈！」風夕一聲冷笑，「怎麼，你也信這東西能讓你號令天下嗎？」

「號令天下？」皇朝重複一句，然後仰首大笑，「哈哈……這東西自然不能號令天下，號令天下的是人。它只是一種象徵，玄極是大東皇帝的象徵，玄樞是七州之王的象徵。玄極在我手，那於天下百姓來說，我即天命所屬的帝者。所以，真正能號令天下的是我這個人，是我皇朝！」

風夕默然不語，只是靜靜看著皇朝。

眼前所立之人，大笑中全身都散發著一種張狂的霸氣，仿若是張口便能吞下整個蒼穹，腳動便要地裂山搖的巨人那般不可一世。

一旁，蕭澗敬仰地看著自己的主人，而韓樸卻是第一次見到這等氣勢張狂得彷彿可將整個天地搓揉於掌心的人，所以目瞪口呆之餘，小小的胸膛裡心跳如擂鼓，身體裡一股熱流湧出。

「將來，不論坐擁天下的人是不是你，你都會是名留青史的一代雄主。」風夕忽然悠悠嘆道，語氣中帶著少有的折服。

「當然會是我！」皇朝卻是斬釘截鐵道。

「呵，皇世子的自信非常人能及。」風夕聞言輕輕一笑，「只是依我之見，卻只有五成。」

「何以只有五成？」皇朝聞言劍眉一揚。

「聽聞蒼茫山頂有一局棋，不知世子是否曾有耳聞？」風夕移目眺望前方。

皇朝目光一瞬，點頭，「聽過。」

風夕悠然道：「那盤棋的旁邊刻有『蒼茫殘局虛席待，一朝雲會奪至尊』之語，世人皆傳那局棋與那兩句話乃上天所賜，預示著將有兩個絕世英雄共爭天下。如果世子是其中一個，那麼這世上還有另外一個與世子旗鼓相當的對手，如此說來不就只有五成嗎？」

「哦？」皇朝目光有些高深莫測。

「而且天下英雄輩出，就現在的局勢來看，與世子旗鼓相當的，似乎並不止一人。」風夕回首再看皇朝，臉上是懶懶的淡笑，但一雙眼睛卻明亮如鏡，閃著奪人的慧光，仿若世間一切都映在她的眼中，「幽州有『金衣騎』，雍州有『墨羽騎』，青州有『風雲騎』，這三州皆兵強將廣，幽王、蘭息公子、惜雲公主他們難道不足以成為你的對手嗎？何況天下之大，何處不是臥虎藏龍，能與世子一敵的英雄或許還有無數。」

「若如妳所言，我連五成的機會也沒有了。」皇朝聞言卻未有不悅與氣餒，他伸出雙臂，仿若擁抱天地，「蒼茫山頂的棋局我定會前往一觀，但我不信什麼蒼天示言，我只信我自己。我皇朝認定的事就一定會做到，我一定會用我的雙手握住這天下。」

「那麼拭目以待，看看蒼茫山頂奪至尊的到底是何人。」風夕也笑，只是懶懶的笑裡挾著一抹極淡的銳氣。

「站在蒼茫山頂的只有我皇朝一人。」皇朝睥睨而視，豪情萬丈。

「江湖十年，你是我所見之人中最為狂傲自信的。」風夕粲然一笑，然後牽過韓樸，足尖輕點，人便飄身飛去，「我極為期待能在蒼茫山頂見到皇世子。」話落之時，身形已遠在數丈之外。

「我要做的事，這世間任何人、任何事、任何物都不能阻擋，我會踏平一條通往蒼茫山的大道。」皇朝揚聲道。

荒山之上，回音陣陣，那一句「我會踏平一條通往蒼茫山的大道」久久不絕。

第七章　落日樓頭子如玉

「姐姐，那個皇朝公子以後會當皇帝嗎？」走很遠後，韓樸問風夕。

「也許是他，也許不是。」風夕抬首，九天日芒刺目，仿若那個不可一世的冀州世子。

「可是他說話的樣子讓人覺得他就是。」韓樸也學她仰首望天，瞇眼承受那熾熱日芒。

「樸兒，你羨慕嗎？」風夕低首看著韓樸，淺淺笑問，「你也想成為那樣的人嗎？」

「姐姐，我是羨慕他，但我不要成為他那樣的人。」韓樸仰著髒髒的小臉，一本正經地回答。

「為什麼？」風夕聽他如此作答倒有些奇怪。

「那個人……」韓樸咬著手指頭，似乎苦惱要如何說。

風夕倒也不催他，只是含笑看著他。

「有了！」韓樸忽然抬手指向天空，「姐姐，皇朝公子就像這天上的太陽，光芒太過耀眼，會掩蓋他身邊所有的人，然後這天上就只有他一個了。」他轉頭看著風夕，神情極是認真，「只有他一個人站那麼高，豈不是很寂寞？」

風夕聞言微怔，看著韓樸的目光漸漸變柔和，片刻後她伸手輕輕撫在他頭頂，「樸兒，你以後會成為超越白風黑息的人的。」

「啊？真的？」韓樸聞言頓時咧嘴歡笑，但片刻後忽又斂笑，「我不要超越姐姐，我要和姐姐站在同一個地方。」

風夕卻仿若未聞，伸手拂開鬢角飛舞的髮絲，目光遙視前方，彷彿望到天地的盡頭，那麼的幽深。

「最高的地方，雖然沒有同伴，但他擁有至高無上的權力、廣袤的疆土、匍匐的萬千臣民以及享之不盡的榮華富貴，這也是一種補償吧。」

「可是那些東西他死時都不能帶走啊。」韓樸爭辯道，眉頭也皺起來，「以前我娘說，人死的時候一了百了，生前所有一切都若雲煙，抓不住也帶不走。我爹就說，她死的時候可以帶走他。我想娘死時可以帶走爹，但皇帝死時卻帶不走他的皇位、權力、疆土和臣民啊。」

「呵，倒想不到韓老頭竟也會說出這等話來。」風夕輕輕一笑，然後拍拍韓樸的腦袋，「誰說皇帝帶不走什麼，你娘有你爹，皇帝死時不但有很多的珍寶陪葬，有時也會有妃嬪殉葬，他帶走的可多著呢。」

「可是那不是真心的啊！不是真心的，去了地府便找不到的，豈不還是孤單一人？」韓樸依然堅持己見。

「真心啊。」風夕忽然回首，看向來時的路，目光飄忽，良久後幽幽嘆息一聲，沒有再言語。

「那以後我死時會不會有人跟著我？」韓樸忽然想到了自己死後的事了。

「那就不知道了。」風夕一笑，叩指輕彈他腦門，「你這小腦瓜怎麼這麼奇怪，小小年紀就想著死後之事。」

「那姐姐死時，我跟妳去，好不好？」韓樸卻是不死心，一心想找著個做伴的人。

「不好。」風夕斷然拒絕道。

「為什麼？」

「因為你比我小，我死時你肯定還可以活很長很長。」

「可是我想跟姐姐去啊，我們可以在地府做伴，還可以一塊去投胎。」

「別，千萬不要！這輩子不幸，要帶著你這個包袱，下輩子可不想再背。」

「我不是包袱啦，等我長大了就換我背姐姐吧。」

「我不用人背，你還是去背別人吧。」

「爹和娘都死了，我現在就只有姐姐了啊。」

「那還有老婆孩子。」

「我沒有老婆孩子啊。」

「以後會有的。」

「沒有啊。」

一大一小漸行漸遠。

另一邊山道上，蕭澗問出心頭疑問：「公子輕易出示玄極，不怕她心生貪念嗎？」

「那位姑娘，或許整個天下送至她眼前，她也不屑一顧，何況是這枚……在她眼中髒汙不堪的玄極。」皇朝喟然嘆道。

「嗯。」蕭澗想想點頭，然後又問，「公子看出其來歷了嗎？」

「沒有。」皇朝嘆了一聲，「他們用膳時我曾仔細觀察。那個叫韓樸的小孩，雖說是餓得很，以至吃相不怎麼雅觀，但身子坐得筆直，吃東西時沒一點撒落，顯然家教極好。且那些吃食裡，有幾樣平常百姓家是吃不到的，但他一樣樣如數家珍，足見其出身富貴。」

蕭澗聽了，細想想確實如此。

「至於那位姑娘，」皇朝停步回首，「你覺得那位姑娘如何？」

蕭澗想了片刻，道：「她即算是醜，也醜得脫俗，她即算是怪，也怪得瀟灑。」

「哈哈，看來你甚是欣賞那姑娘。」皇朝輕笑，繼續前行。

行了半刻，蕭澗忽又喚道：「公子。」

「嗯。」皇朝應道。

蕭澗猶疑了一下，還是說道：「公子可有注意到她額頭上的飾物？」

「額頭上的飾物？」皇朝猛然轉身，目光如電。

「因為她一臉黑灰的緣故，看不大清楚，但公子曾提及白風夕素衣雪月。女子額間戴飾物雖說平常，但江湖女子卻不多，此刻細想，她額上的飾物輪廓倒是有點狀似彎月。」

「你是說，她就是白風夕？」皇朝微愣，忽想起方才的比試，這天下間能與自己打成平手的並沒幾個，更何況是個女子，頓時醒悟，不由笑嘆，「好個白風夕！唉，你我皆被『風華絕世』四字迷惑了，以為定是容色出眾的美女。可她即算又髒又臭，卻依然難掩光華，那樣不是『風華絕世』是什麼？這世上能有幾個武功如此高絕的女子，我早該想到才是。」

蕭澗不由回首看向來時路。那個女子就是白風夕呀！

「肯定還會再見的。」皇朝收斂神思，大步走向前去。

自帝室衰落後，祈雲王域便失去了昔日尊貴的地位，各國經常找各種藉口進犯，以至域土慢慢被瓜分，若非鎮國大將軍東殊放忠心帝室，率其麾下十萬禁軍守護著祈雲，王域早已被諸侯吞噬殆盡。

今日的祈雲平原人口稀薄，經濟蕭條，論國力、武力不足與雍州、冀州相比，論文化、經濟不足以與青州、幽州相論，便是弱小的商州、北州，因著近數十年的吞併掠奪，國力也早已超越王域。

烏雲江是一條從北至南的大河，從最北邊的北州一路蜿蜒而下，福澤了無數鄉村城鎮，其中便有虞城。虞城南連臨城，西交桃落，北接簡城，東臨烏雲江，它位於祈雲平原的中東地帶，不似邊城時常受到戰事牽累，再加上四通八達的交通，平坦肥沃的土地，因此它是除帝都外，祈雲最為安定的城市，百業俱興，百姓安泰，有著祈雲王域昔日繁華昌盛的影子。

虞城東面，臨著烏雲江畔有一座高樓，樓高五層，一面臨街，三面臨水，這便是虞城最有名的酒樓「落日樓」。落日樓以烏雲江畔的落日及酒樓自釀的美酒「斷鴻液」出名，每日慕名而來的客人絡繹不絕，特別是日落時分，樓前必是車如流水馬如龍。

落日樓的主人也非庸俗之輩，只看今日落日樓的名氣與生意，不知情的人可能以為此樓定是朱樓碧瓦，氣派恢弘，這樣才無愧於「祈雲第一樓」之稱。

可事實上，落日樓裡看不到半分富貴華麗。

樓以上好木材建成，但樓內裝飾樸素，沒有錦布鋪桌，沒有錦毯鋪地，沒有懸掛精緻的宮燈，門前未垂華美的珠簾，只有每位客人都會需要的簡單桌椅，乾淨碗盤。只是這裡的一桌一椅，一几一榻，一簾一幔都設計得別出心裁，安置得恰如其分，讓人一進門便覺耳目一新，舒適自在。

故人西望不見，斜陽現。
萬里山河夢斷，仰天嘆。
思別離，髮梢亂，淚空彈。
帆影輕綽如箭，過千山！[2]

一曲含愁帶悲的清歌從落日樓裡飄出，幽幽融入泠泠江風，輕輕散入蒼茫丹穹，嫋嫋追向那一輪西墜紅日，清風秀水裡別有一番繾綣情思。

在緋紅的夕陽裡，正有一片白帆劃開粼粼江面，穿透濃豔的金光，如箭而來。眨眼間，那一艘白帆黑船在落日樓前停下，眼觀六路、耳聽八方的夥計早已快步走上樓前搭建的木橋，躬身歡迎從船上走下的客人。

當船艙中的人步出，夥計只覺得這位公子似是踏著金光從西天走來，周身籠罩著淺淺的華光，一時之間看得目瞪口呆，早忘了自己是為何而來，直到他的衣袖被人連連拉扯，這才醒過神來。而那位公子正站在他眼前，離他不到三尺距離，衣袍如墨，風儀如神。

「你擋著我家公子的路了。」衣袖又被人拉扯。

夥計低頭一看，才發現一個清秀的青衣少年正拉著他，他猛然醒悟，慌忙讓開道，「小人失禮了，公子請。」

墨衣公子淡淡搖首，「煩請小哥領路。」音若風吹玉鳴，笑若風拂蓮動。

「公子這邊請。」夥計趕忙引他登上浮橋。

臨江的樓前，當墨衣公子步上浮橋之際，落日樓臨街的門前停下一輛馬車。馬是普通的瘦黑馬，車是簡陋的兩輪車，但門前侍立的夥計並不以貌取人，依然熱情地跑至車前，一邊喚道「客官請下車」，一邊殷勤地打起車簾。

車簾掀起，車中之人踏出馬車，那時刻，樓前的夥計、客人或是街上的行人不由自主都望向那人，然後皆生自慚形穢之感。

那是一名年輕公子，身著白布長衣，整個人簡單樸素如未經絲毫雕琢的白玉，渾然天成卻自是高潔無瑕，一雙清幽如潭的眼睛裡，無波無緒，無欲無求，立於馬車前目光隨意一轉，卻似立於九天之上，淡看漫漫紅塵、營營眾生，漠然又悲憫。

那一刻，樓前所有人忽都覺得那簡陋的馬車華光熠熠，彷彿隨時將騰雲駕霧而起，載走這風采絕塵之人。

「落日樓。」白衣公子抬首仰望樓前牌匾，輕聲念著。

「是，是！這裡就是落日樓。」回過神的夥計趕忙點頭，一邊引著人往裡走，「公子請。」

「多謝。」白衣公子淡淡致謝。

「公子客氣了。」夥計聞言嘴都快咧到耳後根去了。

於是乎，一前一後，墨衣公子與白衣公子幾乎是同時踏進了落日樓，亦幾乎是同時，兩人都看到了對方。

滿堂的賓客在瞥見兩人的那一刻都停筷凝視，無不為兩人的絕世風姿而感慨讚嘆。目光相遇的瞬間，兩人皆微微一愣，然後又同時淺淺一笑，彷是故友他鄉相逢。

「玉公子？」墨衣公子看著眼前白衣出塵之人拱手作禮。

「豐公子？」白衣公子對著眼前墨衣雍容的人拱手作禮。

這一笑一禮一喚間，一個雍雅如在金馬玉堂，一個飄逸如立白雲之上。

「豐息有緣，今日竟能遇著『天下傾心嘆無緣』的玉無緣玉公子。」墨衣公子笑意盈盈，矜持且客氣。

「是無緣有幸，今日竟能遇著『白風黑息』中的黑豐息豐公子。」白衣公子臉上浮起溫雅而略帶距離的淺笑。

自然，這墨衣公子便是豐息，這白衣公子則是被譽為「天下第一公子」的玉無緣。

「既然相遇，不知豐息可有榮幸請玉公子同飲一壺斷鴻液？」豐息溫文有禮地問道。

「能與豐公子落日樓頭共賞落日，乃無緣的福氣。」玉無緣也彬彬有禮地答道。

豐息一笑回頭，問替他引路的夥計：「五樓可還有雅間？」

「有，有！」夥計連連點頭，就是沒有，也要為這兩位公子空出來。

「玉公子請。」豐息側身禮讓。

「豐公子請。」玉無緣也擺手禮讓。

最後兩人攜手同上。

夥計將兩人領至五樓的雅間，啟開窗門，正是落日熔金、江天一色，清風徐徐，一派綺麗。

豐息與玉無緣臨窗相對而坐，旁邊鍾離、鍾園靜靜侍立。

「請問兩位公子要用些什麼？」夥計問道。

「你們這有些什麼招牌菜？」豐息問。

「來我們這兒，客人點得最多的便是水風輕、萍花漸老、月露冷、梧葉飄黃這幾樣。」夥計答道。

「小哥念的這是詩還是菜名？」玉無緣見這夥計說得甚是文雅，不由笑問。

「回公子，這是本樓最為出名的四道菜。」夥計答道，「只因這四樣菜本是不同時節的菜品，可我們樓主卻能一年四季都栽種，因此慕名來落日樓的客人都要點上這四道菜，看看傳言是否屬實。自然，這四道菜之所以這麼有名，也是因為確實味道好。」

「哦？」豐息輕笑，「看來我們也要嘗一嘗了。」移目看向玉無緣，「玉公子以為如何？」

玉無緣亦微笑點頭，「自然要嘗嘗。」

「那好，就上這四道菜，另加一壺斷鴻液。」豐息吩咐夥計。

「好咧，公子稍等。」

夥計走後，房中便陷入一片沉默之中。

按理說，這兩人皆並列為四公子之一，又皆是風采不凡之輩，此番偶遇，本應惺惺相惜才是，卻不知為何，兩人此刻相對，仿如隔水相望，可望見對方的風采，卻無法暢言交心。

豐息端坐著，指間把玩著一枚蒼玉扳指，目光有時瞟向江面，有時輕輕落在玉無緣身上，臉上一直掛著淺淺雅笑。

玉無緣則側首望著窗外，目光遙遙，似望著天，又似望著江，神情恬淡，明明近在眼前，卻又似乎遠在天邊。

不一會兒，酒菜送到。

「水風輕、萍花漸老、月露冷、梧葉飄黃，再加斷鴻液一壺。」夥計唱著菜名，打破這一室的沉靜，「兩位公子請慢用。」說罷轉身退下，可走到門前忽又折回，「不知兩位公子可要聽曲？」

兩人聞言，雙雙挑眉望著夥計。

「這還有唱曲的嗎？」玉無緣問道。

「公子別誤會，我們落日樓可不是青樓，唱曲的鳳棲梧姑娘也不比那些青樓姑娘。她本是冰清玉潔的千金小姐，若非……」夥計說到這忽然打住，似乎覺得自己有些多嘴了，因此他只道，「鳳姑娘唱的曲別說是虞城，便是在祈雲也是數一數二的，兩位公子不信，一聽便知，小的絕無誇口。」

兩人聞言對視一眼，倒覺得聽聽也無妨。

於是豐息移目望向夥計，「剛才在船中曾遠遠聽得半曲〈相見歡〉，可是這位鳳姑娘唱的？」

「對，剛才的曲兒就是鳳姑娘唱的。」夥計忙不迭點頭。

豐息頷首，「那就請鳳姑娘隔著簾唱一曲吧。」

「好的。」夥計退下。

鍾離上前為二人斟酒。

「來，玉公子，我們且嘗嘗這落日樓的名菜佳釀。」豐息舉杯。

玉無緣也舉杯。

兩人碰杯，仰首飲盡。

「入口清洌溫和，好酒。」玉無緣先讚道。

豐息也點頭，「入喉酒香沁肺，不錯。」伸筷夾向那道仿若一朵紫色睡蓮的水風輕，細細品嘗，然後失笑道，「原來是茄子。茄子難做處便是特別吃油，往往太過油膩，而這道菜清新爽滑，入口即化，不但茄香盈齒，咽下後喉間似乎還有一股蓮香，卻不知是如何入的這蓮花之香。」

「這一葉青萍中染一抹淺黃，難怪叫萍花漸老。」玉無緣看著另一道菜，然後也伸手夾一筷嘗了，「嗯，原來是黃瓜。生熟間拿捏得恰到好處，清甜爽脆，而且瓜汁飽滿，定是現採現做。」

「這一道想來就是月露冷了。」豐息看著那盤一片片圓潤澄黃如滿月的菜，夾起一片，上面還凝結著細細的白露似的圓珠，輕輕咬下一口，一股脆甜便從口中散開，「是藕片。是選粗細適中的嫩藕，切成厚薄大小一致的圓片，再點以雪蘭汁，色澤好看，味道香甜，這名字也有意思。」

玉無緣於是嘗了最後一道菜，一瓣瓣形如巴掌，芽葉嫩黃，色澤動人，「唔，梧葉飄黃原來是芽白，很嫩很鮮。」

四道菜嘗完，豐息感慨，「倒是想不到落日樓的名菜不但全是素菜，且是極為平常的菜。」

「能將如此平常的菜做出如此不平常的形與味，更能取這等不俗的名，這落日樓的主人不簡單。」玉無緣也笑嘆。

「看此樓風格，不難想像其主人。」豐息環視樓閣，讚賞道，「簡約中透中淡雅，平凡中透著別致，這等手筆甚是難得。」

「落日樓頭，斷鴻聲裡，江南遊子，把吳鉤看了，欄杆拍遍，無人會，登臨意[3]。」玉無緣悠悠吟道，又移目窗外，夕暉正慢慢收斂，幾葉小舟逝向天際，「不知這落日樓的主人建這樓時是怎樣一番心事。」

「呵……」豐息一笑，看向他，眼中似映著夕陽的金芒，「或許他將那『無人會』的『登臨意』全融於此樓，只是玉公子應不愁『無人會』才是。」

「可惜無緣並無甚『登臨意』。」玉無緣收回窗外的目光，回視豐息，眼波坦然，靜若此時波瀾不驚的江面。

「是嗎？」豐息淡淡一笑。

樓梯間響起輕盈的腳步聲，伴著一縷淡淡幽香，由遠而近，最後停在簾前，透過輕薄的水藍色布簾，隱約可見一道窈窕的身影。

「不知客人想聽什麼曲？」簾外女子的聲音清中帶漠，冷中帶傲。

玉無緣提箸夾起一片月露冷，如若未聞。

豐息端起酒杯，飲盡杯中酒，才淡淡道：「姑娘想唱什麼就唱什麼。」

簾外有片刻沉默，然後琵琶聲起，若珠玉落盤，若冰下凝泉，未歌曲已有情。

聽得這樣的琵琶聲，房中兩人微有訝然，不由都瞟了一眼布簾，想不到風塵中人竟有這等技巧。

昨夜誰人聽簫聲？

寒蛩孤蟬不住鳴。
泥壺茶冷月無華，
偏向夢裡踏歌行。[4]

一縷清音透簾而來，嫋嫋如煙，綿綿纏骨，仿若有人只影對冷月，夢裡續清茶，一室清幽伴寒蟬。

聽著幽淒的歌聲，看著樓外的殘陽，一瞬間，兩人雖相對而坐，卻皆生出淡淡寂寥，心中似乎都有一曲獨自吹奏的笙歌，卻不知吹與誰人聽。

曲畢，兩人都有片刻的靜默，而簾外之人也未再歌，默然靜立。

半晌後，玉無緣感嘆道：「惜雲公主少享才名，所作詩歌竟已是茶樓巷陌爭相傳唱。」

「這位姑娘琵琶技藝精妙，嗓音清潤，歌之有情，也是難得。」豐息卻是讚賞著簾外的歌者。

玉無緣不由微微一笑，「聞說豐公子多才多藝，今日一見，果然不假。」

「冀州世子曾言玉公子之才足當王者之師，因此在玉公子面前，誰人也擔不起多才多藝四字。」豐息亦雲淡風輕地一笑。

「無緣慚愧。」玉無緣搖頭。

兩人隨意說笑，都好似忘記簾外還站著人。

咚、咚、咚。

簾外忽傳來沉穩而有節奏的腳步聲，一路近來，最後在雅間外停步，然後響起一個沉穩的男聲，「玉公子。」

玉無緣聞聲放下手中酒杯，平靜地道：「進來。」

簾掀起，兩人抬眸掃一眼，便看到一名相貌忠厚的年輕男子踏步而入，自然也看到了立於簾外，懷抱琵琶，面無表情的青衣女子，簾子很快又落下。

「玉公子，公子的信。」男子恭敬呈上信。

玉無緣接過信，「你去吧。」

「是。」男子退下。

簾子再度掀起時，豐息眸光隨意掠過，卻看到一雙似怨似怒又似茫然無措的眼睛。

簾子再次輕飄飄地落下，擋住了那道目光，簾內簾外，兩個天地。

玉無緣拆信展閱，片刻後靜然的眼波裡掠起一絲淺淺的漣漪。

「鳳姑娘若不嫌棄，進來喝一杯如何？」豐息卻看著布簾道。

半晌未有動靜，空氣一片凝結，似能感覺到簾後青影的猶疑。

終於，布簾掀起，那道青影移入簾內，清冷的眸子先落在玉無緣身上，微微停頓，然後輕輕地落在豐息身上，不再移動。

豐息目光打量鳳棲梧一眼，微有些訝異。虞城第一的歌者，竟是荊釵布裙，不施脂粉，即便如此，依然十分的美貌，黛眉如柳，面若桃花，眉宇間卻籠著一層孤傲，神色間帶著一種拒人於千里之外的冷絕。

「給鳳姑娘斟酒。」豐息淡淡吩咐。

一旁的鍾園馬上取杯斟酒，然後送至鳳棲梧面前。

鳳棲梧卻並不接過，只是兩眼盯著豐息，而豐息卻也就任她看，自顧自地品酒，神態輕鬆自在。

至於玉無緣，目光依然在信上，只是神思卻似飄遠。

片刻，鳳棲梧單手接過酒杯，仰首飲盡。

豐息見她竟一口喝完，不由輕笑道：「原來姑娘如此豪爽。」

鳳棲梧聞言卻是冷然道：「棲梧第一次喝客人的酒。」

「哦？」豐息挑眉看她，卻見她冷如霜雪的面頰因著酒意的渲染，湧上一抹淡淡的暈紅，減一分冷傲，添一分豔色，「姑娘琵琶歌藝如此絕倫，應是天下人爭相恭請才是。」

「棲梧從不喝客人的酒。」鳳棲梧依然語聲冷淡，雙眼未離豐息，彷彿這房中沒有第三個人。

豐息聽得這話，終於正容看她，但見那雙清凌妙目中閃著一抹哀涼，「如此看來，是豐息有幸，能得姑娘賞臉。」

鳳棲梧不語，只是看著豐息，眼中慢慢生出淒色。

落日樓裡啟喉唱出第一曲時，她即知此生淪入風塵，以往種種便如昨日，既往不返。只是「千金難開眼，紅綃懶回顧，把那珠玉擲，把那紈褲子弟轟，任那秋月春風隨水逝」，她依然稟著家族的那一點傲骨，維持著僅有的尊嚴，不願就此永墮泥塵。只因心底裡存著那麼一點點……一點點怎麼也不肯屈服的念頭。

來前，夥計將雅間裡的兩位公子誇得天上少有，聽著只有厭憎。只道又是兩個空有皮囊的富家子弟，為著自己這張皮相而來，誰知竟料錯了。將她拒於簾外，十分的冷淡，令她又驚又羞。

布簾掀起的剎那，只看到一雙眼睛，漆黑深廣如子夜，偏有朗日才有的炫目光華。那一瞬間，她彷彿掉進了那漆黑的廣夜，不覺得寒冷、恐慌，反有一絲淺淺的暖意透過黑夜，輕輕湧向這多年未曾暖過的心。

那一絲暖還未褪盡，簾便再掀起，又看到那雙眼了，彷彿一個墨色的旋渦，光影交錯，目眩神搖間，依稀感覺若墜入其中，那便是永不得脫身。慶幸，那簾忽又落下了，隔絕了那個旋渦，只想著快快離去吧，偏偏那腿卻有千斤重，拔不動。

正彷徨，他卻出聲召喚著她。

那風鳴玉叩之音響起時，彷彿是命運在向她招手。宿命，只是輕輕一纏，她便掙不開去，只能無力地順從，再度掀起簾，再次迎向那夜空似的雙眸，走向淡金的夕暉下，那個墨衣墨髮如墨玉般無瑕的人。

「棲梧在落日樓唱了四年的曲，喝公子的第一杯酒。」鳳棲梧輕輕而又清晰地道。不同的話說著同一個意思，只盼著這個人能聽懂，他是她的第一個。

「棲梧，鳳棲梧。」豐息念著這個名字，目光深思地看著這個女子，她雖面色冷淡，可眼眸深處卻有著一種渴望，藏得那麼深，讓人看著心生憐惜。

聽得他念她的名字，鳳棲梧心頭一片酸楚。為她取名的那人早已化為一抔黃土，而她空有這名，卻終是辜負了期望。

「這些年來，我走遍九州，卻是第一次聽得姑娘如此絕妙歌喉。」豐息微微一頓，然後目視鳳棲梧，淡淡啟口，「不知姑娘可願與我同行，去看看祈雲以外的山山水水？」說罷他自執酒壺斟酒，不再看鳳棲梧，似乎她答應與不答應都是不重要的。

聞言的剎那，鳳棲梧眼中閃過一絲亮光，但瞬間平息，依然是豔若桃李，冷若冰霜，只是一雙纖手卻輕輕地撫著弦，那微微顫抖的弦洩露了此刻她內心的千層驚濤。

豐息喝完一杯酒，移目於面前的玉無緣，卻意外於這個不染紅塵之人眉宇間生出的那股淡淡的悲哀。

「皇世子信上寫著什麼樣的好消息，竟引得玉公子如此流連？」豐息發問，心中卻是早已明瞭。

玉無緣聞言的瞬間恢復淡然，眼波投向窗外，然後雙手一揉，輕輕一揮，化為粉末的信紙便洋洋灑灑地飄向江面，「有好也有壞。」

「是嗎？」豐息目光一瞬，然後道，「這好的應該跟玄極有關吧？」

玉無緣依然神色淡定，伸手端起酒杯，看著白瓷杯中透明的清酒，輕輕搖晃，酒蕩起一絲水紋，「豐公子如何知是皇世子寫來的信？」

「皇世子尊玉公子為師，這是天下皆知的事。」豐息同樣舉起酒杯，湊近鼻端，微微瞇眼，細聞酒香，「況且『玉帛紙』乃皇家王室御用的紙。」

「豐公子眼光好利。」玉無緣點點頭，看向豐息，面上笑如春風，眸中卻蘊秋風之瑟冷，「皇世子信中消息有兩好一壞。」

「這一好是玄極到手，一壞嘛……」豐息目光微垂，細看手中白瓷杯，口中輕輕淡淡吐出：「這壞的嘛，應該是烈風將軍魂歸宣山吧？」

「嗯。」玉無緣依舊點頭，也不奇怪他如何知道，手一傾，將杯中之酒灑於烏雲江中，「瀛洲先去了，明日或許是我等要去了。」

「只不知另一好是什麼？」豐息卻問。

「白風夕。」玉無緣淡淡道，無緒的眼眸在吐出這個名字時閃過一絲波動。

「白風夕？」豐息重複，握杯的手差點一抖。

「嗯，他說他在商州見到了白風夕，一個風姿非凡的女子。」玉無緣唇角的笑微微加深。

「見到那個女人怎能說是好事。」豐息不自覺地撇了撇嘴。

「能見到與豐公子並稱白風黑息的風女俠，自是世間少有之幸事。」玉無緣看一眼豐息，依舊笑容不改。

「在我看來，只要是遇到那個女人便是霉運連連。」豐息放下手中杯，覺得這酒不再香醇，當然，臉上的笑不曾減淡一分。

「呵，是好是壞，因人而異。」玉無緣不以為然，看向豐息的目光帶了一抹深思。

噓！江面忽然響起一聲短暫緊促的笛聲。

豐息聞之目光微閃，然後起身，「今日難得遇上玉公子，本該不醉不歸才是，只是家中忽有急事，只能先行一步，願他日能有機會再與玉公子同醉。」

玉無緣起身，也不挽留，只道：「豐公子有事先行，他日有緣，自會再見。」

「先告辭了。」豐息拱拱手，然後轉身，卻見鳳棲梧還站在那兒，「姑娘……」

「我和你去！」鳳棲梧脫口而出。一瞬間，她彷彿看到命運在點頭微笑，因為有人又屈服於它的安排，也在那一剎那，她感覺到那個玉公子的目光輕輕掃向她，彷彿還聽到他發出的微微嘆息，她卻只能無力地笑笑。

這是她的劫，她自願領受的劫。

豐息長眉微挑，「姑娘決定了嗎？」

「是的，我決定了，且決無反悔。」鳳棲梧聲音低得以為只有她自己能聽到，只是房中的人都聽得清清楚楚。

「那便走吧。」豐息淡淡一笑，踏步離去。

鳳棲梧抱緊懷中的琵琶，這是她唯一所有。掀簾而出之際，她回首看一眼玉無緣，微微點頭，算是道別。她感謝這個一眼便看清她心的人，即算她的心永不能為那個人知曉，永不會與外人道，但至少他知道。

簾在身後落下，她快步追隨而去，落日樓中，無數目光相送，卻未有阻攔。

浮橋上，夥計追來，遞過一個包袱，「鳳姑娘，這是樓主叫我交給妳的，他說這是姑娘該得的。」

鳳棲梧接過，目中浮起淺淺波光，再抬首，依然冷豔如霜，「代我謝過樓主這些年來的照顧。」

夥計點頭，「鳳姑娘自己保重。」

「嗯。」鳳棲梧點頭，然後走向那艘黑色的大船，走向命運為她安排的……歸宿？

樓上雅間裡，玉無緣目送那艘船揚帆遠去，將壺中美酒全傾杯中，一飲而盡。

「黑豐息原來是這樣的人。」語氣間不知是讚是嘆，「這樣的行事，便是皇朝也做不來。」

想著那位鳳棲梧姑娘離去前的那一眼，長長嘆息。

她看清了前路荊棘，卻依然堅持走下去，不知該稱之為愚，還是該讚其勇氣可嘉。

玉無緣垂首看看自己的手掌，指尖點向掌上的紋路，卻是微微苦笑，帶著一抹千山獨行的寥落。

「不知那位白風夕又是什麼樣的人？」喃喃的低語帶著淡淡的悵然。

2 友人張鵬進所作〈相見歡·別離〉。
3 引自辛棄疾〈水龍吟·登建康賞心亭〉。
4 友人張鵬進所作〈昨夜〉。

第八章　借問盤中餐何許

黑色的大船雖外表樸素，其艙內卻是十分華麗。紫色的垂幔，雕花的桌椅，色彩綺麗的錦毯，壁上掛以山水詩畫，而最引人注目的卻是靠窗軟榻上的人，因為有他，所有的華麗便化為高雅雍容。

豐息坐在軟榻上，正端著一杯茶慢慢品味，鍾離侍立在旁，地上跪著一男子，垂首斂目，昏暗的艙內看不大清面容，只覺得這人似一團模糊的影子，看不清，摸不透。

飲完一杯茶後，豐息才淡淡開口問道：「何事？」

跪著的男子答道：「公子吩咐的事已有線索，雲公子請問公子，是否直接下手？」

「哦。」豐息將手中茶杯一遞，鍾離即上前接過，置在一旁几上，「發現了什麼？」

「目前只跟蹤到他們的行蹤，暫未查明其目的。」男子答。

「這樣嗎？」豐息略略沉吟，「暫不用動手，只要跟著就行了。」

「是。」

「還有，玄極的事叫他不用再理會，我自有安排。」豐息又道。

「是。」

「去吧。」豐息揮手。

「屬下告退。」

男子退下後，室內一片寧靜，豐息眸光落在某處，沉思良久後才轉頭問向鍾離：「鳳姑娘安置好了嗎？」

「回公子，已將鳳姑娘安置在偏艙。」鍾離答道。

「嗯。」豐息點點頭，身子後仰，倚在軟榻上，微側頭看向艙外，已是暮色沉沉。

門被輕輕推開，鍾園手捧一墨玉盒進來，走至房中，打開盒蓋，瞬間眼前光華燦爛，驅走一室的幽暗。

盒中裝著的是一顆嬰兒拳頭般大小的夜明珠。

鍾離從艙壁上取下一盞宮燈，將明珠放進，再將燈懸掛於艙頂，頓照得艙內有如白晝。

「太亮了。」豐息回頭，看一眼那盞明燈，手撫上眉心，五指微張，遮住了一雙眼，也遮起了眼中莫名陰暗的神色。

鍾離、鍾園聞言不由面面相覷。自侍候公子以來，即知公子厭惡陰暗的油燈或蠟燭，不論是在家還是在外，皆以明珠為燈，何以今日竟說太亮了？

「換一盞燈，你們下去吧。」豐息放下撫額的手，眼睛微閉，神色平靜地吩咐。

「是。」鍾離、鍾園應道。

一個取下珠燈，一個點上油燈，然後輕輕攏上艙門，離去。

待輕悄的腳步聲遠去，室內一燈如豆，伴著微微的江水聲。

軟榻上，豐息靜靜地平躺著，微閉雙眸，面容沉靜，仿若冥思，又似睡去。

時間悄悄流逝，只有那微微江風偶爾拂過昏黃油燈，光影一陣跳躍，卻也是靜謐的，似怕驚動了榻上那假寐的人。

不知過了多久，豐息睜開雙眼，目光移向黑漆一片的江面，江畔的燈火偶爾閃過，落入那一雙黑得不見底的眼眸，讓那一雙眼睛亮如明珠，閃著幽寒光芒。

「玄極，」沉沉吐出這兩字，眼中冷光一閃，右手微抬，看著手心，微微攏起，幾不可聞地嘆息一聲，「白風夕……」

清晨，當鍾離、鍾園推門而入時，發現他們的公子竟還斜躺在軟榻上，衣冠如故，掃一眼昨夜鋪下的床，整整齊齊，顯然未曾睡過。

「公子。」鍾離輕喚。

「嗯。」豐息應聲起身，略略伸展有些僵硬的四肢，面上氣色如常，未見疲態。

鍾園忙上前服侍他漱口淨臉，梳頭換衣，待一切弄妥後，鍾離已端來了早膳，在桌上一一擺好。

一杯清水、一碗粥、一碟水晶餃，貴精不貴多。

這一杯清水乃青州有著「天下第一泉」之稱的「清臺泉」的水，粥以雍州特有的小米「白珍珠」配以燕窩、銀耳、白蓮熬成，而水晶餃則以幽州有著「雪玉片」美稱的嫩白菜心為餡。

豐息喜素不喜肉。

豐息先飲下那杯水，然後喝一口粥，再夾起一個水餃，只是剛至唇邊，他便放下筷子，最後他只喝完了那碗粥。

「蒸得太久，菜心便死了，下次記住火候。」他看一眼那碟水晶餃道。

「是。」鍾離撤下碗碟。

豐息起身走至書桌前，取過筆墨，鋪開白紙，揮筆而下，一氣呵成，片刻間，便寫下兩封信。

「鍾園，將這兩封信派人分別送出。」他封好信遞給鍾園。

「是。」鍾園接過信開門離去，而鍾離正端著一杯茶進來。

豐息接過茶先飲一口，然後放下，抬首吩咐，「鍾離，準備一下，明早讓船靠岸，改走旱路，直往幽州。」

「是。」鍾離垂首應道，忽又想起什麼抬首問豐息，「公子，你不是和夕姑娘約好在冀州會合嗎？」

豐息聞言一笑，略帶嘲意，「那女人若答應了別人什麼事，定會做到，但若是我，她定是十分樂意做不到。更何況那一日你有聽到她答應嗎？」

鍾離仔細想了想，搖搖頭，確實未聽到風夕親口承諾。

「所以我們去幽州。」豐息端起茶杯，揭開杯蓋，一股熱氣上升，彌漫上他的臉，他的眸光這一刻也迷濛如霧，「那女人竟真的讓玄極落到了冀州世子手中！那女人真是……」底下的話未再說出，語氣也是捉摸不透的無可奈何。

「那為什麼要去幽州？公子，我們出來這麼久了，為什麼不回去？」鍾離皺皺眉問道。他還只十五歲，雖然七歲即跟著公子，至今早已習慣漂泊，只是離家太久，實在想念娘親。

「去幽州麼，理由多著呢。」豐息迷霧後的臉如空濛山水，然後他放下杯起身，拍拍鍾離的腦袋，「放心，我們會回家的，快了。」

「嗯。」鍾離安心地點點頭，「公子，我先下去了。」

鍾離退下後，室內留下豐息一人，走近窗邊，迎著朝陽，豐息微微瞇眼，看向掠江而過的飛鳥，喃喃輕語，「幽州呀……」

而那刻，偏艙裡，鳳棲梧一覺醒來便見床邊立著一名十四、五歲的少女，頭梳雙髻，樸實的臉蛋上嵌著兩個小小的梨渦，大眼中閃著甜甜的笑意，讓人一見舒心。

「鳳姑娘，妳醒了，奴婢叫笑兒，公子吩咐以後侍候姑娘。」笑兒脆脆地道。

鳳棲梧淡淡頷首，起身。

「姑娘起床嗎？笑兒服侍妳。」笑兒邊說邊動手，服侍鳳棲梧下床，然後便是著衣、洗漱、梳妝，而鳳棲梧自始至終不發一言，只是冷然地配合著笑兒。

梳妝完畢，看著銅鏡中那張端麗如花的容顏，笑兒不由讚道：「姑娘長得真好看。」

鳳棲梧唇角勾起，算是回應她的讚美。

「我去給姑娘端早膳。」笑兒開門離去。

鳳棲梧站起身，走到窗前，推開窗門，朝陽刺目，她不由微瞇雙眸。待眼睛適應明亮，她回首打量著這個艙房。艙中所有物件皆可看出十分的貴重，便是當年家門全盛時，也不曾如此奢華，但又並不庸俗，一物一什搭配得當，放眼看去，自有一種高貴大方。

卻不知那豐公子到底是何出身？

正思索著，門被推開，笑兒回來了，「姑娘，用膳了。」

鳳棲梧移步桌前坐下。

用完早膳，笑兒收拾碗碟退下，等她再回到偏艙，便見鳳棲梧正在撥弄著她的琵琶。叮叮淙淙三兩聲，並未成曲，不過是隨手撥動。

「鳳姑娘起身了嗎？」

忽然豐息的聲音傳來，鳳棲梧一震，抬首環視，卻未見其人。

「公子在正艙。」笑兒在旁道。

「請姑娘過來一敘。」豐息的聲音又響起，清晰得仿若人就在眼前。

於是鳳棲梧抱琵琶起身，笑兒忙為她引路。

推開門，入眼的便是窗前背身而立的人，挺拔頎長，燦爛的朝陽透窗灑在他身上，讓他周身染上一層薄薄的金芒。

聽得開門聲，他回轉身來，抬手揮袖間，周身光華流動，竟似比朝陽還要絢爛。只一雙墨玉似的眼眸依舊黑漆漆的不見底，可她看著那雙黑眸，總覺得那幽沉的深處藏著脈脈溫情，卻不知那一脈溫情又是為誰而藏。

「鳳姑娘住得可還習慣？」豐息在榻上坐下，同時抬手示意她也坐下。

「棲梧早已習慣隨遇而安。」鳳棲梧淡淡道。然後走近，在榻前一張軟凳上落座。

「鳳棲梧，棲梧。這名字取得真好。」豐息目光柔和地看著鳳棲梧，這女子總帶著一身的淒冷，「棲梧家中可還有人？」

聽得豐息低低喚著「棲梧」，鳳棲梧漠然的眼睛裡閃過一絲光芒，柔和而溫熱，襯亮那一張欺霜賽雪的玉容，明豔燦目，落入室內四人眼中，都是由衷讚嘆。

「無家無親，何處有梧，何處可棲。」聲音空緲，鳳棲梧的目光落在豐息的雙眸上，似帶著某種執著。

那樣的目光讓豐息伸出手，修長的手指拂開鳳棲梧額前的髮，指尖輕畫她的眉眼。眉如翠羽，目若星辰，膚如凝脂，唇若丹朱。

這一張臉不著絲毫修飾，自是麗質天生，冷冷淡淡卻自有一種清貴氣質。這是難得一見的絕色，江湖十年，已很久未見這等乾淨清爽的人物了。

「為什麼？」豐息呢喃低問。問得毫無頭緒，但鳳棲梧聽得明白。

鳳棲梧輕輕合上雙眸，任他的指尖輕掃面頰，感受他指尖那點點溫暖，「因為願意。」

是的，因為願意，因為她心甘情願。

豐息指尖停在她下頷，微微抬起，嘆息般地輕喚：「棲梧。」

鳳棲梧睜開眼睛，雙眸清澈如水，未有絲毫雜質，未有一絲猶疑，倒映著眼前的他，清清楚楚地倒映著。

彷彿是第一次這般清晰地看到自己，那雙乾淨的眼眸中倒映出一雙溫和而無情的眼睛，豐息到口邊的話猶疑了，手收回，微笑，笑得優雅平靜，「棲梧，我會幫妳找一株最好的梧桐。」

心一沉，剎那間刺痛難當。為何不是為妳種一株梧桐？

「棲梧不大愛說話，那便唱歌吧。」斜身倚靠軟榻，他還是那個高貴若王侯的豐公子，臉上還是永不消退的閒適淺笑，「棲梧的歌聲有如天籟，讓人百聽不厭，我很喜歡。」

很喜歡是嗎？那也好啊，便讓你聽一百年可好？

「公子聽過〈思帝鄉〉嗎？」鳳棲梧輕聲問道。

「棲梧唱來聽聽。」豐息閉上眼。

琵琶響起，嘈嘈如細雨，切切如私語，默默傾訴。

春日遊，杏花吹滿頭，陌上誰家年少足風流？
妾擬將身嫁與一生休。縱被無情棄，不能羞。[5]

清亮不染纖塵的歌聲繞室而飛，從窗前飄出，灑於江面。

江面寬廣，陽光明媚，幾叢蘆葦，幾葉漁舟，夾著幾縷粗豪的漁歌，再伴著幾聲翠鳥的鳴啼，便成一幅畫，明麗的畫中繞著一縷若有似無的淡煙，若飛若逝。

妾擬將身嫁與一生休。縱被無情棄，不能羞。

那一絲縱被無情棄也不羞的無怨無悔，絲絲縷縷的癡纏，繞飛在江心，任是風吹也不散。

商州泰城。

此城地處商州南部，再過便為爾城，爾城是與冀州相鄰的邊城。本來爾城過去還有戈城、尹城，但都在五年前為冀州吞併。

「好了，總算到泰城了。」泰城門外，風夕抬首看著城門上斗大的字，然後回首招呼著一步三移的嬌少爺，「樸兒，你快點，咱們進城吃午飯去。」

「妳有錢嗎？」韓樸抱著空空的肚子有氣無力道。

兩人此時倒是乾淨整潔的，除了韓樸面有菜色。

「沒。」風夕拍拍布挨布的錢袋，答得十分乾脆。

「沒銀錢妳怎麼有吃的？難道妳想搶？」韓樸直起腰。不要怪他出言不遜，而是這些日子的相處，讓他覺得任何不正常的行為安在風夕身上都是正常的。

「搶？」風夕怪叫一聲，直搖頭道，「怎麼會，我堂堂白風夕豈會做這種沒品的事。」

「妳做的還少嗎？我家的藥妳偷的搶的還少嗎？」韓樸撇嘴道。想當初他對白風黑息這兩位大俠，多麼景仰崇拜啊，可現在看到了他們的真面目，只覺得這所謂的大俠啊，有時跟強盜無賴也差不多。

「嘿嘿。樸兒，關於你家藥的事，那叫做行善。」風夕乾笑兩聲，「至於今天的飯錢麼，我會弄到的。」

「怎麼弄？」韓樸以懷疑的目光睨著她。

「跟著我走就行了。」風夕瞄兩眼韓樸，笑得別有深意。

被她眼一瞄，韓樸只覺著腦門一涼，頸後寒毛豎起，直覺不妙。

「快走呀！樸兒，還愣著幹嘛。」風夕催促著他。

韓樸無可奈何，只得跟在她身後。

兩人入城，穿過一條街再拐過兩條街，便到了一條十分熱鬧的街道。

「到了。」

耳邊聽得風夕一聲叫喊，抬頭一看，前面一個大大的「賭」字。

「這不是飯館，這是賭坊。」韓樸叫道。雖然先生授課時，他總是能躲就躲，能逃就逃，但這「九泰賭坊」四字還是識得的。

「我當然知道是賭坊。」風夕一拍他腦袋，指著賭坊的牌匾道，「這九泰賭坊是泰城內最大的賭坊，口碑不錯，從不欺生。」

「妳難道想靠賭來贏錢？」韓樸猜測著她的意圖。沒費什麼心思去想她一個女子而且號稱武林大俠竟然會賭博，這幾月的相處，他已見怪不怪了。

「樸兒，你果然聰明。」風夕讚道。

「妳沒賭本怎麼賭？」韓樸狐疑道，才不被迷湯灌暈，每當她誇他時，也代表著她在算計他。

「誰說我沒賭本啦。」風夕笑咪咪道，臉上笑容此刻與豐息有些像。

韓樸上下打量著她，最後眼光落在她額間上的飾物，「難道妳想用這東西作賭本？那還不如去當鋪當些銀錢可靠些。」

「這東西呀……」風夕指尖輕撫額飾，有絲惋嘆，「這是家傳之物，不能當的，要是能當我早把它換吃的了。」

「那妳用什麼作賭本？」韓樸小心翼翼地問道，同時與風夕保持三尺遠的距離。這一路來他身上能當的早當了，最後只留那一柄爹爹給他的鑲著寶石的匕首，決不能讓她拿去當賭本了，若輸了，以後去了地府，會被爹爹罵的。

「跟我來就知道了。」風夕手一伸便抓住了他，連拖帶拉，把他拐進了賭坊。

一進賭坊，迎面而來的便是一股難聞的異味及震天的叫喊聲。

「我們就玩最簡單的買大小吧。」風夕拖著韓樸往人堆裡擠。

韓樸一手被風夕抓住，得空的一手便捣住口鼻。

現在是十月末了，天氣很冷，賭坊只一扇大門開著，裡邊人卻十分的多，氣流不通，自然氣味不大好聞。韓樸自幼嬌生慣養，這些日子跟著風夕雖風餐露宿的，但並不曾真正接觸過這些底層的人。此時耳中聽著他們粗鄙的叫罵聲，眼中看到的是一張張交織著欲望的貪婪嘴臉，鼻中聞著他們幾天幾月甚至一年不洗澡的體臭及汗酸味，胸口一陣翻湧，好想立時離去，偏偏手被風夕抓住，動彈不得。

風夕拖著韓樸鑽進人群，左穿右插地終於讓她擠進了圈中。

「快買！快買！要開了！」莊家還在吆喝著。

「我買大！」風夕一掌拍下。

這一聲極其清亮，把眾賭徒都嚇了一跳，一個個眼睛都從賭桌移到她身上。

一瞬間，本已分不清天南地北、記不起爹娘妻兒的賭徒們便仿若有清水拂面，一個個激靈靈地清醒過來。一雙雙發紅的眼睛看著眼前這白衣長髮的女子，星眸素容，清新淡麗，仿是水中亭亭玉立的青蓮，一時間便都有些神思恍然。

「喂，我買大，快開呀。」風夕手一揮，帶起一陣袖風，令眾人回神。

這賭坊自開業至今，卻還是第一次進來女人，是以莊家略有些遲疑，「姑娘……是來賭的？」

「當然。」風夕的聲音那是相當的響亮又肯定。

莊家在這賭坊也有好些年頭了，南來北往的客人什麼奇奇怪怪的樣子也是見過些的，因此這刻定了定神，不再拘泥於眼前的客人是個女子，只是問道：「姑娘買多少？」

「這個呀。」風夕一把將扭著腦袋朝著外面的韓樸拖上前，「就他吧。」

「啊？」這一下眾人再次傻眼。

「妳——」韓樸聞言驚怒，剛開口便止了聲，啞穴被點住了。

「你看看這孩子值多少錢？」風夕笑咪咪地問向莊家。

「五銀葉吧。」莊家道，看這孩子背影，瘦瘦弱弱的，怕幹不了什麼活，如今這世道，能有五銀葉已是很高的價了。

「五銀葉太少了吧。」風夕卻和他討價還價，手一扳，將韓樸的臉扳向莊家，「你看這孩子長得多好，眉眼俊俏，膚白細嫩，比好些女孩子都長得漂亮呢，若是……」她詭異地壓低聲音，「若是賣到有錢人家當個孌童，肯定可賣到三、四十銀葉啦，我也不要那麼多，就折十銀葉如何？」

「這個……」莊家打量了一下韓樸，確實俊俏非常，只是一雙眼睛裡此時怒火升騰，看得他不寒而慄，忙移開目光，「好吧，就十銀葉。」

「成交。」風夕點頭，催促著莊家，「快開吧，我買大。」

於是，莊家叮叮咚咚地搖著色子，幾十雙眼睛盯著他的手，最後他重重擱在桌上，所有的眼睛便全盯著。

「快開！快開！」

「大！大！大！」

「小！小！小！」

賭徒們吆喝著，莊家吊足了眾人的胃口，終於揭開了蓋。

「哈哈……是大！我贏了！」風夕大笑，毫不客氣地伸手撈錢。

「唉，晦氣！」有人歡喜有人愁。

「再來！再來！」風夕興奮地叫著。

於是繼續買繼續開，也不知是她運氣特別好，還是莊家特別關照她，反正她買什麼便開什麼，幾局下來，她面前已堆起了一堆銀葉。

「今天的手氣真是好呀。」風夕把銀葉往袋裡一收，笑咪咪地道，「不好意思，有事先走一步。」

「就走？」頓有許多人叫嚷道。贏了錢就走？

「是呀，我很餓了，要去吃飯了，改天再來玩。」風夕回首一笑。那一笑，眉眼爛漫如花，眾人目眩神搖，迷迷糊糊中，她已牽著韓樸迅速走出賭坊。

走在大街上，風夕終於解開了韓樸的穴道。

「妳——妳竟敢將我作賭本！妳竟然要賣掉我！」韓樸穴道一解便尖聲怒叫，才不顧街上人來人往。

「噓！」風夕指尖點唇，目光似笑非笑地看著韓樸，「樸兒，你還想被點穴道嗎？」

此言奏效，韓樸果不敢再大聲嚷叫，但滿腔怒火無處可泄，全身氣得顫抖，目中蓄滿淚水，猶是不甘心地控訴著，「虧我這麼信賴妳，把妳當親姐姐，妳竟然拿我去賭錢，還要把我賣去做、做那什麼孌童！」

「樸兒，這只是權宜之計啦。」風夕拍拍他腦袋，仿若拍一隻不聽話的小狗。

「妳若是輸了怎麼辦？難道真的賣了我？」韓樸當然不信。

「豈會！」風夕斷然反駁。

「哼，還算有良心。」韓樸哼道。

哪知風夕緊接著道：「樸兒，你真是太小瞧姐姐我了。想我縱橫賭場近十年，何時輸過，憑我的功夫，當然是要大便大，要小便小，決無失手的可能！」言下頗是自豪。

「妳——」韓樸一聽氣結，然後一甩頭轉身便走，一邊走一邊氣道，「我不要跟著妳，我也不認妳當姐姐了！再也不要理妳了！」

「樸兒、樸兒。」風夕看他那模樣還真是惱了，忙拉住他，柔聲安撫，「好啦、好啦，剛才是玩笑啦。憑我的功夫，怎麼會把你輸掉呢，況且即算真的輸了，我也會把你搶回來的，要知道，憑我的武功，便是那隻黑狐狸來也搶不過我的！」

「哼！」韓樸雖被拉住卻扭著臉不看她。

「乖樸兒，姐姐答應你，以後再也不將你作賭本啦。」風夕無奈，只有好言安慰。

「這可是妳說的，說話要算數，再也不許將我做賭本。」韓樸回頭瞪她。

「嗯，說話算數。」風夕點頭。

韓樸看著她，繼續道：「以後無論怎樣，都不許將我作賭本，不許賣掉我，不許厭煩我，也不許……也不許丟棄我！」說到最後忽抽抽噎噎，眼圈也紅了，眼淚止不住流下來。一股真實的恐慌攫住他，害怕真的被遺棄，害怕又是孤身一人，似大火燒起的那一夜，即算喊破喉嚨也無人應。

「好、好、好，我全答應。」風夕見他落淚，不由一嘆，伸手將他攬住，不再有戲弄之心，想著他慘遭家門劇變，一時心中又是憐又是疼，「樸兒，姐姐不會離開你的，姐姐會照顧你的，直到有一天，你長大了。」不知不覺中這樣的承諾便說出來了。

「妳答應的，決不許反悔。」韓樸緊緊地抱住她，生怕這個溫暖的懷抱會突然不見。

「嗯。」風夕點頭，然後放開他，擦了擦他臉上的淚水，「這麼大了還哭，想當年我第一次獨自出門都沒哭過呢，哭的倒是我爹。好了，別哭了，先去找家飯館吃東西吧。」

「嗯。」韓樸自己不好意思地抬袖拭去臉上的淚痕。

兩人正要尋飯館，迎面忽來了一大群人，大大小小、老老少少，有的趕著牛車，有的挑著籮筐，身上還大包小包背著，皆是面黃肌瘦，滿身風塵。街上行人紛紛讓道，兩人也給擠到了街邊，看著這一群人穿街而過，直往泰城南門而去。

「唉，又是逃難來的。」耳邊聽得有人嘆息道。

「老伯，這些人哪來的？他們這是往哪去呀？」風夕問向路旁一名老者。

「姑娘大概久不進城吧？」老者打量著風夕，「這都好幾撥了，都是從鑒城那邊過來的，主上又派大將軍拓跋弘攻打北州了，這都是那邊逃來的難民。」

「攻打北州？這是什麼時候的事？」風夕聞言不由一驚。

「都一月前的事了。」老者感嘆著，「說來說去還不是為著玄極，又不知要死多少人了！」

「玄極？」風夕眉頭一皺。

「是啊。」老者一雙看盡滄桑的眼睛閃著深沉的悲憐，「聽聞玄極在北州出現，主上便說北王得了玄極竟然不獻回帝都，乃存不臣之心，於是便發兵討伐。」

「不過一個藉口。」風夕自語。

「到了這裡已經安全了呀，為什麼這些人還要走呢？」韓樸卻問出心中疑惑。若是避禍，泰城離鑒城已相隔數城，早已遠離戰火，卻不明白那些人為何還要繼續走下去，再過去就是爾城了，那又是邊城。

「他們是想去冀州吧。」老者看向街尾，那邊是南門，出了南門便是通往爾城的官道，「北州、商州戰火不斷，偏又旗鼓相當，每次開戰，彼此都討不到便宜。坐在玉座上的人無所謂，苦的卻是百姓，動盪不安，身家難保。而冀州是強國，少有戰火，且對於投奔而去的各州難民都有妥善安置，因此大家都想去那裡。」

「喔。」韓樸點點頭，回頭看風夕，卻發現她的目光落向前方的某處。那群難民中有一個六、七歲的小女孩，想是餓極了，指著路旁的燒餅攤，使勁地哭泣，她那疲憊憔悴的母親百般勸慰，她只是啼哭不休，她母親無奈，只好向攤主乞討，卻被攤主一把推開，跌倒在地。

老者的目光也落在那兒，看著卻只有深深嘆息，「每天都有這樣的人，那燒餅攤若是施捨，自己也不用吃飯了。唉，其實老百姓只是想吃口飯而已，才不管什麼玄極玄樞的。」

風夕走過去，扶起地上的婦人，從袋裡掏出一枚銀葉遞給她。

「多謝姑娘！多謝姑娘！」婦人簡直以為遇到了神仙，忙不迭地道謝。

風夕搖頭一笑，卻怎麼也無法笑得燦爛，回頭牽起韓樸，「樸兒，我們走吧。」抬首看天，依舊那麼藍，陽光依舊明媚，卻無法照出一片太平昌盛的土地。

「只想吃個飽飯，只是吃個飽飯而已。」喃喃嘆息，帶著悵然，也帶著一絲了悟。

5 引自韋莊〈思帝鄉．春日遊〉。

第九章　幾多兵馬幾多悲

等秋葉落盡，便是寒風颯颯，冬日已臨。

景炎二十五年十一月底，天寒地凍，冷風刺骨，可在鑒城去往共城的官道上，依然有著許多失去家園的百姓成群結隊南下。

他們頂著寒風，赤著腳或套雙草鞋，踩在結著薄冰的路上，聽著懷中小兒或是饑餓或是寒冷而發出的啼哭，步履蹣跚地往共城走去。偶爾抬首看向天際，盼望著太陽能露露臉，讓這天氣稍稍暖和些，否則未死於刀槍亂箭下，卻會凍死餓死在路上。

當大道的盡頭，那似與天相接的地方，走來一道人影時，餓得饑腸轆轆的難民不由停下腳步，看著那道纖塵不染的白影緩緩走近，所有人都不由以為那是自己餓得頭昏眼花而產生的幻覺。

天陰冷暗沉，可那個人臉上卻有著溫柔和煦的微笑，彷彿三月的春陽，讓人看一眼便褪去了周身的疲憊與饑寒。

當那個人將一個大大的包袱打開遞給為首的難民時，一陣食物的暖香頓時四溢開來，更讓那群饑寒交迫，瀕臨絕望的難民瞬間生出「這人是上蒼派來救我們的神仙」的想法。

「這裡是些熱燒餅，你們分著吃吧，暖暖肚。」那人的聲音清雅溫和，帶著脈脈悲憐。

「謝謝神仙公子！謝謝神仙公子！」難民紛紛拜倒叩謝。

這些燒餅對某些人來講，或許是不屑一顧之物，可是對此刻的他們來說，卻是救命之糧。這人果真是上天派來救贖他們的神仙，也只有神仙才會有這般不染紅塵的眉眼。

「不用如此，在下一介凡人，並非神仙。」那人彎腰扶起面前跪著的幾位老人，並不忌諱他們一身的汙垢與塵土，「都起來，那餅快趁熱吃吧。」

難民們起身，全都萬分感激地看著他。然後便由領頭人將包袱裡的燒餅分了下去，而拿到餅的人儘管又冷又餓，卻並不急著往嘴裡塞，而是分給懷中的小孩子，遞給身旁的老人，而老人只是撕下一點點，然後又遞回兒女手中。

那人一旁靜靜看著，眼中悲憐之色更濃，微微嘆息，轉身離去。

「公子請等等！」難民中為首的人趕忙開口挽留。

那人停步。

領頭的人低首恭敬地問道：「請問公子尊姓大名？」

那人沉默。

領頭的人再道：「今日蒙受公子大恩，無以為報，只求公子告之名姓，我等銘記在心，好日夜為公子祈福，以償大恩，以求心安。」

那人微嘆，道：「這位大哥快莫如此，此不過小事一樁。」

領頭的人卻再三懇求，「請公子告之尊姓大名。」

那人目光掃過，見眾人皆望著他，終是輕聲道：「在下玉無緣。」

「啊！」領頭的人霎時雙眼灼亮，滿是驚喜，「原來是玉公子！」

難民們聞言亦紛紛圍了過來問好，個個都是滿懷欣喜與感激。民間雖到處都有著這位慈悲心腸，救人無數的天下第一公子的傳聞，卻是沒想到他們今日竟有幸得見。

對於眾人的歡喜，玉無緣只是淡淡一笑，道：「前邊離冀州已不遠，入城後去尋置民署，那裡會給你們妥善安置的，你們吃完儘早上路，這天冷得很，老人孩子受不住。」

「多謝公子指點。」領頭人連連點頭，又道，「公子這是要北上嗎？那邊正打著仗，公子還是不要去了。」

「我知道。」玉無緣不在意地道，「在下有事先告辭了，諸位多保重。」說罷他拱拱手，轉身離去。

「公子可要小心！」領頭人看著離去的背影叫道。

玉無緣頭也不回地擺擺手，踏步而去。

眼見著他的身影消失不見，領頭人才繼續給村人分著手中吃食，只是等到分完時，才發現包袱的底下竟放著一個錦包，打開一看是一包金葉，數一數，有五十枚之多。這錢足夠他們去到冀州，還能餘下一些讓他們在那邊安置生活。

那一刻，所有人都向著玉無緣消失的方向跪下，以他們所知的最真誠樸實的禮節向他們的恩人致謝。儘管人已不見，儘管那人也許聽不到，但他們依舊要說。

「多謝玉公子大恩！」

那聲音在天地間響亮回蕩。

北州烏城與商州鑒城之間隔著十里荒原，本無人煙，但此時荒原中卻旌旗搖曳，萬馬嘶鳴，殺氣騰騰。

從十月初，商州先鋒第一次攻打烏城開始，兩軍已數次交鋒，互有勝負，這互有勝負的結果便是北州烏城、商州鑒城幾乎化為空城。商州因大將軍拓跋弘率大軍增援，目前略勝一籌，於是北軍退出鑒城，商軍則進逼北州烏城。

日暮時分，荒原上戰鼓擂響，萬軍嘶吼，刀槍錚錚，旌旗蔽日。商州大軍再次發動進攻，三面逼向烏城，立意一舉破城。

隨著商軍的不斷推進，烏城內北軍舉起了滾石檑木，拉開長弓羽箭，凝神靜待。

一百丈……八十丈……五十丈……

雙方的距離漸漸拉近，氣氛越發緊張，雙方大將皆手握令旗，眼見是一觸即發。

車轔轔，馬蕭蕭，行人弓箭各在腰。

驀然，荒原之上響起了一縷歌聲，竟是衝破騰騰殺氣，於半空縈繞。

耶娘妻子走相送，塵埃不見咸陽橋。

牽衣頓足攔道哭，哭聲直上干雲霄。
道旁過者問行人，行人但云點行頻。
或從十五北防河，便至四十西營田。
去時裡正與裹頭，歸來頭白還戍邊。
邊庭流血成海水，武皇開邊意未已！
君不見，青海頭，古來白骨無人收！
新鬼煩冤舊鬼哭，天陰雨濕聲啾啾。[6]

那歌聲沉鬱悲愴，雖荒原上數萬兵馬，卻是人人得聞，聞之動情。雙方大將那一刻不由都忘記了揮下令旗，弓箭手緩下了拉弓的手，刀槍手放下了刀槍，無不是想起了家中父母妻兒，一時心頭悲愴，哪還有殺敵的銳氣。

「北州、商州同為皇帝陛下的臣子，何苦自相殘殺。」一道比風還要輕，比雲還要淡的嗓音在荒原上響起。

「什麼人？」北州烏城的守將躍上城樓，揚聲喝道。

「在下玉無緣。」柔和的聲音響起，彷彿人就在眼前。

「玉公子？」

「是玉無緣公子？」

萬軍聞之譁然，所有的人莫不是引頸相望，便是兩州大將也放目環視，想一睹那個天下第一公子的真容。

「在下聽聞兩州開戰乃是因玄極而起。」那個淡柔的聲音再度響起。這一次，千萬大軍循聲望去，便見東面數十丈遠處的山坡上立著一道白影，雖看不清面貌，但衣袂飄飄，彷彿欲乘風歸去的仙人。

「在下來此只為告之眾位將士，玄極已為冀州世子所得。」玉無緣淡柔的話語再次飄下，卻霎時如巨石落湖，激起千層浪濤，萬軍震動。

「既然開戰的理由已不存在，兩州的將士何不就此止息干戈，也可免親人『哭聲直上干雲霄』的悲痛不是嗎？」

正在萬軍震動之際，玉無緣柔和的聲音清晰地傳入每個人的耳中，然後便見遠處白影一閃，很快便消失蹤影，只餘一聲長吟。

君不見，青海頭，古來白骨無人收！
新鬼煩冤舊鬼哭，天陰雨濕聲啾啾。

霎時，荒原一片寂靜，除去偶爾的馬鳴聲，整個天地都是沉靜的，只有那悲憐的嘆息嫋嫋不絕。

「哎呀，吃得好飽呀！好久沒這麼大吃一頓了！」

泰城一家飯館前，走出揉著肚皮的風夕與韓樸。

「姐姐，妳還剩多少銀葉？會不會吃完這頓，下一頓又要隔個十天半月的？」韓樸瞄了瞄風夕的錢袋問道。

「呃。」風夕打了一個飽嗝，擺擺手，「放心啦。樸兒，這次我一共贏了一百銀葉，夠我們用上三、五個月的。」

「妳一下子贏了這麼多錢？」韓樸咋舌，然後馬上拉住風夕的衣袖拖著她往回走，「妳既然這麼會賭錢，那幹嘛不多贏些？走，再去賭一回，至少也要贏個一、兩年的飯錢啊。」

「樸兒——」風夕拖長聲音喚道。

「幹嘛？」韓樸回頭。

「笨！」風夕手一伸，便狠狠地敲了他一個響栗，「你爹難道沒告訴過你，人要知足嗎？知足者常樂，貪婪者必遭橫禍！懂嗎？要知道見好就收。」

「哎喲！」韓樸放開風夕，抱住腦袋，這一下敲得還真狠，讓他腦門火辣辣地痛。

「不過呢。」風夕一手托下巴，打量著韓樸，「那韓老頭可是十分貪財的，你有他的遺傳也是可以理解的，只不過……」手一伸，又拍在韓樸腦門上，「以後跟在我身邊，相信你會成為一個兩袖清風，受人尊敬的窮大俠的。」

「別拍我腦袋。」韓樸一把抓住風夕的手，皺著眉看她，「很痛啊。」

「好吧。」風夕不再拍他，手順便在他腦門上揉揉，「為了補償你這兩下，我帶你去買新衣裳，順便再買輛馬車，這麼冷的天，走在路上風吹雨淋的，姑娘我實在受不了。」

聽得風夕的話，韓樸抓住風夕的手放鬆了，但並沒放下，只是看著風夕。

「走了，給你買新衣裳去。」風夕牽起他的手，轉身找衣鋪，「樸兒，你喜歡什麼顏色的衣裳？首先聲明，你可不許挑那些貴死人的錦衣羅袍，將就一下，只要能保暖合身就行了。嗯，至於顏色，不如還是穿白色如何？你既然成了我弟弟，那麼當然也要跟我一樣穿白色，我是白風夕，將來你就是白韓樸如何？樸兒——」

她嘮叨了半天，卻發現身邊的人一聲不吭，不由側首看他，卻見韓樸低垂著頭，沉默地邁著步子跟著她，握在她手中的手竟微微抖著。

「樸兒，你幹嘛不吭聲？」風夕不由停步，「是不是不高興我不給你買漂亮衣裳？我告訴你哦，我可——」她的話忽然打住了，只見韓樸抬首看她，一張俊秀的小臉上布滿淚水，立時她不由有些慌了，「樸兒，你……怎麼啦？難道我剛才敲得你太痛了？」

「姐姐。」韓樸撲進風夕懷中，抱住她，一臉的淚便揉在她的胸前，「姐姐、姐姐，我知道……我都知道的。」

他出身武林世家，自也知道內功達到一定境界的人是不畏寒暑的，而以風夕來說，便是置身冰天雪地，她亦不會覺得寒冷。都是為了他，所以才說要添新衣禦寒，要買馬車擋風遮雨，否則風夕不會去賭錢，若她願賭，便不會這一路風餐露宿，贏那些人的錢，想來她並不是很樂意的。

其實她根本可以不理他的，他們無親無故，唯一的牽連便是那副藥方。那藥方雖珍貴，同樣也很危險，若被人知曉在她身上，必引天下人爭奪，隨時會有殺身之禍，可她還是帶著他，沒有絲毫怨言，一路戲謔玩耍中亦有對他的疼惜之情。

「樸兒，你一個男孩子卻這般敏感細膩，對你以後真不知是好是壞。」風夕一顆心不由軟下來，拍拍懷中的人，無聲地嘆了口氣。

「姐姐，以後樸兒也照顧妳，照顧妳一輩子。」韓樸鄭重地許下他的承諾，卻不知他的承諾有多重。

「行，我們先去買衣裳吧。」風夕抬起韓樸的臉，擦去他臉上的淚水，「看你一個男孩子，一天哭上兩次，羞不羞呀。」

韓樸臉一紅，又把臉藏進風夕懷中。他喜歡這個懷抱，又暖又香，埋進這個懷抱，似乎整個天地都變了，安詳而寧靜。

很多年後，那個好白衣、好吟詩、好舞劍的風霧派開山鼻祖「霧影客」韓樸，此時不過是一個愛哭的、容易臉紅的，喜歡賴在姐姐懷中撒嬌的孩子。

「走啦。」風夕牽起他。

穿過街道，她並沒有直接去找衣鋪，而是拐進一條偏僻的巷子裡。巷子盡頭，是一座無人居住的宅院，高大的朱門已紅漆斑斑，屋簷蛛網密織，門前的石獅一個倒在地上，一個依然把守正門，只是灰塵枯葉落了滿身。

走過去，風夕衣袖一揮，掃去立著的石獅上的灰塵，足尖一點，攜著韓樸飛身落於石獅上，然後坐下。

兩人坐在石獅上，就彷彿是在一卷發黃的蒼涼古畫上添了兩個活人，顯得格外突兀。

「姐姐，我們不是去買衣裳嗎，幹嘛跑來這裡？」韓樸等了一會兒，不見風夕解釋坐在這兒的原因，只好自行發問。

「等人。」風夕一雙長腿垂下，一搖一擺的。

「等誰呀？」韓樸也學她坐下，搖晃著雙腿。

「等某個不知天高地厚，竟敢跟蹤我的人。」風夕微微瞇眼，「若是他再不現身，可別怪我不客氣了。」

她話音剛落，一道人影瞬間從暗處現身，垂首下跪，語氣恭敬道：「見過風女俠。」

「姑娘我既非你長輩也非官府大人，別動不動就給我下跪。」風夕睨著那人閒閒道。

那人起身抬首看向風夕，「風姑娘還記得在下嗎？」

風夕看著他，片刻後點頭，「原來是你呀，這些年好嗎？」

那人是名年約三十四、五的漢子，身材魁梧，濃眉大眼，本是十分的英武，但臉上有一道從鼻樑直劃至右下巴的傷疤，讓那張臉看起來醜陋可怖。

「風姑娘還記得在下？」大漢見風夕還記得他，不由驚喜萬分。

「我記性還不算太差。」風夕微微一笑，「六年前烏雲江上的三十八寨總寨主顏九泰，江湖上響噹噹的人物，豈會不記得。」

「姐姐，那個烏雲三十八寨不是六年前被妳一腳踩平了嗎？」韓樸在旁聽得馬上插口道，想他對白風黑息的江湖事蹟可是了若指掌的。

風夕一掌拍在韓樸腦袋上，「大人說話時，小鬼閉嘴。」

「我不是小鬼，我很快就會長得比妳高了。」韓樸挺了挺胸膛。

顏九泰卻笑笑，顯然並不在意韓樸講的話。

「顏寨主，從賭場跟到現在，你有何貴幹？是想報六年前的仇嗎？」風夕轉頭問顏九泰。

「風姑娘不要誤會。」顏九泰趕忙搖頭，「姑娘風采依然，一進賭場便引人注目，九泰跟到這並非報仇，只是想報姑娘六年前的活命之恩。」

「哦？」風夕偏頭想了想，然後了然一笑，「原來那個九泰賭坊是你開的，難怪被你發現。」

「是，六年前，我帶著一些兄弟到了這泰城安家，我們這種強盜出身的人，做不了什麼大事，只能開些個賭坊、當鋪什麼的，這城中凡是有九泰二字的，都是我們兄弟的。」顏九泰道。

「那也不錯啊，至少是正正當當的過活。」風夕笑笑，「你這臉上的傷疤是因我留下的，你的命也是我留下的，便兩相抵消，不談報仇，也不必談報恩。」

「不。」顏九泰卻搖頭道，「這傷是我咎由自取，但這活命之恩卻不得不報，否則我終身難安。」

「哦？你想怎麼報恩呢？」風夕問道，眼珠子開始轉圈。

韓樸看著，不由替那個顏九泰擔心，只怕他這恩不好報啊。

「在下願跟隨姑娘身邊，為奴為僕，以效犬馬之力。」顏九泰又一把跪於地上。

「哦？」風夕眼中光芒閃爍，左手托著下巴，指尖十分有節奏地輕點面頰，「我本來還以為你打算送我些金銀珠寶什麼的，要知道我一向是很窮的，誰知道也只是這樣而已啊。」

韓樸一聽，心中暗叫「果然」，看這顏九泰不賠光家當是送不走這尊神的。

「呃？」顏九泰一怔，但馬上反應過來，從懷中掏出一件銀色虎形信物，「姑娘憑此物可在商州任何一家九泰賭坊、當鋪中領取金銀。」

「商州任何一家？」風夕來了興趣，「看來這幾年你混得不錯嘛，這整個商州都有你的鋪子了。」

「還好。」顏九泰道，語氣中卻有著難耐的興奮與自豪，「有姑娘的教誨，這些年與兄弟在商州已有了幾十家鋪子了。」

「啊！」風夕咋舌，「你現在是打算把這些鋪子全送給我？」

此言一出，韓樸暗道：好狠呀，竟是要了人家的全部家當，這顏九泰估計要給嚇跑了。

「只要姑娘要，全部都可給姑娘。」誰知顏九泰竟是一口應承下來，一點猶疑都未有。

「呃？」這下輪到風夕發怔了，本以為這顏九泰大概也就是贈她些金銀，感謝她的活命之恩，這獅子開大口也不過想趕人而已，誰知……

「還請姑娘答應九泰，讓九泰服侍在旁。」顏九泰似乎打算長跪於地，一點起來的打算也沒有。

「姐姐，妳是怎麼救他的？」韓樸狐疑地看著風夕，好奇她做了什麼，竟讓他人財物傾囊相授。

「顏九泰，你倒是個爽快人，不過這些我都不需要，剛才玩笑的。」風夕從石獅子上跳下來，扶起地上的顏九泰，「這些年你既和兄弟創下了這份家業，那就好好守著，好好地過你們的日子。我獨來獨往慣了，不習慣也不需要人侍候。」

「姑娘，來前我就交代好兄弟們了，我走後這些家業就由他們主持。」顏九泰站起身來，熱切地看著風夕，「況且九泰光棍一個，並無家室之累。六年前我就發過誓要服侍姑娘一輩子以報大恩，只是一直未找到姑娘，今日既然遇到了，九泰當然要跟隨到底。」

「老天，竟是有備而來。」風夕嘆了口氣，然後頭也不回地往後招了招手。

韓樸見之，趕忙躍下。

風夕手一伸撈住他，馬上展開身形，快速掠過顏九泰，邊跑邊道：「顏九泰，你回去就是對我報恩了。」

「風姑娘，妳等等。」顏九泰一見立時拔腿就追。

大街上人來人往，可風夕牽著韓樸就似腳下踩著風火輪，一路飛掠而過。但那顏九泰昔日既為三十八寨總寨主，其功夫自是了得，也是腳下健步如飛，隔著一丈距離跟在後頭。跑過九條街，轉過十七個彎，躍過三十二道牆，回頭看去，顏九泰依然不死心地跟在身後，風夕嘆一口氣，停下腳步。

「是不是我一直走，你便要一直追啊？」在一條幽僻的巷子裡，風夕放開韓樸，席地便坐，回頭有些無奈地問向顏九泰。

「是、是……」顏九泰喘息，「在下說過要服侍姑娘一生的。」

「我怕了你了。」風夕擺擺手，看看韓樸，再看看顏九泰，略沉思片刻，便點頭道，「好吧，我讓你跟著。」

「真的？」顏九泰聽得這句話，頓一把跪於風夕身前，雙手執起風夕的雙手輕輕抵於額前，「從今爾後，九泰盡忠於姑娘，但有吩咐，萬死不辭！」仿若誓言一般的話輕輕說出，卻沉重萬分。

風夕看著他的動作，怔了片刻，然後輕聲問道：「你是久羅遺人？」

顏九泰亦是一呆，抬眸看著風夕，然後執起她的雙手，垂目輕吻，未有絲毫褻瀆之意，莊嚴肅穆，「是的，九泰是久羅族的人。」說完，他放開風夕的手。

「久羅族，想不到六百多年過去，我竟然還能見到久羅族的人。」風夕凝眸深深地看著顏九泰，目光裡似乎蘊著某種莫名的情緒，但隨即她手一揮，「好了，你起來，以後跟在我身邊不需這麼多禮節。」

「是，姑娘。」顏九泰起身恭敬道。

「顏大哥，既然你在泰城這麼吃得開，那麼就請給我們備一輛馬車，再給我這弟弟買幾身衣裳吧。」風夕立時便偷起懶來。

「是。」顏九泰馬上應道，然後又輕聲道，「姑娘叫我九泰就行了。」

「怎麼？你嫌我把你叫老了？」風夕眼一翻，人馬上跳起來，「你本來就比我大，叫你一聲大哥剛好，難道還想我叫你弟弟不成？我沒那麼老吧？」

「不是，我不是那個意思。」顏九泰連連擺手。

「不是就好。」風夕又坐下，「顏大哥，麻煩你快點去買車買衣，順便再買些吃食，剛才這一頓跑，才吃下的東西又耗光了。」

「好，我馬上就去辦，姑娘請在此稍等。」顏九泰不再跟她爭，馬上轉身辦事去。

北州渭城郊外的路邊有家小店，老闆是位守寡多年的婦人，賣些包子、饅頭、白粥之類，小本經營，來的顧客也都是些往來城鄉的百姓。

這一日清晨，老闆娘才打點好一切，便有客上門。

「老闆娘，請來四個饅頭，一碗白粥。」

「好的，客官您先請坐，馬上就來。」

老闆娘正揭開蒸籠看包子是否熟了，霧氣繚繞中看不清來客，模糊中只見一個白衣人走進了店裡，在靠窗的桌前落座。

「客官，您要的饅頭、白粥。」不一會兒，老闆娘就端上了熱氣騰騰的早點。

「多謝。」本來望著窗外的客人回首道。

老闆娘只覺眼前一亮，看著客人頓有些不捨離去，畢竟這般好看的人物她平生還是第一次見到。

「公子……還要些其他的吃食嗎？」

「不用了，老闆且忙去吧。」客人垂首，端起面前那碗白米粥。

「那我給公子配些小菜可好？」老闆娘追問道，一邊想著是端些蘿蔔乾、酸豆角的好，還是去取新做的醬頭菜，並沒想能多做多少生意，只是想和這位公子再說說話。

「我看你不如和我走吧。」正在此時，一道張揚的嗓音插入，從屋外走進一人。

老闆娘忙回頭，一望之下，一顆心頓時怦怦直跳，暗想今天是什麼好日子，怎麼會有此等出色的客人上門來？若說方才白衣的客人淡雅出塵得不像凡人，那此刻進來的紫衣客人則像是人間尊貴的王侯，至於他身後跟著的男子，那已是漂亮得沒法形容了。

「你來了。」喝著白粥的客人對新來的客人淡然一笑。

「無緣，你要吃這個？」皇朝掃了一眼他面前的白麵饅頭，有些難以苟同地搖搖頭。

「你也來嘗嘗。」玉無緣指指他對面的位子，「偶爾嘗嘗這些粗茶淡飯，也別有一番滋味。」

皇朝走過去在他對面坐下，「你怎麼會來這裡？」

「隨意走著便到了這裡。」玉無緣道，回首招呼老闆娘，「麻煩再來兩碗白粥、十個包子。」

「好的，客官稍等。」老闆娘趕忙答應。

「蕭澗，你也坐下。」玉無緣又對站在皇朝身後的蕭澗道，待看清楚他時，不由有絲驚訝，「你終於肯換白色之外的衣裳了呀。」

這個永遠一身雪衣的人，今天竟然著了一身淺藍色的長袍，淡化了幾分冷厲，襯著他如雪的肌膚，整個人有如淡藍的水晶，冷中帶清，清中帶和，周身光華流動，讓人想要親近，卻又不忍碰觸。

皇朝看一眼蕭澗，忽道：「我想你叫他雪空，他會更高興一些。」

「嗯？」玉無緣疑惑地看向他。雖然蕭澗字雪空，但他們一向都習慣直呼其名。

「幾位公子，白粥、熱包子到。」老闆娘又端來了粥與包子。

等老闆娘放下東西，皇朝揮手示意其退下，然後看著玉無緣笑道：「因為白風夕說他適合穿著有如天空一般的淺藍衣裳，他第二天便換了裝。而且白風夕還說他應該叫雪空這樣的名字才對，雖然他沒有說，但我改口叫他的字時，他眼裡可是滿滿的樂意。」

「哦？想不到白風夕竟有如此大的魅力？我還真想見識一下。」玉無緣轉頭看向蕭澗，發現他的眼睛又奇異地轉為淺藍色，「雪空這名字確實很適合你，特別適合現在這一身藍衣的你，真的有如雪原藍空，很美麗。」

坐在左首的蕭雪空眼中那抹藍更深了，眼睛轉向皇朝，嘴巴動了動，卻終是因為對方是自己的君主而沒有說出話來，最後只是伸筷夾起一個小籠包，一口吞下。

玉無緣看著他那模樣不由也生戲謔之心，笑道：「冀州好像還沒有人生得比你更美，你若是個女人，說不定可與幽州純然公主一較高下。」

「玉公子，我是男人。」蕭雪空吞下一個包子，看著玉無緣一字一頓道。言下之意是男人怎麼能說「美」，更不該與女人——特別是那個號稱「大東第一美人」的純然公主相提並論。

「那白風夕說你眼睛很美時，你怎麼沒反駁她？」皇朝卻又插口道，說完端起面前的白粥吹一口氣，然後喝下。

蕭雪空看著皇朝，張了張口，卻還是說不出話來，最後只是低頭吃包子。

玉無緣一笑，不忍再逗他，轉問皇朝：「這一趟如何？」

「很好。」皇朝只是簡單的兩字，然後看著他道，「一言息兩州干戈，好厲害的玉公子。」

「何必添那麼多無辜冤魂。」玉無緣夾起一個包子。

「世上冤魂無數，何況……到時一樣會死人。」皇朝定定看著他。

「那到時再說，現在能免則免。」玉無緣吃完一個包子，放下竹筷，抬目看著皇朝，「況且我等於代你告訴天下，玄極選擇了冀州皇氏，這不正是你想做的嗎？若是商州敢假借玄極之事，像攻打北州一般進犯冀州，你不正好可趁機再拿下它幾座城池，或是……整個吞下嗎？」

皇朝沒有說話，只是面上的神情顯然是認同了玉無緣的話。

「至於北州、商州相爭，你這漁翁是可得利，但這破破爛爛的山河，你也不想要不是嗎？」玉無緣看著皇朝，眼光深幽，「所以不妨留著，待你自己親自收拾。」

皇朝挑起眉頭，道：「似乎我心中所想，你總能一眼看清。」說完，他目光瞟向正在忙碌著的老闆娘。

「不要動她。」玉無緣眸中光芒一閃，手按住了蕭雪空剛抓上劍柄的手，「這些話即算她聽了又能怎樣，何必濫殺無辜。」

皇朝擺擺手，示意蕭雪空住手，他有些無奈地看著玉無緣，「就是你這菩薩性子讓我無可奈何。」

玉無緣淡淡一笑，問：「下一步打算如何？」

「當然是回去，我這一次出來收穫頗豐。」皇朝言下似隱深意。

玉無緣沉吟片刻，道：「去幽州吧。」

「幽州？」皇朝濃眉微挑。

「是的，大東最富饒的幽州，有著大東第一美人的幽州。」玉無緣移目看向窗外。

「幽州嗎？」皇朝目光落在面前的半碗白粥上，伸手端起，然後一氣喝完，將碗擱在桌上，目中金芒燦燦，「也是，是時候了。」

「嗯。」玉無緣點頭，「早去早好。」

「去幽州也可先回冀州的。」皇朝站起身往外走。

玉無緣也站起身來，轉頭望向老闆娘，淺淺一笑，似感謝她的招待，然後也往外走去。

蕭雪空從袖中掏出一片銀葉放在桌上，跟上二人。

6 引自杜甫〈兵車行〉。

第十章　斷魂且了冤魂債

「姐姐，為什麼要他跟著？」無人的小巷內，韓樸扯著靠牆閉目休息的風夕問道。

「因為他要跟著啊。」風夕閉著眼答道。

「妳才不是這麼好講話的人。」韓樸撇撇嘴道，「妳讓他跟著是不是有什麼目的？」

「樸兒，你聽過久羅族嗎？」風夕終於睜開眼睛看著他。

「久羅族？」韓樸想了想，搖頭，「沒聽過。」

「嗯，你沒聽過也是理所當然的。」風夕仰頭，目光透過小巷望向遠空，「畢竟久羅被滅族已有六百多年，自滅族當日即成禁忌，世人當然不知道久羅山上曾經有過久羅族。」

「為什麼會被滅族？」韓樸不解。

風夕沉默了片刻，然後輕輕嘆息，「滅族之因早已湮於歷史，不提也罷。只是自那場滅族的浩劫之後，久羅人倖存者寥寥，他們有若孤魂般遊蕩於天涯海角，終生不得重回故里，直到至近百來年，他們才偶爾露面，卻終只是曇花一現。」

韓樸沒有風夕那麼感慨，他想著顏九泰剛才的言行，問：「他剛才就是向妳立誓嗎？」

「是的，剛才便是他向我盡忠的誓言，『但有吩咐，萬死不辭』，便是我叫他去死，他也會去的。」風夕頷首，臉上的神情卻是悲喜莫名，「既然他六年前就打定主意要跟著我，那麼今日相遇，他不達目的決不甘休，他會一直追，追到我點頭或他死的那一天。」

韓樸想起方才顏九泰追人的那股勁頭，心有戚戚。

「這麼多年過去了，我們風家一直在找尋著久羅後人，沒想到今日竟讓我遇上了。」風夕抬手輕輕撫著韓樸的腦袋，目光縹緲，彷彿落向那遙遠的六百年前，帶著深沉的惋嘆，「所以他想要跟，那就跟著吧，或許風家與久羅族人就是這般有緣，況且以後我還有求於他呢。」

「這世上難道還有什麼妳辦不到卻須求他的？」韓樸不信，在他心目中，風夕是無所不能的。

「哈哈。」風夕聞言輕笑，有些憐愛地刮了刮韓樸的鼻子，「這世上我辦不到的事多著呢。」話音未落，風夕驀然斂笑，手一伸，抱起韓樸，飛身而起，迅速倒退三丈。

只聽「叮」的一聲銳響，他們原來站著的地方釘入一支長箭，箭頭深深嵌入石板地中，尾端猶自顫慄，足見剛才這一箭來勢之快，力道之猛。

韓樸看著地上的長箭，一顆心差點蹦出胸膛，那一箭所射的地方正是他剛才所站之處，若慢一步，他定被長箭穿胸而過了。

「什麼人？」風夕喝道。

只是她話才落，長箭已如雨般從巷子兩旁的屋頂上射下。霎時，她無暇顧及來者何人，將韓樸護進懷中，袖中白綾飛出，氣貫綾帶，繞身而飛，在周身織起一道堅實的氣牆，所有飛射而來的長箭，不是墜落於地，便是被白綾所帶起的勁風折斷。

當箭雨停下，風夕白綾一緩，冷冷一笑，「哼！沒箭了嗎？」說著她將韓樸放下，然後足尖輕點，人如白鶴沖天而起，落在左邊的屋頂之上，便見前方幾抹黑影飛去，頓時飛身追去。

在風夕追敵而去後，右邊的屋頂上飛下四人，落在韓樸身前，將他圍在中間，四人皆是一身黑衣，冷眉煞目。

韓樸心頭一顫，拔出匕首，橫在胸前，戒備地看著這四人，儘管心裡對自己說不要怕不要怕，但依然止不住兩腿發抖。

當四人拔出兵器時，韓樸瞳孔收縮，面色慘白，厲聲叫道：「是你們！」他不認得這些人，可他記得這些人拿刀的姿勢，他記得這些人手中的刀，刀背上刻著骷髏圖案，在揮動之時便如惡鬼修羅！就是這些人！就是他們殺害了他的爹娘！就是這些人火燒了他的家！這些人就是他的仇人！

「將藥方交出來！」一名黑衣人冷冷道，目光如蛇般盯住韓樸，「若非你們在賭坊那露臉，我們還真想不到韓家竟還留下你這個活口！既然韓老頭將你保下，自然藥方也在你身上，聰明的話就快點交出來，免得受罪！」

「哼，你們這些惡人還想要藥方，早被你們燒成灰了！」韓樸恨恨地瞪著黑衣人，「我本以為永遠也找不到你們為爹娘報仇，想不到今日你們竟自動出現在我面前，也是老天有眼！」

「就憑你？」另一名黑衣人輕蔑笑道，上前一步，手中大刀一揮，沖著韓樸當頭劈下，

「既然你沒有藥方，那也就無需留你性命！」

眼見大刀迎面而來，韓樸迅速躬身躲過那一刀，然後順勢向那名黑衣人撲去，手中削鐵如泥的匕首直向那人握刀的手刺去，刷地便在那人腕上劃下一道傷痕，那人手腕一痛，「咚」的一聲大刀落地。

這一下變故來得突然，霎時五人都有片刻呆怔。

韓樸想不到會一舉得手。

而那黑衣人則本以為是手到擒來的，根本未將韓樸那點微末武藝放在眼裡，大意輕敵以至失手受傷。

「該死的小雜種！」那名黑衣人垂頭看著流血的手腕頓叱罵出聲。

傷口雖不深，但傷在一名小孩手中，實是奇恥大辱。當下左手拾起地上的刀，力運於臂，夾著勁風，再次劈向韓樸，這一刀刀法老練而快捷，力道剛猛。

韓樸根本無法閃避，當下他反而沖著刀光撲去，右手緊握匕首，直刺那人胸口，即算無法逃命，那麼至少也要殺一個仇人！

在手中匕首狠狠刺入仇人胸膛之時，韓樸閉上眼，等待著大刀劈裂身體的劇痛，同時有什麼溫暖的液體灑在臉上，濃郁得令人作嘔的腥味散開。

只是等了片刻，並沒有等到冰冷的大刀刺入身體，周圍死一般的沉寂，他不禁悄悄睜開眼睛，卻看到一張雙目圓鼓，驚怖異常的臉就立在眼前一尺之距，「啊！」他嚇得迅速後退，腳下不穩，頓一屁股跌坐在地上。

這個時候，他才發現那黑衣人的手依舊高高舉起，只是手中的刀卻被一根白綾絞住，胸口上正插著自己的匕首。

「哎呀，真不愧是我弟弟呀！」

耳邊聽得風夕輕快的笑聲，韓樸驚喜回頭，「姐姐！」

果見風夕正坐在屋簷邊，晃著兩條長腿，手中牽著白綾，神態閒悠閒自在。

「殺了他！」

耳邊又聽得冷喝，頸後勁風襲來。

「哼，敢在我面前殺我的寶貝弟弟？都是活得不耐煩了！」

韓樸未及反應，只覺得身子一輕，騰空而起，待回過神來，人已站在屋頂之上，而風夕卻不見了。

往屋下看去，只見一團白影捲著三名黑衣人，黑衣人手中刀光閃爍，招式凌厲，但每每全力砍向那團白影時，卻都如同砍在一泓流動的水上，什麼都砍不到，刀反被水帶動，隨波逐流，而那團白影也越收越緊，黑衣人招式無法施展開來，不到片刻，三人已是氣喘吁吁。

「不過這麼點本事，竟敢在我面前放言殺人，給我放下罷！」

風夕冷笑一聲，叮叮叮數聲脆響，便見大刀墜落在地，然後白影一收，戰鬥結束。

三名黑衣人一動也不動地僵立，而風夕依舊意態悠閒地站著。

「樸兒，下來。」風夕回頭招招手。

韓樸跳下來，一把撿起地上的刀，就往黑衣人砍去。

「樸兒！」風夕立時伸手將刀捉住。

韓樸回頭，嘶聲叫道：「就是他們！就是他們殺了我全家！」

「我知道。」風夕手下微一使力，刀便到了她手中，「我還有話要問他們。」說著她轉頭面向黑衣人，笑咪咪地道，「幾位大哥，能不能請教一下，你們為什麼一定要得到韓家的藥方，按說韓家那麼多藥全給你們刮走，憑你們的武功，足夠你們用到死啦。」

三名黑衣人並不理會她的問話，雖被點住穴道不能動彈，但一雙眼睛卻是死死盯著她。他們三人雖不能說是頂尖高手，但身手皆是一流，可三人聯手都敗在這女人手中，她到底是誰？

「三位大哥……」風夕的聲音又拖得長長的，笑容更加燦爛，「再不說話，可別怪我割你們的舌頭了。」

「妳是何人？」其中一名黑衣人開口問道。

「你們不知道我是誰？」風夕怪叫一聲，然後滿臉的委屈狀，「樸兒，他們竟然不知道我是誰，不都說我形象特別，讓人印象深刻嗎？怎麼這幾人就不知道我是誰呢？」

「哼，我來告訴你們她是誰！」韓樸又撿起一柄刀，走到一名黑衣人面前，伸直手，刀尖比著黑衣人的額頭，「姐姐，我在這上面畫個和妳額頭上一模一樣的彎月好不好？」

「不好。」風夕搖頭，「姑娘我戴的這枚月飾叫『素衣雪月，風華絕世』，他們若是也弄上這麼個就太糟蹋了，回頭月娘要找你算帳的。」

聽得他們的對話，三名黑衣人都望向風夕額間，看到那枚彎彎雪玉，三人心頭一陣緊縮。

「妳是白風夕？」

「嘻，原來你們知道我是誰呀。」風夕聞言笑得甚是和藹可親，只是手中白綾在空中亂舞著，彷彿隨時將纏上三人頸脖，「那你們也應該知道我白風夕是很好的大好人啦，所以只要三位斷魂門的大哥將你們背後那個人告訴我，那就馬上讓你們走。」

三人聞言臉上頓露出極度驚駭的神情，看著眼前明媚燦爛的笑顏卻是毛骨悚然。

五年前白風黑息滅掉斷魂門的事，他們那時雖未入門，但都曾聽門中前輩說過，記得那些號稱煞星的前輩們提起時臉上的那種恐懼之色，並告誡他們，遇上閻羅王也比遇上白風黑息好！

砰、砰、砰，三人倒地，口鼻間黑血直流。

「他們……他們自盡了！」韓樸驚恐地看著地上的三具屍體，剛才還是活生生的三個人。

「他們既不能逃又不能說，當然只能死。」風夕冷冷地看著地上的屍體，收起白綾，拍拍手，「自盡也好，省得弄髒我的手。斷魂門的人，哼，便是死一萬次也不足以抵其罪！」

韓樸扔下手中的刀，有些噁心地看著。

他當然知道斷魂門是這世上最殘忍、最惡毒的門派，做著殺人買賣，以極其殘暴的手法奪人性命，並且還買賣蹂躪婦人幼童，一個個都是禽獸不如，死也活該！

「姐姐，妳幹什麼？」韓樸見風夕在屍體上翻來翻去，似在找尋什麼。

「就是這個了！」風夕從一個黑衣人懷中掏出一根手指長的管狀東西。

「這是什麼？」韓樸問她。

風夕拔開長管的蓋子，一股稍有些甜膩的香味便彌散開來，「這叫百里香，是他們斷魂門人聯絡用的。」

「妳是說，要用這個引來剛才妳沒追到的那幾個斷魂門的人？」韓樸稍一想便知道了。

「不是沒追到，是沒有去追。」風夕站起身，「我若去追了你還有命嗎？」

「沒有。」韓樸老實答道，剛才的黑衣人隨便一個便可要了他的命，「妳引他們來幹嘛？他們不是寧死也不肯說嗎？」

「哼，透不透露並不重要，只是決不能讓他們洩露我們的行蹤，況且，我決不允許斷魂門的人在我眼皮底下逃生！讓他們走脫，定只會增添更多的無辜冤魂！」風夕將管子拋上半空，讓那股香味隨風飄散得更遠更廣。

過得一刻，嗖嗖嗖地從屋頂之上掠下三道黑影，看到地上的情形俱是一怔。本以為同伴得手，發信號引他們會合的，誰知看到的竟是同伴的屍首。

「你們是願意告訴我，收買你們的人是誰，還是要和你們的同伴一樣下場？」

一個冷誚的聲音響起，三人心頭一凜，瞬間便見一道白影落在了屍首之旁，冷風吹過，掠起那人長長的黑髮，遮住她一半的容顏，看不清面貌，只是一身煞氣，本已十分寒冷的冬日，因著她更增幾分冷透骨的殺意。

「斷魂門又是何時死灰復燃的？」風夕目光冰冷地看著三人。

三人不發一言，手動刀起，配合一致地從三面砍向風夕。刀光凜凜，霎時，整個小巷都被一股凌厲的殺氣所掩，韓樸站在三丈外，都覺得肌骨刺痛。

而風夕就站在他們中間，意態從容地面對三面襲來的刀光，就在刀尖即抵她身，韓樸幾至失聲尖叫時，她身形忽如風中楊柳，隨風輕輕一擺，姿態優美如畫，卻瞬間便跳出三人的包圍圈。

「五鬼斷魂！」耳邊聽得三人一聲大喝，身形飛起，刀如浪捲，猛烈霸道，直撲向還在半空中的風夕，那種凌厲的勁道，似可將半空中的人絞成碎末！

「姐姐！」韓樸失聲尖叫，閉上眼不敢再看，害怕見到的是一堆血肉從空中飛落。

「這就是你們門主隱匿五年所創的絕技嗎？不過如此！」半空中響起風夕清冷的聲音，韓樸不由睜開眼睛，那一剎，他看到一貫白虹從空而降，化為無數白龍，飛掃天地，而他們的人卻早已看不清，全為刀光龍影所掩。

「五鬼斷魂有何可懼！」

霎時，無數道白影在半空凝聚，仿化巨龍，昂首探爪，氣吞天地萬物！

「啊！」只聽得淒厲的慘叫，叮、叮、叮，有斷刀從空落下，接著半空中跌落三道人影，然後光芒散開，露出半空中那足踏白綾，傲然而立的白衣人，迎風振衣，黑髮飛揚，額間雪玉光芒炫目，仿若馭龍的神祇。

就在那三道人影從半空跌落，距地面約丈之餘時，足踏白綾的人手又一揮，「讓我送你們這些惡鬼入地獄吧。」

霎時，腳下白綾直追三人，不待人眼看清，已化為一抹白電，在三人頸前一繞而過。砰、砰、砰，三具屍首摔落於地。

「你們若不是斷魂門的人，或許還可饒過你們，只可惜……」風夕輕飄飄地落地，神色冷淡地看著地上三具已無生命氣息的屍首，手中飛舞著的白綾終於無聲垂落於地。

韓樸屏住呼吸目瞪口呆地看著風夕，眼前這個人——眼前這個一身煞氣滿面肅殺的人，真的是白風夕嗎？真的是一路上那個言行張狂、笑怒隨性、卻仁心仁義的風夕嗎？

緩緩移步過去，只見地上那三人脖子上皆有一道細微的血痕，那都是為白綾所劃。他至今日才算見識到了風夕絕世的武功，在他家大鬧壽宴的那次只能說是兒戲，與皇朝比試的那次彼此點到止未見真章，而這一次才是殺人！

一根柔軟的白綾在她手中可比寶劍更利！這樣的武功高得可怕，已不像是常人所能擁有的境界，至少是他想都不敢想的境界！

「樸兒，沒事了。」風夕收起白綾，回首看到一臉驚懼的韓樸，神情一瞬間又恢復溫和。

「姐、姐姐，妳的武功……妳的武功為什麼這麼高？這是什麼武功？」韓樸猶是不敢置信地問道。

她的武功已是如此駭世，那與她齊名的黑豐息定不會比她低！難怪啊，她敢不將冀州世子放在眼中。確實，白風黑息不是已雄視武林十餘年而無敵手了嗎？

「我的武功呀。嘻嘻，挺雜的。」風夕輕輕一笑，又變回了那個嬉笑無常的人，「有家傳的也有偷學的，還有被人迫著學的，很多啦。」

「那妳剛才使的那叫什麼武功？就是剛才那一招，好厲害啊！」韓樸一邊說一邊比劃，滿臉豔羨。

「那招呀，叫龍嘯九天，只是家傳武功中的一式而已。」風夕偏著頭笑道，「本姑娘最厲害的絕招應該是鳳嘯九天啦。」

「什麼？」韓樸驚叫道，「剛才的還不算最厲害的？妳還有更厲害的？」

「是啊。」風夕淡淡點頭，「我出道至今只對一個人使過。」

「那對誰用過？他還活著嗎？」韓樸只關心這個，想起剛才招式已是這般厲害，那什麼鳳嘯九天之下還能有活人嗎？

「當然還活著啦，就是那隻黑狐狸嘛。」風夕撇撇嘴角似有不甘，「只有那傢伙才接得了我的鳳嘯九天，不過我也接下了他的蘭暗天下，不分勝負。」

「果然。」韓樸訥訥道，也只有那個豐息了，否則怎配與她齊名，「姐姐，妳為什麼特別憎恨斷魂門？」他恨斷魂門是因有滅門之仇，可思及剛才風夕的舉動，似乎是對斷魂門深惡痛絕，好像不允許一個斷魂門人存活於世上，這等痛恨竟不下於他。

風夕抬首看向天空，半晌不語，神思幽遠，彷彿墜入某個回憶的時空中，就在韓樸以為得不到答案時，她卻開口了，聲音極其的淡，極其的輕，若一縷飛煙飄在空中。

「我才出江湖時年紀不大，好像那年是十二歲吧，那是第一次出遠門，沒什麼江湖經驗，以為是行俠仗義，結果被騙光了錢，又染上風寒，倒在路邊都快死了，後來被一個姐姐救起，將我帶回她家，請大夫醫治，把我當她的親妹子般地照看。」

韓樸聽著，心思卻在那句「以為是行俠仗義結果被騙光了錢」，難道說如今無所不能的白風夕當年也曾經很笨過？

「那位姐姐名喚白玉，人如其名，她特別喜歡看那些傳奇話本，喜歡聽那些英雄美人、俠客豪傑的故事，我病好後便再次出發闖蕩江湖，並與她約定一年後回去探望她，將這一年江湖經歷都告訴她。」

風夕說到這，臉上浮起淡淡的笑容，目光恬靜溫柔，只是下一瞬，她目中浮起冰雪般的寒意，笑容亦如日下薄霧，輕輕化去。

「可等到一年後我回去，才知道她一家都被滅門了。」

「啊！」韓樸不由驚呼，同時想起了自家，「也是斷魂門幹的？」

風夕頷首，「十餘年前提起秝城白家，那也是大東赫赫有名的富商，卻在一夕間為斷魂門所滅。我後來查到是她父親生意上的對頭花錢收買斷魂門做的，斷魂門殺死了白家所有男丁，卻將她與一干女眷賣到妓館，等我找到她時已是三年之後，其中她被幾次轉賣，受盡摧殘，早非昔日美如白玉的白玉，而是骨瘦如柴、髒病纏身！我將她從妓館接回來，可無論請多好的大夫、用多好的藥，都救不回她，五個月後她死了。」

她咬住嘴唇，冷然的臉上浮起痛苦的神情，永遠明亮的眼睛也蒙起一層陰霾的薄霧。

「那五個月裡，我親眼目睹著病痛對她的折磨，我對斷魂門的恨也就刻到了骨子裡。所以安葬她之後，我想法子讓那個買凶人傾家蕩產，五年前我再踏平了斷魂門！可是，斷魂門裡流成河、匯成海的血也不曾澆滅我心中的恨。」

風夕移眸看著韓樸，曾經清亮無瑕的眸子此刻如蒙灰鏡，朦朧而遙遠。

「姐姐。」韓樸忍不住抱住風夕。

「樸兒，今天你已親手殺了一個人了，就算為你父母家人報仇了，以後不要再殺人。」風夕彎下腰環住韓樸，將他圈在臂彎中，彷彿為他築起一道遮風擋雨的牆，「殺人並不能讓人開心，即算是為著報仇，血洗血永遠也洗不清、洗不完。斷魂門的餘孽我都會了結的，所以你的手不要弄髒了。」

「姐姐。」韓樸只覺得鼻子酸酸的，眼睛澀澀的。

「樸兒，我希望你是一個善良而純潔的人，就像我當初遇到的那個姐姐，這世上已很少有這樣的人了。」風夕蹲下身來，用衣袖撫去他臉上的淚痕與血汙，還那張俊秀的小臉純淨無瑕。

這時，巷口忽然傳來車輪碾過路面的聲響，一輪馬車駛進巷子，從車上跳下顏九泰，看到眼前情形頓時一臉驚色，「姑娘！」

「顏大哥，你回來了。」風夕抬首，臉上神色已恢復平靜。

「姑娘，這是怎麼回事？」顏九泰問道。

「不過幾個小賊，不用理會。」風夕站起身淡淡道。

顏九泰撿起地上的竹箭，細細看了一會兒，道：「這種竹叫長離竹，只有幽州的長離湖畔才長有，姑娘得罪了幽州什麼人嗎？」

「幽州？」風夕眼中寒光一閃，拾起地上的竹箭，片刻她抬頭對顏九泰道，「顏大哥，麻煩叫你的兄弟處理一下這些人，我們要儘快離開這裡。」

「是。」顏九泰應道，轉身走出小巷，過得片刻回來，身後跟著幾人。

「姑娘，這裡就留給弟兄們處理，我們可以上路了。」

「嗯，我們走吧。」

三人登上馬車離了泰城，一路往南行去。

離開泰城後，因為有馬車坐，於是風夕再次展現她的無敵睡功，這可苦了好動的韓樸。

顏九泰找來的四輪馬車極為舒適，車廂約一間小屋大小，中以木門隔為內廂、外廂，四壁皆鋪以厚厚的錦毯，讓車內溫暖如春，深紅的床海中，風夕抱著錦被正迷糊，一頭長髮，蜿蜒而下，鋪在榻上、毯上，靠在榻邊的韓樸正抓了一縷在手中扯著，盼望能扯醒她。

「姐姐，妳別光顧著睡啊。」

「樸兒，你別吵啦……讓……讓我好好睡一覺。」

兩人正拉扯著，木門敲響，顏九泰走了進來，「姑娘，妳吩咐我買的點心買來了。」

本來還一臉渴睡的風夕，聽到有吃的，馬上跳起來，「顏大哥你回來得真是及時，我正餓了。」

「姑娘，我剛才在街上聽得一個消息，說幽王要在明年三月為純然公主選親。」顏九泰將點心遞予她道。

「為那個大東第一美人選親？」風夕聞言，本來伸出的手頓住了。

「對，聽說幽王已詔告天下，此次選親不論貧富貴賤，只要是公主金筆親點，便為駙馬。」顏九泰道。

風夕推開面前的點心，坐起身來，臉上的神情是少有的嚴肅，讓顏九泰與韓樸都有些奇怪，弄不明白為何一個公主的選親會讓這個向來遊戲人間的人這般重視。

「幽州公主現年也近二十了吧，遲遲不選親，卻要在明年三月選駙馬。」風夕眼光投射向車頂，呢喃自語著。

「姐姐，那個公主選親跟妳有什麼關係，幹嘛這麼緊張？」韓樸問道。

「或許是要開始了。」風夕似未聽到韓樸的話，依然喃喃自語。片刻後，她臉上露出笑容，眼中閃著興趣十足的光芒，抬首看向顏九泰，「顏大哥，我們去幽州。」

「好的。」顏九泰應道，並不問她為何，「是取道冀州還是取道王域？」

「從冀州過吧。」風夕恢復輕鬆神情，又揀起點心往口裡送。

「我們為什麼要去幽州？」韓樸不死心地扯著風夕的衣袖問道。

「當然是去看大東的第一美人了！」風夕睨了一眼他，「順便再看看她會選個什麼樣的駙馬。」

「大東的第一美人？會比妳還美嗎？」韓樸再問道。

「咳咳、咳咳……」被韓樸一言驚到，風夕嗆得直咳。

「我又沒和妳搶，妳幹嘛吃這麼急。」韓樸大人似的拍拍風夕的背。真是的，現在不缺吃不缺穿的，才用不著搶了，讓顏九泰跟著真是對極了！這世上大概除了這個顏九泰外，也不會再有哪個僕人會捧出自己的全副家當來侍候著一窮二白的主人吧。

「姑娘，喝水。」顏九泰看著咳得滿臉通紅的風夕，實在不忍，忙倒了杯水遞給她。

風夕接過水杯趕忙喝下，末了拍拍胸膛，順一口氣，「唉，我不吃了，我要睡覺。」說完還真倒向榻上。

「不要睡啊。」韓樸抓住她，「妳睡了我幹什麼？」

「叫顏大哥講故事給你聽吧。」風夕打個哈欠，揮揮手。

「對哦。」韓樸眼睛一亮，「顏大哥，你就講當年姐姐是怎麼破了你們烏雲三十八寨好不好？」

「那有什麼好講的，要知道那一次我可差點被他們亂箭射成馬蜂窩。」風夕抱著棉被嘀咕道。

「這樣呀，那就講姐姐當年一人踏平青教十七座堂口的事吧。」韓樸再提議道。

「更沒講頭了，那一次在他們總堂，我差點被燒成焦炭。」風夕又嘀咕著，不過聲音有些悶，人差不多已埋進被子裡了。

「那就講三年前姐姐獨騎闖梟山，為北州從強盜那裡奪回五十萬石賑災糧的事。」

「那也不好玩，差點被他們用火藥炸成肉末。」

「這也不許講，那也不許講，那還有什麼好講的！」韓樸撇撇嘴。

「可以叫顏大哥講什麼中山狼、報恩虎的故事給你聽。」

「我才不要聽，我只想聽與姐姐有關的事。」

風夕從溫暖的棉被中伸出一隻手，左搖右擺，「要講故事別講到我頭上，故事一般是死人的事，等我死後才可以講。」

「可是……」

風夕打了一個哈欠，手收回被中，「別吵我，我要睡覺了。」

「姐姐。」韓樸走過去搖動她，「姐姐。」

風夕卻自顧睡去，不再理他。

「你為什麼要跟著姐姐？」見風夕睡著，韓樸走回顏九泰面前問道，實在不明白這個站出來也是威震一方的人，為何甘願為奴為僕，只為跟在風夕身邊。

顏九泰一笑，未答。

「說呀。」韓樸不依不饒。

「你又為何要跟著她呢？」顏九泰反問道，醜陋的臉上有一雙精光灼灼的眼睛，他並不將眼前之人當做一般的小孩。

韓樸啞然，兩人對視片刻，韓樸移開目光走回榻前，「我也睡覺。」說完掀開被子，鑽進去，抱住風夕一隻手臂當枕頭。

「你？」顏九泰愣了愣。想想男女七歲不同席，可眼前……

韓樸瞪著他吐吐舌頭，做個鬼臉，「這一路我都是這樣抱著姐姐睡的，你眼紅呀？眼紅也沒份，你去睡外廂。」

顏九泰終只是笑笑作罷，自顧推門出去。

第十一章　春風豔舞勾魂夜

杯酒失意何語狂，苦吟且稱展愁殤。
魚逢淺岸難知命，雁落他鄉易斷腸。
葛衣強作霓裳舞，枯樹聊揚蕙芷香。
落魄北來歸蓬徑，憑軒南望月似霜。[7]

「樸兒，你小小年紀背這詩幹嘛，換一首吧。」

迤邐的長離湖畔，楊柳青青，春風剪剪，斜日暖暖，湖光朗朗，此時正是三月好春光。一輛馬車慢吞吞地走著，童稚的吟哦聲正從車內傳出，夾著一個女子慵懶無比的聲音。

「姐姐，樸兒背的是青州惜雲公主的詩作，樸兒背得怎麼樣？」

「這首詩等你再老三十歲，那時候倒是可以念念，現在小小年紀，豈懂詩中之味。」

「那我再背一首給你聽。」童稚的聲音十分積極，帶著極想得到大人讚美的孩子式渴望。

「好啊。」這聲音就淡淡的帶著可有可無的意味。

昨夜誰人聽簫聲？寒蛩孤蟬不住鳴。

泥壺茶冷月無華，偏向夢裡踏歌行。

「姐姐、姐姐，這次背得如何？」車廂內，韓樸搖晃著昏昏欲睡的風夕。

「你小孩子家又豈能懂得『泥壺茶冷月無華』的淒冷。」風夕打個哈欠，看著韓樸道，「你幹嘛老背惜雲公主的詩？這世上又不是她一人會寫，適合你這年紀讀的詩文多的是。」

「我聽先生說惜雲公主絕代奇才，據說她曾以十歲稚齡作一篇論……論……」韓樸閉上眼極力回想先生曾和他說過的話，卻「論」了半天也沒想出來。

「〈論景臺十策〉。」風夕搖頭接道。

「對對對！」韓樸鬆一口氣，「就是〈論景臺十策〉！先生說當年青王在景臺考量國中才子，要他們論為政之要，當時惜雲公主陪伴左右，便也揮筆寫下一篇，眼光獨到，見解非凡，才壓當年青州的文魁，雖為女子卻驚才絕豔。所以我家中那些表姐、堂姐最愛學惜雲公主了，一聽說公主穿什麼衣、梳什麼頭、戴什麼首飾，她們馬上就會仿效了。」

風夕搖頭嘆氣，身子一歪，倒向榻上，準備再睡一回，忽又坐起身來，側耳似在聆聽什麼，片刻後搖頭道：「又一個唱惜雲公主的。」

「什麼唱惜雲公主的？」韓樸問。

「你過一會兒就聽到了。」風夕不睡了，拉開車廂旁的小窗，看向窗外，清風拂面，她深吸一口氣，「而且我聞到味道了。」

「什麼味道？」韓樸趴在窗上，也深吸一口氣，卻未聞到什麼氣味，仔細地聽著，風中隱約送來一縷歌聲，越來越近，已漸漸可聞。

人自飄零月自彎，小樓獨倚玉闌杆。
落花雨燕雙飛去，一川秋絮半城煙。[8]

女子清越的歌聲傳送在春風裡，縹緲如天籟，偏偏含著一縷淒然，若飄萍無根的孤楚。

「當然是那隻黑狐狸的味道了。」風夕喃喃，掀開簾，身子一躍便坐到了車頂，極目望去，一輛馬車正往這邊駛來，「一個大男人，偏偏身上總帶著一股女人都沒有的蘭香。」

「在哪裡？」韓樸也跳到車頂上，卻沒風夕跳得那般輕鬆，落在車頂發出「砰」的一聲響，身子雖站穩了，卻讓人擔心他有沒有把車頂跳破一個洞。

幸好顏九泰早已見慣了這對姐弟的怪舉，這不坐車廂坐車頂也不是頭一遭了，自顧自地趕著馬車。

迎面而來的是一輛大馬車，幾乎是他們馬車的兩倍大，車身周圍垂著長長的黑色絲縵，舞在春風裡，像少女多情的髮絲，想要纏住情人的腳步，卻只是挽得虛空中的一抹背影。

當兩輛馬車碰頭時，彼此都停下了。

「鍾老伯，又見面了。」車頂上風夕笑咪咪地向對面馬車上的車夫打著招呼，而對面的車夫卻只是點點頭。

對面馬車車門打開了，當先揭簾而出的是鍾離、鍾園，兩人在車門外掀起簾子，然後才走出豐息。

「妳何時才能比較像個女人？」豐息看著車頂上歪坐著的風夕，搖頭嘆道。

「天下人眼中我就是一個女人呀，還能如何再像個女人呢？」風夕嘻嘻笑道。

「妳怎麼會在這裡？」豐息優雅地步下馬車，站在草地上。

「你又為什麼會出現在這裡？」風夕趴在車頂上看著車下仰首看著她的豐息。這樣俯視的感覺真是好呀。

豐息笑笑不再答，眼光一掃韓樸，不由笑道：「這小鬼看來被妳養得不錯嘛。」

此時的韓樸面色紅潤，眉宇間有著少年的清俊無邪，神采間飛揚灑脫，而意態間竟已隱有幾分風夕隨意不羈的影子。

「那當然，這可是我尋來的可愛弟弟，當然得好好養著。」風夕揚手拍拍和她一同趴著的韓樸的腦袋，仿若拍一隻聽話的小狗。

「我只是有些奇怪，他跟著妳怎麼沒餓死。」豐息依然笑容可掬。

「哇！美人啊！」風夕忽然叫嚷起來，眼睛盯著從豐息車中走出的清冷絕豔女子。

「是大美人啊！」風夕從車頂飛下，落在美人面前，繞著那個美人左看右瞧，邊看邊點頭，「果真是人間絕色呀！我就知道你這隻狐狸不甘寂寞，這一路而來怎麼可能不找美人相伴嘛。」

鳳棲梧有些呆怔地看著在她身前左右轉著的女子，或許因為她快速地轉動，讓她看不清眼前女子的容顏，恍惚中有一雙灼若星辰的瞳眸，有一頭舞在風中如子夜般的長髮，與長髮截然相反的皎皎白衣，額間閃著一抹溫潤光華。

「姐姐，妳再轉，我看她大概要暈了。」

韓樸也跳下車來，掃一眼面前的青衣女子。撇撇嘴，什麼嘛，像根冰做的柱子，都沒姐姐好看！

風夕卻轉身一掌拍在韓樸頭上，振振有詞道：「樸兒，你以後可不能像這隻狐狸一樣到處拈花惹草。當然，要是美人贈衣送食的話，那就要收下，即算你不要，也要記得孝敬姐姐。」

「好痛！」韓樸撫著腦袋皺著眉頭，「幹嘛打我？我又沒做錯什麼！」

「喲，不好意思，樸兒，一不小心就把你當那隻黑狐狸拍了。」風夕忙撫了撫他的腦袋，吹了吹氣。

韓樸卻是怒瞪閒閒站在一旁的豐息，卻發現那個人根本沒理會他，眼光落在風夕身上，似在探究或是算計著什麼，讓他看得心頭更不舒服。

風夕回轉身，走到美人面前，笑容可掬地問：「大美人，妳叫什麼名字？是什麼時候被這隻狐狸拐騙到手的？」

這刻，鳳棲梧終於看清眼前女子，頓讓素來清高自負的她生出一種自愧弗如的感覺。

眼前的人瞳眸淨澈若水，明亮若星，眉目清俊，神韻清逸，唇邊一朵明麗若花的笑容，彷彿天地開啟之初她便在笑著，一路笑看風起雲湧，一路笑至滄海桑田。

她只是隨隨意意地站在那兒，如素月臨空，靈秀飄然，彷彿這個無垠的天地是她一人的舞臺，長袖揮舞，踏雲逐風，自有一種瀟灑無拘。

這樣的人是如何生成的？世上怎麼會有這樣的女子？這個清華如月、絢麗如日的女子是誰？

「黑狐狸，你的美人怎麼啦？」風夕見鳳棲梧只管瞪著眼看著自己，不由問向豐息。

「棲梧拜見姑娘。」回神的鳳棲梧忽然盈盈下拜。

此舉不單眾人看著奇怪，便是豐息瞧著也有幾分詫異。

待人冷淡的鳳棲梧對這個瘋癲的風夕何以如此？

「呀，棲梧美人，快莫多禮。」風夕忙扶住鳳棲梧，握著那柔弱無骨的纖手，只覺嫩如春筍，我見猶憐，不由得便多摸了幾下，「棲梧姑娘，妳生得這般美，又取了這麼一個好名字，可妳實在沒什麼眼光。」

「呃？」鳳棲梧不明其意。

「棲梧、棲梧，其意自是鳳棲於梧，妳這樣的佳人自然是要找一株最好的梧桐，可怎麼挑了一隻狐狸呢？」風夕一臉惋惜地道，手順便指了指身後的豐息。

鳳棲梧聞言不由一笑，看向豐息。

一路行來，隨行之人對他皆是恭敬有加，小心侍候，此時聽得眼前女子大呼小叫的黑狐狸長、黑狐狸短的，他卻依然是一臉雍雅的淺笑，似這白衣女子的話無關痛癢，又似包容著她所有的無忌言行，眼光掃過時，墨黑幽深的瞳眸裡波瀾不驚。

「笑兒見過夕姑娘。」跟在鳳棲梧身後的笑兒上前行禮。

「哎喲，可愛的笑兒呀，好久沒見到妳這張甜美的笑臉，真讓我分外想念呀！」風夕放開鳳棲梧，上前一把捧住了笑兒的小臉蛋，左捏一下、右摸一下，不住地嘖嘖讚道，「還是笑兒的笑最好看，比某人臉上那千年不褪的虛偽狐狸笑愜意多了。」

「夕姑娘，好久不見妳了，妳還是這般愛開玩笑呀。」笑兒將一張粉臉從風夕的魔掌中掙出來，捉住她的手，回頭對鳳棲梧道，「鳳姑娘，這位是風夕姑娘，就是與公子並稱白風黑息的白風夕。」

「白風夕？」鳳棲梧訝異地睜大美眸，她當然也聽過這個如雷貫耳的名字，那個如風般恣情任性的女子，原來就是眼前這人，果然是風采絕世，讓人移不開雙目。

「鳳姑娘？鳳棲梧？」風夕又看了看鳳棲梧，回首看一眼豐息，眼中光芒一閃，「我似乎在哪聽過這個名字呢？」

「棲梧曾經棲身落日樓。」豐息淡淡道，「她的歌喉在整個王域都是有名的。」

「這樣呀。」風夕一笑點頭，似並不想深究，「或許我曾在哪位江湖朋友口中聽過吧。」

「烏雲三十八寨總寨主何時竟成了妳的車夫了？」豐息目光掃過車上穩坐不動的顏九泰。

「嘻，他說要報我六年前的活命之恩。」風夕嘻嘻笑道，目光與豐息目光相碰，似帶告誡。

「顯然他也眼光太差。」豐息一笑，轉身登車。

「等等，黑狐狸，你來長離湖是不是因為這個？」風夕在他身後叫住他，從袖中掏出半節竹箭。

「妳怎麼會有這個？」豐息眼光掃過那半節竹箭，微有訝然。

「我途中遭斷魂門的人襲擊，他們除了留下七條命外還留下了這個。」風夕手一揚，那半節竹箭便破空而出，落入長離湖中。

「原來如此，難怪妳會到這裡來。」豐息點點頭，「不過妳不必進湖去了，我剛從那裡回來，只留一座空巢。」

「溜了嗎？」風夕眼光一閃，然後盯住豐息，「你有發現什麼？」

「是啊。」豐息答完人也進了車廂。

「呵，果然。」風夕也跟在他身後登上他的車，拍拍站在車門前一對雙胞胎的肩膀，「鍾離、鍾園，你們車上備了好吃的對不對？你們不知道這幾個月，我有多想念你們的手藝呀！」

「有、有的。」雙胞胎紅著臉道。

「那就好。」風夕笑咪咪的，回首招呼著鳳棲梧，「棲梧，妳還不上來嗎？」

鳳棲梧卻有些發怔，看著這兩個似完全相反的人，聽著他們彼此間似褒似貶的話語，感覺卻像是所有的旁人都是外人，他們自成一卷白山黑水的畫圖，外人無法聽懂他們的交談，更無法體會出他們之間的那股暗流。心頭微微一嘆，隱約有些遺憾。

「黑狐狸，妳的美人喜歡用眼睛說話，只是她可知，能看懂她的話的人可不多呀，特別是對著你這隻很會裝癡作傻的狐狸。」風夕對著車廂裡的豐息笑道，然後回頭繼續喚著這個寡言的美人，「棲梧、棲梧！」

「哦。」鳳棲梧回神，然後挽著笑兒的手登上車，而跟在她身後的韓樸顯然不耐煩等，一個蹦跳躍上車轅。

「樸兒，你不陪顏大哥？」風夕卻抓住了他，想將他扔回原來的馬車去。

「不要、不要，我要和姐姐一塊！」韓樸手足並用地爬到風夕身上，很像某種四足動物。

「好啦、好啦，放手啦！不趕你啦。」風夕趕忙去扒開他的四蹄，這樣被纏著真是不舒服呀。

韓樸放開手足，只因為他猛地覺得腦後涼涼的，回首一看，卻只有豐息悠閒地坐在車廂內品茶，鍾離、鍾園正忙著為風夕端出好吃的，鳳棲梧剛剛落座，笑兒剛剛放開挽著鳳棲梧的手，並無異狀。

「顏大哥，就委屈你一個人了，跟在後面就行啦。」風夕招呼一聲，揮手鑽進了車廂。

幽州最富，富在曲城。

夜幕降臨，華燈初上，天邊的月娘挽起輕紗，悄悄地露出半邊臉，許是想偷偷看一眼思念了千萬年的後羿，特意勾一絲人間燈火化為胭脂，染在瑩瑩白玉似的臉上，朦朧而嬌柔，羞澀而情怯。

稍帶寒意的春風劃地而起，似想親近月娘，吹起她臉上那長長垂下掩起大地的輕紗，霎時間，玉宇澄清，火樹銀花燦亮，照見牆頭馬上偷偷遞過的目光，窺見西廂窗前遺落的九龍佩，還有小軒窗裡傳來的一縷幽歌，銅鏡前擱著的香雪詞……

這是一個微寒而多情的春夜。

曲城最有名的花樓要數離芳閣，此刻閣前人來人往，絡繹不絕，閣內絲竹聲聲，滿堂喝彩，掌聲如雷。

「我就奇怪你偷偷摸摸地幹什麼，原來是來這兒看美人跳舞。」

喧嘩熱鬧的大堂裡，屋頂高高的橫樑上，坐著兩個人。

風夕懶懶洋洋地倚在樑柱上，冷眼看著樑下那些為彩臺上紅衣舞者瘋狂癡迷的人，臉上的神情有幾分淡笑，有幾分嘲諷。

豐息盤膝端坐，手中轉著一支白玉笛，眼光時而掃過臺上的舞者，時而瞄幾眼臺下的觀眾，似漫不經心，卻又似整個離芳閣都在他的掌握之中。

「喂，你要看美人完全可以大大方方地登門而賞嘛，幹嘛要坐在樑上偷看？」風夕斜睨著身邊的豐息問道。

此時堂中所有人的目光都在美人身上，根本就想不到也沒發現樑上有人。

「看到那個人了沒？」豐息的目光掃向臺下人群。

風夕順著他的目光看去，那是一名年約四旬的男子，頷下一把山羊鬍，「那個人如何？」

「曲城是幽州最富的城市，而曲城最富的則是城南祈家與城西尚家，祈家的家主祈夷半月前不知何故失去蹤跡，而那個人便是尚家的家主尚也。」豐息淡淡道。

此時堂內的氣氛卻已達至頂點，只見臺上的紅衣舞者一個旋身，披在肩頭的那層薄紗便脫臂而去，輕飄飄地飛起，落入臺下，大群人一擁而上爭搶著。

而臺上美人還在舞著，輕紗褪去後，只餘紅綾抹胸，豔紅紗裙，露出香肩雪胸，因為劇烈地舞動著，已蒙上一層薄薄香汗。

眼波輕送，藕臂輕勾，指間若牽著絲線，揮指之間便將所有人的目光牽住，全身都若無骨般的柔軟靈活，每一寸肌膚都在舞動，細腰如水蛇似的旋轉扭動，一雙修長圓潤的玉腿在紅色的紗裙裡時伸時屈，若隱若現……

「這舞應該叫勾魂，這美人應該叫攝魄，你看看那些如饑似渴的男人。」風夕無暇理會尚也是何許人，看著臺上那如火焰一般飛舞著的美人喃喃道，「這個美人兒真是天生妖媚，任何男人看了都會動心。」

臺下那些男人，此刻脖子伸得長長的，喉結上下滾動，咽下那流到口邊的口水。坐者緊抓雙拳，立者雙腿微抖，皆氣血上湧，一雙雙發紅的眼睛若餓狼般死死盯住美人，眼睛隨著美人的動作而轉動，露骨的眼光似想剝去美人身上最後一層紅紗。

本是微寒的春夜，堂內卻似燃著火，流竄著一股悶熱、濃烈、窒息的欲望氣息，有些人手指微張，似想抓住什麼，有些人解開衣襟，有些人抬袖拭去臉上、額間流出的汗水。

「現在是春天嘛，很正常。」豐息瞟一眼樑下那些人，此時就算他們說話的聲音再大一些，那些被美人吸住心魂的人也是聽不到的。

「我就不信你沒感覺！」風夕一張臉猛然湊近他，想細看他臉上神情是否也如樑下那些男人一般。

豐息未料到她突然靠近，微微一呆，看著眼皮下那發亮的水眸，玉白的臉，淡紅的唇畔，好近，似只要微微前傾，便可碰觸，靜若幽潭的心湖忽地無端吹起一絲微瀾。

「果然！」風夕壓低聲音嚷著，手一伸摸上他的臉，「你臉也紅了，而且燙手，又呼吸急促，肌肉緊張，還有……」

眼光還要往下移去，豐息手一伸，將她一把推開，有些薄怒又有些懊惱地瞪她一眼，「別鬧！」

「你這隻風流的狐狸！有了棲梧美人還不夠，還要出來尋花問柳！」風夕不屑地撇嘴冷哼著，「這個紅衣美人雖然不錯，但論姿色，還是比不上你的鳳美人嘛。」

豐息不理會她，看看彩臺上，紅衣美女一舞完畢，正向臺下拜倒在她石榴裙下的客人們施禮致謝。當下他輕輕一躍，若一縷墨煙無聲地落在二樓，然後閃進了一間屋子。

風夕怎肯放過他，自是跟上。

「好個金堆玉砌的香閨呀！」她一進房間不由感嘆屋中的華麗。

「剛才的舞妳看清了吧？」豐息對屋內的奢華擺設毫不感興趣，直接走入內室，查看一番後走近妝臺前，撥弄著上面的胭脂、珠釵。

「剛才的舞呀，真是平生未見，想我以前也曾去青樓玩過，可沒有一人的舞能跟這紅衣美人相比。」風夕跟在他身後，嘖嘖讚道。

「想來這世上妳白風夕沒去過的、沒玩過的定是少有了，是不？」豐息回頭看她一眼，眼中閃著算計的光芒。

「嘻，黑狐狸，你不用五十步笑百步。」風夕走近一座屏風前，挽起屏風上搭著的一件紅色羅衣，「剛才那個美人確實適合穿紅衣，像一朵紅牡丹，妖嬈媚豔，傾倒紅塵眾生。」

正在此時，門口傳來開門聲，然後女子嬌媚得讓人骨酥肉軟的聲音響起，「尚大爺請稍坐，待奴家進去換身衣裳，然後再專為您跳一曲舞。」

「好好好！」男子略有些粗啞的聲音連連道，語氣中難掩猴急，「美人兒，妳可要快點哦。」

「奴家知道，您先喝杯參茶，奴家馬上就來。」

珠簾拂開，一股濃郁的花粉香傳來，紅衣美女妖嬈地扭進內室，剛要解開衣裳，卻身子一軟，向地上倒去，觸地之前被一雙長臂接住，然後手臂的主人將之輕輕放在一張軟榻上。

「挺憐香惜玉的嘛。」風夕嘴唇微動，一縷蚊音傳入豐息耳中。

「穿上那個。」豐息指指屏上的那件紅羅衣，同樣以傳音入密跟風夕說話。

「為什麼？」風夕看著那件火紅羅裙。

「跳舞。」豐息淡淡道。

「為什麼跳舞？」風夕再問。

「妳不是想找斷魂門的鼠窩嗎，外面那個尚也便是線索。」豐息指指妝臺上的胭脂珠花，「自己動手，快一點。」

「黑狐狸，你瘋了！叫我跳舞？我可不會！」風夕不可思議地瞪著他，弄不明白他怎麼會有這種想法。

「我上次在長離湖抓著的人都是寧死也不招供，所以不能驚動尚也，要讓他在毫無防備下說出祈夷的下落，否則妳就永不可能找到斷魂門及背後指使的人了。」豐息不理會她，說完後轉出屏風外，轉身的瞬間又回頭一笑，「至於妳會不會跳舞，妳我皆清楚不是嗎？白風夕聰明絕頂，過目不忘，況且這種舞又豈比得上宮……」

餘下的話沒有說完，彼此眼光相撞，皆是犀利雪亮得似能將對方的前世今生看個透澈！

「你這隻該死的狡猾黑狐狸！」風夕咬牙切齒。

「外面的人可是等不及了哦。」豐息指指外面的尚也，轉過屏風，讓風夕有地方換衣。

「跳豔舞呢，這輩子還真沒做過這種事。」風夕呢喃著，取過那襲豔如火、麗如霞的羅衣，眼中忽湧出盈盈笑意，「對於這種一生或許才做一次的事，我風夕當然得好好地做，並且要做得絕無瑕疵才是！呵呵……」

「美人兒，妳還沒換好衣裳嗎？」簾外傳來尚也的催促聲。

「來了、來了。」

嬌聲嚦嚦，珠簾輕拂，豔光微閃，美人羞出，雲鬢高綰，薄紗遮面，輕裹紅羅，手挽碧綾，赤足如蓮，凌波微踏，飄然而來。

一瞬間，猩紅地毯好似化為一泓赤水，托起一朵絕世紅蓮。

那臥在榻上的尚也一見之下頓色授魂與。

簾後的短笛輕輕吹起，初時仿若玉指輕輕叩響環佩，叮叮噹噹，讓人心神一清，剎那間卻又清音一轉，化為嬌柔綺麗，冶豔靡媚，若美人嬌吟婉唱，纏綿入骨。

那朵紅蓮，便隨著笛音翩然起舞，細腰婀娜一扭，纖手柔柔一伸，碧綾環空一繞，便是春色無邊，柔情萬縷。

那玉足輕點，玉腿輕抬，便是勾魂；那柳眉輕挑，眼波流轉，便是攝魄。

臉上薄紗飄飄惹得人心癢，紅裙翻飛如浪，青絲偷舔香腮，香汗輕灑雪頸……嬌軀極盡妖嬈地旋轉，若三月桃花舞盡百媚千嬌，若牡丹舞盡國色天香，若濃豔海棠，舞盡萬種風情……

「美人兒，快讓我抱抱！美人兒，別跳了，給我抱抱！」

尚也不由自主地站起身來，向美人走去，口裡喃喃念著。此時他已是魂隨眼轉，眼隨人轉，滿心滿腦只眼前這一個佳人，只想著要抱住眼前這絕代尤物。

可眼前的美人卻還在舞著、轉著，總是在手將觸及時又跳開了，將他一顆心抓得緊緊的，身體因為急切的渴求而緊繃著，顯得笨拙而遲緩。

「尚大爺。」美人嬌脆軟甜的嗓音如鶯啼燕語般柔柔響起，「您急什麼嘛，等我舞完了還不讓您抱個夠，像上次祈家大爺來了，可是賞完人家整整兩支舞呢。您這樣猴急幹嘛，難道說奴家的舞不值一觀？」

「美人兒，我實在等不及了。」尚也瞅準時機一把撲過去，本以為定是美人在懷，誰知卻撲了個空，一個踉蹌差點摔倒在地。

「尚大爺，你怎麼就不能如祈家大爺一般賞完奴家這支舞呢？」美人卻在身後嬌滴滴地嗔怪著，「祈家大爺上次可對奴家讚不絕口呢。」

尚也轉個身，又撲向美人兒，一邊道：「我的美人兒喲，姓祈的有啥好，妳這麼念著，他現在都還在祈雪院裡關著呢，還不如我……」話至此處，身子一顫，便摔倒於地，只一雙眼睛睜得大大的，滿臉震驚。

「你手腳還真快。」風夕停下舞步，坐在軟榻上，扯下面上輕紗，伸伸懶腰，長舒一口氣。剛才這一舞可真是耗了不少力氣，生怕跳得不像露出馬腳。

簾後走出豐息，面上帶著閒適淺笑，只是一向飄忽難捉的眼眸，此時卻如冷刀盯著地上的尚也。

尚也被盯得全身發冷，只覺得那眼光似要在他身上刺出兩個窟窿，又彷彿要挖出他的眼睛，淩厲又陰狠！他本已慌了神，這會兒更是驚懼交加，額間冒出豆大的冷汗。

這兩個人是誰？為何自己竟未發覺？他們有何目的？為財嗎？尚也一肚子疑問，奈何無法動彈，無法出聲。

「唉，幽州的首富就這個樣嗎？」風夕歪在榻上，斜睨著地上發抖的尚也。

豐息聞言，目光望向榻上的風夕。

羅裳如火，氣息稍急，鬆鬆挽著的雲鬢有些凌亂，一手枕在腦後，一手懶懶地搧著，眼眸微閉，若一朵熏醉的紅蓮，有些不勝酒力，微倦而慵懶。

「認識妳這麼多年，好像這是第一次見妳做這樣的打扮。」豐息走近榻前，微彎腰俯視著榻上的風夕，眸光似火如冰，手一伸，輕勾纏在風夕臂上的碧綾，「原來……」

「原來怎樣？」風夕手腕一轉，碧綾一節一節收回，而豐息並沒有放開碧綾，反是隨著碧綾的收攏慢慢俯近，於是她水眸盈盈看著他，嬌聲道，「公子，奴家這幾分顏色可還入得您眼？」

豐息握緊手中碧綾輕笑道：「當是綺麗如花，靈秀如水。」

兩人此時，一個微微仰身，一個彎腰俯視；一個豔如朝霞，一個溫雅如玉；一個嬌柔可人，一個含情脈脈；一個纖手微伸，似想攀住眼前良人；一個手臂伸屈，似想摟住榻上佳人，中間碧綾牽繫，彼此間距不到一尺，鼻息可聞，眼眸相對，幾乎是一幅完美的才子佳人圖。

嘶！

驀然裂帛之聲打破了這完美的氣氛，但見兩人一個砰地倒回軟榻，一個連連後退數步，面色皆瞬間慘白如紙。

半晌後，風夕丟開手中半截碧綾，深深吸氣，平復體內翻湧的氣血，「哈哈，還是不分勝負，所以『白風黑息』你便認了吧，想要『黑息白風』呀，再修修。」

「咳咳。」豐息微微咳一聲，氣息稍亂，俊臉也是一會兒紅、一會兒白，「難怪說最毒婦人心，妳竟施展鳳嘯九天，差點便毀在妳手中。」

「你還不一樣用了蘭暗天下。」風夕毫無愧色，「黑狐狸，你說這世上還有沒有其他人能接下你我的鳳嘯九天、蘭暗天下？每次都只能對你一人使，真是沒趣。」

「下次妳可以找玉無緣試試。」豐息想到那個不染紅塵的玉公子，「看看他那天下第一的名號是否名副其實。」

「玉無緣呀，人家號稱天下第一，不單是講他的武功，還講他的人。」風夕聞言，眼睛盯住豐息，似想從他眼中瞅出點什麼，「你是不是又在算計什麼？」

「妳問我答而已，何來算計之說。」豐息攤攤手，「怎麼？妳也認為那個玉無緣是天下第一嗎？」

「哈哈，你心中不舒服嗎？」風夕輕笑，起身打了個大大的哈欠，往內室走去，揭開那紅羅軟帳，「好了，你去找祈夷吧，我可要睡一覺了，折騰了大半夜，好睏哦。唔，這床鋪倒是挺舒服的，又香又軟，難怪你們男人都愛來。」

「女人，妳要睡也要回去睡，這是睡覺的地方嗎？」豐息無奈地看著她，眼見她不動，只能嘆息一聲，「妳總有一天會死在這貪吃貪睡的毛病上。」

「除非你這隻黑狐狸想殺我，否則我豈會那麼容易死。」風夕掀開錦被鑽了進去。

「妳不是一直在追查斷魂門的餘孽嗎？這會兒近在眼前，妳怎麼反而只顧睡覺了。」豐息搖頭。

「祈夷定是被關在那個什麼祈雪院了，憑你的本事，當然是手到擒來，我何必再走一遭，到時找你問也一樣。這尚也跟那個紅衣美人被你封住穴道，至少也得四個時辰才得解開，所以我可以好好地睡一覺，你回來再叫醒我。」風夕打個哈欠，轉過身，自顧睡去了。

豐息看著羅帳中的風夕，她整個人已埋進被中，只餘一縷長髮露在被外垂下床榻，他微嘆一口氣，移開目光，看看地上不能動彈的尚也一眼，啟門離去。

當豐息去後約半刻鐘，尚也一邊小心翼翼地使盡力氣想要動動手腳，一邊思量著：『他們為何要找祈夷？找祈夷又是為何？難道……』尚也驀地一驚，遍體生涼！

『難道是因為……』

「呵呵，這樣是不是很不舒服呀？」

靜悄悄的房中忽然響起清脆的輕笑，尚也努力想轉頭，奈何依舊動不了，只眼角瞟到一角白衣。

「能不能告訴我，你和祈夷為何要收買斷魂門的人前往韓家奪藥滅門呢？」風夕體諒他的苦處，自動轉到他面前。

「哦，我都忘了你被點了穴道。」見他不答話，風夕袖一揮，拂開他受制的穴道，「現在把你所知道的都告訴我吧。」

「你們是什麼人？」尚也開口問道。

「這不是你該問的。」風夕伸出一根手指輕輕搖擺，「乖乖回答我的問題，你與祈夷皆是大富之人，又非武林中人，為何想要得到韓家的藥方？至於為著一個藥方而滅掉整個韓家嗎？這叫我想不明白。」

尚也沉默不答。

「回答我。」風夕臉上笑容不改，「要韓家的藥方做何用？」

尚也依然不吭聲，並閉上了眼睛。

「尚也，我可不是什麼善心人。」風夕的聲音變得又輕又軟，又長又慢，讓人聽著不由心底發毛，「有時候為達目的，也會用一些非常手段的。」

尚也依舊不語。

「尚也，你有沒有聽過萬蟻噬心？沒聽過也沒關係。」風夕笑得甜甜的，手指輕輕在尚也身上一點，然後好整以暇地看著，「現在你知道了嗎？」

地上，尚也表情猛然一變，身子一顫後頓時蜷縮一團，不住扭動，五官皺在一起，拚命咬緊牙，十分的痛苦。

「我想，你們背後應該還有人吧？以你倆富可敵國的財富確實可收買斷魂門了，可你們沒有收買的理由。」風夕一把坐在地上，逼近尚也，表情倏地變冷，「那個人是誰？那個為藥而殺害韓家二百七十餘口的人是誰！」

尚也猛地抬頭，滿臉冷汗，喘息道：「妳殺了我吧，我決不會說！」

「寧死也不說是嗎？」風夕輕輕淺笑，「這萬蟻噬心不好受吧，我可還有其他更不好受的手段呢，你難道想一一嘗試？」

尚也聞言目光一縮，似是畏懼，可一想到若洩露祕密——那不但自己死無葬身之地，只怕尚家、靳家承受的後果比之韓家會更為悲慘！

「你不怕嗎？要試試其他的嗎？」風夕的聲音比春風還要輕柔，可聽在尚也耳中卻比魔鬼更為可怕。

尚也看著眼前巧笑倩兮的女子，忍住身體中那有如萬隻螞蟻噬咬的痛苦，絕望地懇求道：「姑娘，我但求妳給我一個痛快！」

風夕忽然放聲大笑，竟不怕驚起離芳閣裡的其他人，衣袖一拂，解除了尚也的痛苦，

「尚也，我不會殺你的。」

尚也聞言心中剛一喜，可風夕後面的話卻將他打入地獄！

「你雖沒透露任何消息給我，但是當你身後那個人知道你曾被我們抓住，到那時，你說他會如何對你呢？」風夕拍拍手站起身來，拂開遮住半邊臉的長髮，額間那輪雪月便露出來了。

「妳、妳……妳是……」尚也顫聲叫道。

「現在你知道我們是誰了吧？你盡可向你的主人說出來，只是——我卻替你擔心，那人也許要你的命會要得更快呢。」風夕笑得更歡欣了，側耳細聽，眼中閃著趣味的光芒，「噓，你聽聽，有許多腳步聲呢，正向這邊走來。很快整個曲城的人都會知道，你尚大爺被人綁在房中了。」

「不！」尚也看著那風夕推開窗，不由驚恐叫道。

這一刻，他寧肯死去，也不願讓那人知曉。

風夕回首，看著地上恐懼得全身都在顫抖的尚也，笑得無害，「呵呵……尚也，你本可安享富貴，只可惜……這便算是你害韓家滅門的懲罰吧！」

說完她輕輕縱身，眨眼間便消逝在黑夜中，風猶是送來她帶著淡淡不甘的輕語，「本來還以為能從尚也口中得到線索……唉，看來我還是要去問那隻黑狐狸了。」

7 友人張鵬進所作〈七律〉。

8 友人張鵬進所作〈無題〉。

第十二章　幽州有女若東鄰

鋪著淺藍色桌布的圓桌上放著兩物，一枚光閃閃的金葉及一塊粉紅色的絲帕。

「這兩樣東西便是你的收穫？」

曲城最大的客棧、最好的天字號客房裡，風夕繞著圓桌轉了一圈，還是弄不明白這兩樣東西為何會讓那隻黑狐狸一副胸有成竹的樣子。

「仔細看看。」豐息端起茶杯輕啜一口。

嗯，不錯，幽州的名茶雨濃確實很香。

「有什麼特別嗎？」風夕左手拿起那枚金葉，右手拈起那塊絲帕，「這金葉就是普通的金葉嘛，倒是絲帕上繡的這兩個圖案挺特別的。嗯，還有這繡工很是不錯。」

「那枚金葉上的脈絡看清了嗎？」豐息放下茶杯走過來，從她手中取過那枚金葉，「大東無論哪國所鑄金葉，皆為七脈，但妳看這枚金葉，葉柄處多了這短短一道，幽州祈記錢莊所出金葉皆有此標記。」

「我又不似你對金銀珠寶、香車美人那般有研究。」風夕不以為然，湊近金葉看了看，葉柄處確實多了短短一脈，不特意去看是發現不了的，「這枚金葉是你在長離湖得到的？」

「我到長離湖時也晚了一步，斷魂門的人早已棄巢而去，雖曾抓得一名餘孽，卻也自殺了，我只從他身上搜得這枚金葉。」豐息把玩著手中的金葉道。

「所以你追至曲城，想找祈家當家的祈夷？」風夕猜測。

豐息點頭，放下手中金葉，「誰知又晚一步，祈夷失蹤了，所以我找上尚也。」

「你又如何得知尚也和此事有關？」風夕再問，並無線索指向尚也也與斷魂門有關。

「我並不知道。」誰知豐息卻道，「我不過是蒙一蒙，試探一下尚也而已。」

風夕挑眉看他。

豐息笑笑，道：「買通斷魂門的必然是大富之家，尚家財力不輸祈家，兩家同在曲城，又互有往來，一派同氣連枝的景象。而韓家之事實在蹊蹺，或許兩家都有參與也不一定，誰知竟真給我蒙對了。」

風夕聞言沉吟，然後道：「我只是有點想不明白，雖然韓老頭那藥賣得挺貴的，但憑祈夷與尚也的財力，那是要多少便能買多少，根本無需再要那張藥方，更不用說滅了整個韓家。難道是……」她的目光落向桌上的絲帕。

「我想找著這條絲帕的主人，大約也就能知道原因了。」豐息攤開那塊粉色絲帕，指尖點在帕上繡著的圖案上。

「你沒找到祈夷？」風夕看著帕上的圖案問道。

「在祈雪院的密室中，只找著他的屍首。」豐息眼中有著冷光一閃，「這塊絲帕是我搜尋密室時，在一處隱蔽的機關裡找著的，用木盒裝著，祈夷會藏著，定然是有原因的。」

「你何以斷定這塊絲帕的主人與此事有關？看這絲帕，說不定是祈夷中意的哪個相好送與他的。」風夕取過桌上的絲帕在手中摩娑。絲帕十分的柔軟，顯然絲質上乘，而且帶著一股高雅的幽香，顏色粉嫩，只有女子才會喜愛，無法想像一個大男人會用這個，「而且就算這絲帕的主人與此事有關，但就憑此帕你又如何找著主人？」

豐息聞言淺笑搖頭，「女人，妳什麼時候變得這麼笨了，看了半天還沒看出來嗎？」

「你是說這圖案？」風夕凝眸細看那絲帕上繡著的圖案，「這東西好似是什麼獸類，只是實在看不出是什麼東西。」

「妳我都知，祈、尚兩人巨富之家，既非武林中人，又與韓家無冤無仇，因此根本沒理由去買凶奪藥。」豐息從她手中取過絲帕，將之攤在桌上，「那麼收買斷魂門造成韓家滅門之禍的，定是有人在背後指使他們，而以他們的財富地位，整個曲城甚至是整個幽州無不是對其巴結奉承，又何談指使。」

風夕恍然大悟，「因此能在背後指使他們的必是……」

「能令他們獻出家財，並與人人唯恐避之不及的斷魂門接觸的，只有權了。」豐息點頭，墨色瞳眸裡閃出一抹幽光，「他們雖有錢，但在錢之上的還有權！」

「所以指使他們的定是幽州的當權者，而這絲帕上的圖案必與那位當權者有著莫大的關係。」風夕眼睛一眨也不眨地盯視著豐息，似怕錯過他眼中任何一絲訊息。

「這個人他不但要韓家的藥，更要韓家的藥方，更甚至他不希望這世上還有其他人有此藥方，因此他指使幽州最有錢的祈夷與尚也出面與斷魂門接觸，奪取藥方並滅掉韓家。」豐息意態悠閒地笑笑，「只是他雖奪得一些藥，也滅了韓家，卻未想到韓老頭寧死也不肯將藥方交出來，反倒給了冤對頭的妳。」

風夕想起韓家慘事，不由微微擰眉。

豐息又道：「那人殺祈夷，必是因為祈夷知道的事情太多，他既是為了滅口，也是要告誡尚也。他留下了尚也性命，一是因尚也牽扯不深，二則是若這兩個巨賈之家的家主都死了會太過引人注目，也是擔心兩家崩潰，進而會影響幽州經濟的穩定。」說到此處他微微一頓，目光望著絲帕，「至於這塊絲帕，或許是那人贈與祈夷的信物，又或是他不慎落下被祈夷撿到藏起的。此人行事，留下如此多的破綻，若是我的屬下，早已棄之不用。」最後他輕描淡寫地點評了一句。

「那你可知這人到底是誰？」風夕指尖敲擊著桌面。

「妳真的不知道這帕上繡著的是什麼？」豐息不答反問。

那絲帕上的圖案極為奇特，初看像是古獸，再看似乎是兩隻，風夕看了半晌，還是搖了搖頭。

豐息見之頗有些遺憾地嘆氣，「真可惜了，妳竟然不知道。」

風夕皺著眉瞇著眼睛，將絲帕一把抓在了手中，「別賣關子了，你再不說我就把它給撕成碎片！」

只可惜她面對的是跟她相知十年的豐息，所以他毫不在意地轉過身，慢慢踱回椅前坐下，端起茶杯悠閒地品茶。

而風夕對其他人或許很大方溫柔，但對他素來沒什麼好耐心，身形一閃，風一般掠至他跟前，左手一伸，奪過茶杯拋回桌上，右手一伸，已揪住了豐息的衣領，五指收緊，彎腰低頭，逼近那張俊臉，「黑狐狸，快說！」

縱觀她這一番動作語氣，那是一氣呵成、乾脆俐落，想來也是久經練習的。

豐息顯是早已習慣，他雙臂一伸便攬在風夕的肩上，雙掌扣下，一股力道令風夕站立不穩倒向他懷中，頓時兩人緊緊相依，他閒閒吐語，「妳有沒有覺得我們現在倒有些像絲帕上繡的圖案？」

風夕睨一眼，「是有些像，不過……這樣才更像！」說話間，她雙膝一屈，身子便坐在豐息膝上，手一拉，豐息的頸脖便前傾，兩人挨得更近了。

在她坐下的同時，豐息雙膝如遭重擊，微微晃動了一下，同時俊臉發白，呼吸也有些許不順。但同樣的，風夕的腰似被重山壓著般不能直起，大半個身子都向豐息懷中倚去，肩膀一時往前傾，一時往後仰，頗有些搖擺不定、欲拒還迎的模樣。

若外人此時看去，只覺得兩人好似一對如漆似膠的鴛鴦。

嬌柔的女子撲在情郎的懷中，螓首微仰，柔情款款，雍容的男子手攬伊人，俊臉微側，眸光似水，任誰看了都會覺得這真是天生一對、地造一雙啊，當然，這得忽略——那被壓得有些顫抖的雙腿、被抓得骨骼作痛的雙肩、被勒得喘不過氣以至時白時紅、時青時黑的臉色。

「這帕上繡的是……蛩蛩……距虛……是傳說中……相類似而形影不離的異獸……」豐息輕聲道，只是彷彿有什麼攥住他的喉嚨，以至他說幾個字便得歇息一會兒。

「蚩蚩……距虛……」風夕疑惑重複，也是一字一頓慢慢道出，一雙素手指節已呈烏紫。

「姐姐，妳在嗎？」

門外驀然傳來韓樸的叫喚，緊接著房門被推開，門外站著韓樸、鳳棲梧、笑兒、鍾離與鍾園，在五人還未來得及為兩人曖昧的姿態驚呼時，只聽「砰」的一聲，同時眼前人影飛閃。

等到五人再看清時，只見豐息原來坐著的那張椅子已四分五裂地散於地上，而那兩人卻安然無恙地站在房中，臉不紅、氣不喘，一個彈彈衣袖，一個掠掠長髮，意態從容，神色平靜，彷彿剛才什麼也沒發生一樣。

鍾氏兄弟與笑兒倒是見怪不怪，只韓樸與鳳棲梧，一個瞪大眼睛不明所以地看著房中的兩人，一個臉色瞬間煞白如紙。

「這兩人，不管到哪兒，總時不時便要比試一番。」笑兒喃喃道。

「唉，回頭又要賠償客棧的椅子。」鍾氏兄弟則同時想到了損失。

「姐姐，你們在幹什麼？」韓樸抬步入房。

「看看鳳嘯九天與蘭暗天下誰強誰弱。」風夕眨了眨眼睛道。

「哦？」韓樸一聽來了興趣，「那結果呢？」

「唉，還是老樣子。」風夕惋惜地嘆氣。

「鍾離、鍾園，你們收拾一下，半個時辰後上路。」豐息吩咐鍾氏兄弟，然後目光淡淡掃一眼鳳棲梧，「笑兒，妳也陪鳳姑娘去收拾一下。」

「是。」

鍾氏兄弟回去收拾，笑兒也扶著鳳棲梧離去。

「你的鳳美人似乎誤會了什麼，好像很難過呢。」風夕玩味地笑笑，想起鳳棲梧那張發白的臉。

「我們有什麼讓人誤會的？」豐息挑眉看她。

「嗯？」風夕微愣。這話什麼意思？

「別把妳手中的絲帕抓碎了。」豐息提醒著用力抓緊手中帕子的她。

「哦。」風夕攤開手中的絲帕，看著帕上相依相偎的古獸，「你說這就是那傳說中的蛩蛩、距虛？」

「嗯。」豐息點點頭，眸光幽深，似陷入某種回憶，「若我沒記錯的話，十五年前我應該見過這兩隻古獸。」

「你見過？」風夕一聽不由睜大眼，這種傳說中才有的東西他竟也見過？

「應該說是見過玉雕的兩隻古獸。」豐息道。

「在哪？」風夕追問。

「幽州王宮。」豐息淡淡地吐語。

兩人忽然都不說話，眸光相對，剎那間都明白了對方的想法。

「其實我也不能十分確定，畢竟那都是很多年前的事了。」半晌後，豐息又道。

「去看看就知道了。」風夕眸中閃著光芒。

「姐姐，妳看這些人這麼急地跑，他們要幹嘛去啊？」無人理會的韓樸只好自個兒趴在窗前看著街上來來往往的人群，「不是說幽州是六州中最富有的嗎？怎麼還有這麼多窮人？」

「傻瓜，即算是富，富的永遠也不會是這些平民百姓。」風夕走過去，探頭往窗外望去，果見街上許許多多衣衫襤褸的人全往一個地方湧去。

「那富的是什麼人？」韓樸再問。

「商人貪官、權貴王侯。」風夕聲音裡微帶嘆息，「平民百姓裡稍好的也就能得個溫飽。」

「哦。」韓樸還不大能從這幾個詞中瞭解世間的悲愴疾苦，只是看著街上的那些人很是同情，「姐姐，既然那些人很有錢，而這些人又這麼窮，那不如就讓有錢的分一些給沒錢的，這樣豈不是大家都能吃飽穿暖了。」

風夕聞言一愣，然後便是哈哈大笑，「哈哈哈哈！樸兒，你怎會有如此天真的想法？」

「妳笑什麼？」韓樸被風夕笑得俊臉發紅，「大家都有飯吃、有衣穿不是很好嗎？」

「樸兒，你的想法很好。」風夕斂笑，抬手撫了撫韓樸的頭，「只是這世上沒人會認同你這想法的，便是那些窮人，有些只要一朝得了勢，便當即轉換了嘴臉。你要知道，人心都是自私自利的。」

一旁，豐息看著韓樸，微作感慨，「好似一張白紙，任妳塗畫。」

「我不會塗畫的，我情願永遠是一片白色。」風夕看著韓樸，眼中有著無人能看懂的深深嘆息，「若不能，那也該是任他自己去浸染這世間的五顏六色。」

「你們在說什麼？」韓樸聽不明白，有些懊惱地看著兩人。

「這些窮人是怎麼回事呢？」風夕不答韓樸，問向豐息。

「昨晚城西一場大火燒了多半條街，妳竟是不知道，睡得還真是死，妳能安然活到今日真是個奇蹟。」豐息笑道，目光望向街上的人群，「這些定是那些火災後無家可歸的人，還有一些應是城裡的乞丐吧。」

風夕聞言，不由凝神去聽街上傳來的話語，片刻後她瞪向豐息，神色間有著難掩的驚愕，「你又做了什麼？」

「姐姐，怎麼啦？」韓樸見她神色有異，忙問道，「這些窮人幹嘛全往那邊跑去？」

「因為那邊有人在給這些窮人發糧。」風夕盯著豐息。

「哦？是誰這麼好心啊？」韓樸聽了倒是讚了一句。

「我都想知道你什麼時候這般仁心仁義了？」風夕看著豐息，目光裡盡是譏誚。

「我想現在整個曲城人都在好奇昨夜尚家那一場無名大火是如何引起的。」豐息走向窗旁的花架，伸手撫弄著架上一盆蘭草，「那一把火不但燒掉整個尚家，死傷無數，更連累了一條街的鄰居。」

「燒掉整個尚家？」風夕聞言微震，但一看豐息那悠閒的模樣，便又斂了神思，拖了張椅子坐下，稍稍一想便明白了，「那火……難道是尚也自焚？」

「嗯。」豐息拔掉蘭草裡一片枯黃的葉，手指微攏，再張開時卻是一些粉末落下盆裡，「火是真的放了，萬貫家財燒了是真的，尚家死傷許多也是真的，唯有自焚是假的。」

「他逃了？」風夕一聽就明白，淡淡諷笑道，「難怪說無商不奸，果然夠奸詐！」

「昨夜經妳我那一鬧，尚也豈敢再在曲城待下去，當然是趁背後指使的那人還未發覺時逃走，他半夜裡帶著髮妻長子，親自趕著馬車悄悄溜了。走前放了一把火，想來個假死，只可惜呀，死的卻是那些還在睡夢裡的尚家姬妾、僕從們。」豐息拍拍手，似要拍掉手中殘留的葉末，又似為尚也此舉鼓掌，嘴角噙著一抹耐人尋味的淺笑。

「尚也能當機立斷，處事夠果斷，能帶走妻兒，人性未絕，而傾國財富，當捨即捨，是個狠角色，難怪能成為幽州巨富！」風夕冷笑。

「如他這般的人，才能在這弱肉強食的世間活得好好的。」豐息又拔掉一片枯葉，「他十分的聰明，只要留著性命，自還能再創一份家業，得先有命，才能有其他的一切。」

「你倒好似親眼目睹他的一舉一動似的。」風夕微蹙眉，落在他身上的目光瞬間變得雪亮尖銳。

「我去了祈雪院，豈能親眼看到。」豐息淡淡一笑，將枯葉丟入盆中，「不過是我派在尚家的人親眼目睹並告訴我罷了。」

他的話說完，房中頓有片刻的寧靜。

「你……哈哈哈，果然！」風夕驀然大笑起身，抬手落向額間，五指微張，似想遮住雙眸，「我說你為何會對韓家的事這樣關心了，其實我早就應該想到才是，你做任何事都是有其目的，做任何事之前早就計算得一清二楚！是我蠢，現在才想清楚！」

「姐姐……」韓樸看著大笑的風夕微有些心驚害怕，不由伸手去拉她的手。

「我若不如此做，又豈是妳心中所認識的那個豐息。」豐息依舊神色淡然。

風夕似並未感覺到韓樸拉住她的手，目光飄忽地落在豐息身上，語氣輕柔得似呢喃，「你既早已遣人伏在尚家，那麼尚家的家財定未全毀於火中，十成中至少有八成落入你手！然後你再從尚家家財中撥出些些施捨給因大火而受害的百姓，便得了善名。聽聽……現在不是滿街的人都在讚揚著黑豐息豐大俠施糧濟災的仁義之舉嗎？好一招名利雙收啊！」

「哈哈哈……」豐息撫掌而笑，「女人，這世上果是妳最瞭解我。」

「是啊。」風夕意興闌珊地坐回椅中，「你明明是一隻狡猾奸詐、陰狠自私、冷血無情的狐狸，可世人為何卻看不清你，為何還稱頌你為當世大俠？世人的眼睛到底是如何長的？」

「我從來沒有說過我自己是善人俠者，而世人卻偏偏認為我是仁義大俠，黑豐息似乎比白風夕更有俠義風範。」豐息依然在笑，笑中卻帶著嘲弄，「妳說是我做人太過成功，還是世人識人太過失敗？」

「曲城的百姓在稱頌你，可你卻在財富與救人之間選擇了前者！你本可以救出那些大火中的人，可你寧願搬那些死的金銀珠寶，也不願對火中的活人施以援手！你怎可冷血至此！」風夕的聲音低沉喑啞，倚頭靠坐在椅上，五指遮住眼眸，「早知如此，我昨夜便應殺了尚也！」

「只能二選一時我當然選對我有利的。」豐息神色淡淡，對於風夕的指控毫無愧疚，「何況我以尚家之財可救上百家，而棄財救人，不過救得數百人而已。」

「算計得真是清楚！」風夕落在面上的手指微微發抖，「昨夜你到底做了多少事呢？」

「昨夜做的事可不少呢。」豐息移步到她對面的椅上坐下，目光落在她身上，似在探究著什麼，又似在算計著，「不過我想妳大約都可想到了。」

「既然尚家的家財都落入你手中，那麼祈家的家財定想必也難逃你手。」風夕的聲音透出一種疲倦。

豐息無聲地笑，目光亮亮地落在風夕身上，似看著他掌中的獵物，「玉雪蓮是千金也難求的靈藥，可給妳解毒時，我竟未有猶疑，現在我倒明白了，妳真的不能死，妳若死了，這世上還能有誰如妳一般知我、解我，那樣的人生太過寂寞無趣了。」

風夕扯起唇角微微諷笑，「尚家、祈家已失主人，兩家已亂，更有你這隻狐狸在旁算計，家財會落入你手中我不奇怪，只是兩家旗下之錢莊、店鋪遍布大東，皆設有管事，現無主人，定都自立為主，那些鋪子才是尚、祈兩家財富中的大頭，你如何捨得？可你又如何能得？」

「威逼利誘，是人便無法逃過。」豐息左手攤開，五指微微做出一個微抓攏的動作，「尚、祈兩家所有的，我都抓在手中！」

「幽州最富，富在曲城，曲城已亂，幽州必動。」風夕深深嘆息，「祈、尚兩家入你囊中，便等同於半個幽州入你囊中。這才是你來幽州的原因，我雖早就知道你，可你每每還是能叫我出一身冷汗。」

「皇朝得了玄極，我得半個幽州的財富，你說我們誰勝誰負呢？」豐息淺淺地笑著，雍容如王者。

「江湖、侯國都讓你玩弄於指掌之間，這樣深的城府，這樣精密的算計，誰比得上你啊！」風夕冷冷一哼。

豐息聞言卻起身走到她身前，俯身湊近她，近得溫熱的鼻息拂在她臉上，拿開她遮住眼眸的手，直視她的眼眸。

「女人，妳生氣難過是為祈、尚兩家，還是為了……我？」

風夕的眼眸幽深如潭，看不見底，靜得不起一絲波瀾。

豐息的目光雪亮如劍，似要刺入最深處，似要探個明白。

兩人目光膠著，默默對視，室內一片窒息的沉靜，只有韓樸緊張的呼吸聲。

良久之後，風夕起身，牽起一旁不知所措的韓樸往門外走去，手按上門，回頭看了一眼豐息。

「你……十年如故！」

笑兒在收拾著細軟，目光瞟見怔坐在桌旁的鳳棲梧，見她雖依舊面色冷淡，只是一雙眼

睛裡卻洩露了太多複雜情緒。

「鳳姑娘。」笑兒輕喚一聲。

「嗯。」鳳棲梧轉頭，有片刻間，似有不知身在何方的迷惘。

笑兒見狀心中微微一嘆，面上卻依然露出微笑，「姑娘在想什麼呢？想得這般出神。」

「風姑娘。」鳳棲梧老實承認著，眉心微蹙，「那樣的女子我從未見識過。」

「一言一行皆不合禮教，張狂無忌更勝男子。」笑兒輕輕吐露，笑看鳳棲梧，「姑娘可是這般想？」

「是啊。」鳳棲梧點點頭，目光落向空中，「明明很無禮，可看著卻讓人從心底裡發出驚嘆與豔羨。」

「笑兒跟在公子身邊五年了，還未見著夕姑娘，卻從跟著的第一天起便已知道有夕姑娘這麼一個人，後來與夕姑娘相見也只那麼幾次，但每次見著時，都會見到她與公子打打鬧鬧，這麼多年了，他們竟未有絲毫改變。」笑兒看著鳳棲梧，話中隱有深意。

鳳棲梧聞言不由看向笑兒，她自也是玲瓏剔透之人，這一路行來，豐息身邊的人見著了一些，她雖不說，但也知皆是些非比尋常之人，便是身邊侍候著的笑兒、鍾離、鍾園，看似年齡小，卻也是個個有著一身非凡本領，看人待事不同一般。

「笑兒，妳想告訴我什麼？」

笑兒依舊是笑笑，轉而又問道：「姑娘覺得公子是個什麼樣的人？」

豐息是個什麼樣的人？

鳳棲梧默然半晌才道：「我看不清。」

雖數月相伴，卻依然不知他到底是個什麼樣的人。雖為武林中人，卻隨從眾多，言行舉止雍容有禮，吃穿住行精緻無比，竟是比那些王侯貴族還來得講究。雖人在眼前，卻無法知其所思所想，深沉難測就如漆黑無垠的廣夜，可包容整個天地，卻無人能窺視一絲一毫。

「看不清自然也就難想清，因此姑娘大可不必想太多，公子請姑娘同行，那必會善待姑娘的。」笑兒扶起她，「東西已收拾好，馬車想來已在店外候著，我們走吧。」

兩人走出門外，便見豐息的房門砰地打開，走出風夕與韓樸。

目光相遇的瞬間，瞅見那個瀟灑如風的女子眼眸深處那一抹失望與冷漠，再看時卻已是滿眼的盈盈笑意，讓人幾疑剛才眼花看錯了，眸光再掃向風夕身後，房中的豐息神色平淡靜然，只是眼眸微垂，掩起那墨玉似的瞳仁。

「鳳美人。」風夕笑喚眼前亭亭玉立的佳人，似一株雪中寒梅，冷傲清豔。

「風姑娘。」鳳棲梧微微點頭致意。

「唉，只要看到妳這張臉，便是滿肚子火氣也會消了。」風夕左手拉住鳳棲梧的手，右手輕勾鳳棲梧下巴，輕佻如走馬章臺的紈褲子弟，「棲梧，妳還是不要跟著那隻狐狸的好，跟在我身邊吧，這樣我們便可朝夕相對，若能日日看著妳天仙似的容顏，我定也會延年益壽，長生不老的。」

「夕姑娘，妳這話便是那些天天逛青樓的男人也說不出。」笑兒忍不住偷笑。

「妳這小丫頭。」風夕放開鳳棲梧，手一伸，指尖便彈在笑兒腦門上，「我要是個男人就把妳們倆全娶回家，一個美豔無雙，一個笑靨無瑕，真可謂享盡齊人之福呀。」

「呵呵，不敢想像夕姑娘是個男人會是個什麼樣。」笑兒笑得更歡了，就連鳳棲梧也忍不住露出一絲笑意。

「我要是個男人呀，那當然是品行、才貌天下第一的翩翩佳公子！」風夕大言不慚道。

「好啊，夕姑娘，妳若是個男人，笑兒一定追隨妳。」笑兒邊笑邊說，並扶著鳳棲梧往店門口走去。

「唉，可惜老天爺竟把我生成個女子，辜負了這般佳人。」風夕長長惋嘆，面上更是露出悲淒之色。

「姐姐，妳這個樣子會讓老天爺後悔把妳生出來的。」冷不丁地，韓樸在身後潑來一盆冷水。唉，有時候他真後悔認了這人做姐姐。

「樸——兒——」風夕回轉身拖長聲音軟軟喚著。

「鳳姐姐，我扶妳下樓。」韓樸見狀馬上一溜煙地跑至鳳棲梧身邊，殷勤地扶著她。

「見風使舵倒是學得挺快的。」風夕在後一邊下樓一邊喃喃道。

「與妳齊名真的挺沒面子的。」冷不防身後又傳來一句。

風夕白了一眼豐息，然後轉頭目光落在門外的兩輛馬車上，霎時又笑得一臉明燦，「鍾離、鍾園，你們和那隻黑狐狸坐顏大哥的車，這輛車便是我和鳳美人坐的。」

她一步上前，身子輕輕一跳，便躍上車，然後拉鳳棲梧、笑兒、韓樸上車，接著車門一關，留下呆站在車下的鍾離、鍾園。

「公子。」鍾離、鍾園雙雙回頭看向豐息。

豐息看一眼後面那輛在旁人眼中應算上等的馬車，眉心微皺，「牽我的馬來。」

「是，公子。」

三月中，正是春光融融時分。

清晨裡，微涼的春風吹開輕紗似的薄霧，吹落晶瑩的晨露，捲一縷黃花昨夜的幽香，再挽一線緋紅的朝霞，拂過水榭，繞過長廊，輕盈地、不驚纖塵地溜進那碧瓦琉璃宮，吻醒輕紗帳裡酣睡的佳人。

服侍的宮女們魚貫入殿，勾起輕羅帳，扶起睡海棠，披上紫綾裳，移來青銅鏡，掬起甘泉水，濯那傾國容。拾起碧玉梳，挽上霧風鬟，插上金步搖，簪起珊瑚鈿，淡淡掃蛾眉，淺淺抹胭紅，待到妝成時，便是豔壓曉霞，麗勝百花的絕色佳人。

「這世間再也不會有人比公主生得更美了！」

落華宮中，每一天都會響起這樣的讚美聲，只要是幽州王宮裡的人一聽，便知這話是自侍候純然公主的宮女凌兒口中說出。

有著大東第一美人之稱的幽州公主——華純然垂眸看著銅鏡中那張無雙麗容，微微抿唇一笑，揮揮手，示意梳妝的宮女們退下。

她移步出殿，朝陽正穿過薄霧，灑下淡淡金光，晨風拂過，殿前春花點頭。

「公主，可要往金繩宮與主上一起用早膳？」凌兒跟在身後問道。

「不用，傳膳在曉煙閣，我先去冥色園，昨日那株墨雪已張了朵兒，今晨說不定就要開了。」華純然踩在晨霧熏濕的丹階上，回頭對身後的凌兒吩咐道，「妳們都不用跟著，忙去吧。」

「是，公主。」凌兒及眾宮女退下。

冥色園是幽王為愛女純然公主獨造的花園，這花園不同於其他花園，此園中只種牡丹，收集了天下名種，放眼整個大東，絕無第二個，而且平日除種植護養的宮人外，未得公主的允許，任何人都不得進園。

三月裡，正是牡丹陸續開放的時節，園中滿是含苞待放的花蕾與盛放的花朵，紅的、白的、黃的、紫的，滿目豔光，人行花中，如置花海，花香襲人，沁脾熏衣。

華純然繞過團團花叢，走至園中一個小小的花圃前，花圃中僅種有一株牡丹。

「真的開花了呢。」

看到花圃中那株怒放的牡丹，華純然不由面露微笑。

那一株牡丹不同於這園中任何一株，高約三尺，枝幹挺拔，翠綠的枝葉中擎著一朵大碗公大的花朵，花瓣如墨，花蕊如雪，雪蕊上點點星黃，端是奇異。

「墨雪，真是如墨似雪。」呢語輕喃，華純然伸手輕撫花瓣，卻似怕碰碎一般，只是以指尖微微點了一下，彎腰低頭，嗅那一縷清香。

「哎，原來這世上還有這樣的美人啊！」

驀然，一道清亮無瑕的嗓音響起，彷彿是來喚醒這滿園還微垂花顏，睡意未褪的牡丹，也驚起了沉醉花香中的華純然，她抬首環顧，花如海，人跡杳。

「人道牡丹國色天香，我看這個美人卻更勝花中之王呀！」那道清亮的嗓音再次響起，帶著一種欣喜的驚嘆。

華純然頓時循聲望去，便見高高的屋頂之上，坐著一名黑衣男子及一名白衣女子，朝陽在兩人身後灑下無數光點，驅散了薄薄晨霧，卻依然有著絲絲縷縷，似對那兩人依依不捨，繞在兩人周身，模糊了那兩人的容顏，那一刻，華純然以為自己見著了幻境中的仙影。

「黑狐狸，你說，書上所講的『沉魚落雁、閉月羞花』，是不是說的就是眼前的這個美人？」風夕足一伸，踢了踢身旁的豐息。

「所謂美人者，以花為貌，以月為神，以柳為態，以玉為骨，以冰雪為膚，以秋水為姿，這位佳人當之無愧。」豐息也由衷點頭讚嘆，末了再加一句，「妳應該學學人家。」

這是華純然第一次見到白風黑息，很多年後，當華純然年華老去，對著銅鏡中那皺紋滿布的容顏，她卻依然能面帶微笑，輕鬆愉悅地回想起這一天，這個微涼、充滿花香與驚奇的早晨。

最初的震驚過後，她並未去細想這兩人可以不驚動王宮內外重重守衛而抵達她面前的本領有多危險，而是從容笑問天外來客：「兩位是從天上飛來的，還是被風從異域吹來的？」

「哈哈，」風夕聞言輕笑，「美人兒，妳都不害怕嗎？不怕我們是強盜，來劫財劫色的嗎？」

「若所有強盜都如二位這般豐儀非凡，那麼純然也想做做強盜。」華純然不慌不忙地答道。

「好好好！」風夕拍掌讚道，「不但容貌絕佳，言語更妙，真是個可人兒，這大東第一美人的稱號當之無愧呀。」

晨霧終於不敵朝陽，悄悄散去，那屋頂上的人雖因距離太遠無法將容顏看得真切，但兩人額間那一黑一白的兩彎月飾卻可看得分明，映著朝霞，閃著炫目的光華。

「若純然未認錯，兩位定就是大名鼎鼎的白風黑息了。」華純然目光盯在那兩輪玉月之上，悠然而道。

「哈哈！」風夕放聲而笑，「深宮之人竟也有如此眼光，不錯，能見著妳，便也不枉我走這一遭。」

「並非純然眼光好，而是兩位名聲之廣，無論是街頭巷陌還是深宮幽閨，都早有耳聞。」華純然微笑道。

風夕足下一點，優雅如白鶴展翅，盈盈落在華純然面前，從左至右，從上至下，仔仔細細地將華純然又看了一回。但見佳人扶花而立，目如秋水，臉似桃花，長短適中，舉動生態，真是目中未見其二也！

「好美的一張臉啊！」她看著看著實在忍不住，手不由自主地便摸上了美人軟玉似的臉頰，「真想把這張臉收藏在袖，好日夜觀賞。」

「唉，妳這種輕狂的舉止，真是唐突了佳人。」豐息看著風夕那無禮的舉動，搖頭嘆息。身形一動，便似空中有一座無形之橋，他從容走下。

「黑狐狸，別打擾了我看美人。」風夕左手揮蒼蠅似的向後揮揮，右手卻還停在美人的臉上，搖頭晃腦，念念有詞，「我一夜未進食，本已餓極了的，誰知一看到妳，我竟是半點也不覺得餓了，這定是書上所說的秀色可餐也。」

華純然任憑風夕又摸又看的，她只是靜然而立，淺笑以待。

「唉！我怎麼就不生成一個男子呢？不然就可以把這些美人全娶回家去了！」終於，風夕戀戀不捨地放開了她的爪子。

華純然抿嘴一笑，然後盈盈一禮，「白風黑息果是不凡，純然今日有幸，能與兩位相識。」

「哎呀！公主向我等草民行禮，這不是折殺我等嘛。」風夕趕忙跳起來，縮到豐息身後，腳一抬便踢向豐息膝窩，「黑狐狸，你便向公主拜兩拜，算替你我回禮吧。」

未見豐息有何動作，卻偏偏身形移開一步，躲過了那一腳，然後從容施禮，落落大方，風度怡人，「豐息見過公主。」

「聽聞白風黑息素來行蹤飄忽，難得一見，卻不知今日因何到此？」華純然抬眸，望向兩人。

「我就是想來看看華美人妳啦。」風夕的目光被那株墨雪牡丹所吸引，不由走了過去，同時道，「這隻黑狐狸找妳卻是另有原因的。」

「哦？」華純然聞言看向豐息，目光相遇，頓心頭微跳。王侯公子不知見過幾多，卻未有一人如眼前之人這般高貴清華，王宮華園裡，他如立自家庭院，別有一種自信從容的氣度。

豐息從袖中取出那塊粉色絲帕遞過去，「公主可曾見過此物？」

「這個……」華純然接過絲帕，不由驚奇，「這是我的絲帕，卻不知何故，到了公子手中？」

「這真是公主之物？」豐息反問，眸光柔和。

「當然。」華純然細看那絲帕，指著帕上圖案道，「這乃我親手所繡，我自然識得。」

「原來這蛩蛩、距虛是公主繡的。」豐息一副恍然大悟的樣子。

「公子也知這是蛩蛩、距虛？」華純然聽得，心頭一動。要知這蛩蛩、距虛乃上古傳說中的異獸，別說是識得，便是聽過的人也是少有，想不到他竟也知。

「呵呵，華美人，妳知道這絲帕是如何到他手中的嗎？」風夕忽然插口，一邊還繞著那株牡丹左瞅右瞧的。

「純然正奇怪呢，風姑娘可能解惑？」華純然回首。卻見風夕一張臉已趨在花前不到三寸之距，手指還在撥弄著花蕊，看樣子似是想將花蕊一根根數清。

「哈哈，我當然知道啦。」風夕笑道，抬首回眸，目光詭異，「就是那風啊它吹啊吹啊吹，將這絲帕吹到數百里外的長離湖畔，然後就從天而降，落在這隻黑狐狸手中。」

「呵呵，風姑娘真會開玩笑。」華純然以袖掩唇而笑，螓首微垂，儀態優美，風姿動人。

「唉，美人一笑，傾城又傾國。」風夕喟然而嘆，手一揮，便帶起一陣輕風，霎時滿園牡丹搖曳起舞，「便是這號稱國色的牡丹也為之拜服呀。」

風中搖曳的牡丹比之亭亭靜立更添一番動人風華，而華純然此刻卻看著風夕有些發怔，滿園牡丹，滿目的國色天香，可她素衣如雪，卻掩了滿園牡丹的光彩。

怔愣了片刻，華純然輕輕嘆息，「風姑娘這樣的人物，才讓人衷心拜服。」

風夕聞言眨了眨眼睛，然後看向豐息，「聽到了沒？這可是出自大東第一美人之口呀，以後你少說什麼和我齊名很沒面子，與我齊名那是我紆尊降貴了，你應該每日晨昏一炷香地拜謝老天爺讓你和姑娘我齊名。」

豐息還未有反應，華純然已是輕笑，道：「若有風姑娘相伴，定是一生笑口常開。」

「哎呀，那也不好呀，難道光顧笑，都不吃飯了嗎？餓著了妳，我會心痛的。」風夕搖搖頭，手撫著肚皮，「我們凡人，還是需得五穀養這肉身的。我說華美人，妳能請我吃頓飯不？」

「哈哈哈哈……」華純然終是止不住笑出聲，「既然風將我的絲帕吹至二位手中，復又將二位送至我跟前，這也是奇緣，便讓純然稍作地主之誼，招待二位如何？」

「哎呀，公主不但人漂亮，說話也漂亮。」風夕拍手道。

「豐公子可賞臉？」華純然再問一旁正端詳著那株牡丹的豐息。

「這株牡丹想來是公主精心培育。」豐息手撫花瓣，微微嘆息，「如墨似雪，端是奇絕，只是不適合種在這個牡丹園中。」

「哦？為何呢？」華純看著他，忽覺得眼前之人竟極似那花。

「這花啊，要麼遺世獨立，要麼出世傾國。」豐息回首，黑眸如夜。

華純然胸膛裡猛然一跳，耳膜震動，那是心跳之聲，久久不絕。

她目視豐息，半晌無語。

「喂，兩位，吃飯比較重要啦。」

耳邊聽得風夕召喚，轉身看去，便見她在花間飛躍，白衣飛揚，長髮飄搖，足尖點過，卻花兒依舊，枝葉如初，口中還哼著不知名的俚歌。

當春風悄悄，楊柳多情，

我踏花而來，

只爲看一眼妹妹妳的笑顏……

第十三章　落華純然道無聲

落華宮裡，純然公主最信任的侍女凌兒這幾天有些不開心，又有些開心。

不開心的原因便是此刻霸占了公主床榻酣然大睡的人。想想這個不知從哪裡冒出來的風夕，凌兒便一肚子不滿。

這位公主十分推崇所謂的「風女俠」，在宮中這麼多天，卻未見其有何不同凡響之處。基本上，這些天來她所有的表現，只能用「好吃貪睡的懶蟲」來形容，她一天裡大半的時間是在睡覺、吃東西，另一小半的時間則是和宮裡的宮女們調笑嬉鬧。

比如說，無聲無息地突然出現在妳身後，將妳嚇個半死的同時變戲法似的將一朵美麗的花兒簪在妳的鬢上，誇讚妳的美貌；白天告訴妳江湖上的生活有多精彩、有趣啦，讓妳心癢難禁，到了晚上卻和妳說些鬼故事，讓妳徹夜不敢入眠。

仗著她曾周遊各國，於是今天教這個畫什麼「籠煙眉」，明天教那個抹什麼「淚線胭」，後天再指點這個梳什麼「驚鴻髻」，還說什麼用龍涎香熏衣簡直是糟蹋衣裳，女兒家應該知道什麼叫天香染袂……

於是整日裡就只聽得這些：「夕姑娘我今日畫的眉可好看？夕姑娘我頭上這支步搖如何？夕姑娘，我將衣裳的袖子收收是不是更好些？夕姑娘，這是我今晨採的花露泡成的茶，妳且嘗嘗。夕姑娘，這是我做的點心，妳快趁熱吃……」

弄得整個落華宮，都快忘記了這兒真正的主人是誰了。

至於讓凌兒開心的事嘛，她眼角悄悄瞟向花園暗香亭內正與公主對弈的豐公子，看到那玉樹臨風般的身影，她一顆心兒就噗通噗通跳個不停。

記得她第一眼看到這位豐息公子時，以為是哪國的公子駕臨。平日公主的幾位兄弟也是相貌堂堂，可一跟這豐公子相比，便有如鴉雀對比彩鳳，更別提那種令人如沐春風的姿儀風度了。而且他還有滿腹才華，能與公主詩詞相酬，琴笛合奏，棋畫相拚，更別提公主歌一曲〈出塞令〉時，他拔劍而舞的颯颯英姿。

這樣一個只出現在少女夢幻中的完美男子，想不到世間竟真有一個，所以落華宮的宮女們見著了他會臉紅，會緊張得說不出話來，被他目光注視會手足無措……這些在凌兒看來都是可以原諒的，畢竟她自己也是這樣啊。

凌兒胡思亂想之際，目光定定地注視著暗香亭。

百花擁簇中的華純然與豐息，遠遠看去，真是才貌匹配的一對璧人，彷彿是畫中的神仙眷侶，讓人看著便要由衷地戀慕讚嘆，以至凌兒看著看著便出了神，只是……這畫中似乎多了一點刺目之物，她定睛一看，頓時氣不過來，這個風夕是什麼時候跑去的？又在打擾公主與豐公子！

「華美人，不應該這樣下啊。」

華純然剛要落下的棋子半途忽被劫走，落向了另一個地方。

「華美人，妳應該這樣下，然後呢，這隻狐狸肯定要下這裡，妳呢，再下這裡，然後妳再這樣，最後呢……妳看這不就把他全圍起來了嘛，叫他無路可逃！哈哈，這就叫做『活捉黑狐狸』，哈哈哈哈……」風夕兩手在棋盤上手起子落的，一盤棋不到片刻便給她自個全走完。

華純然看向棋盤，然後由衷讚道：「原來風姑娘棋藝如此高明。」

她的棋是幽州有名的國手教的，素來也自負棋藝，可這幾日與豐息下棋已近十局，卻無一局勝出，眼前這盤本已處於下風的棋局，經風夕這麼一撥弄，竟是轉敗為勝了。

「嘻嘻，不是我高明，而是我熟知狐性。」風夕笑咪咪地趴在桌上，偏首看著華純然，這個習慣是最近養成的，按她的話說是看著美人的臉可以養目。

而遠遠的，凌兒咬著牙，擰著手、跺著腳，恨恨地看著風夕。當然，她決不會承認她是在羨慕妒忌。

「人說江湖多草莽，我卻不以為然。」華純然看著眼前兩人，目中盡是讚賞，「所有的江湖人都如二位這般通詩文，精六藝，知百家，曉兵劍嗎？便是王侯子弟也不及二位。」

「嘻嘻。」風夕笑笑，身子一縱，便坐在亭子邊的欄杆上，垂著的腿在欄杆下左搖右擺，「我也想問問，所有的公主是否都如妳一般大膽，敢在宮中收留來路不明的江湖人。」

華純然回頭看一眼豐息，見他也正注目於她，似對風夕的問題頗有同感。

她當下嫣然一笑，指尖挽一縷垂在胸前的長髮，慢聲細語道：「純然敢挽留兩位做客宮中，是純然自認一雙眼睛看人不差。」她頓了頓，眼眸落向亭外的花海中，眸光有些恍惚，彷彿看到了遙遠的未來，「兩位這般奇特之人，對於一生都將居於深宮大宅的純然來說，是難得的奇遇，或許可說是純然此生最有意思、最值得回味的事，所以既得之，我必珍之。」

豐息低首看著棋盤上的棋子，拈一粒白子，淡淡一笑道：「得之珍之，不得我命之。」

「是。」華純然一笑點頭，看著豐息，眸光如水。

「華美人，妳說妳一生都將是鎖於深宮大宅中，那有沒有想過要去外面看看呢？」風夕笑得壞壞的，似想勾引小白兔的狐狸，「踏出這個深宮，妳會發現外面無論是花草樹木還是人生百態，都比這宮裡要精彩多了哦。」

「不。」誰知華純然竟搖搖頭，面上微笑未斂，起身走至欄畔，掬一朵伸至欄杆的牡丹，「我就如這朵花一樣，適合長在這個富貴園中。」說著她放開牡丹看向風夕，一雙眼眸清明如鏡，「我到外面去幹嘛呢？只為著看外面的花草樹木、各式人物嗎？或許一開始會有新奇之感，但世間只要有人的地方又豈會有二般。」

見風夕目露訝異，她只是一笑，繼續道：「我既不會紡紗織布，也不會耕田種地，更不慣粗茶淡飯，如何適應平常百姓的生活。我只會一些風花雪月的閒事，我喜歡華美的衣飾，喜歡精美的食物，喜歡歌舞絲竹，我還需要一群宮人專門服侍我……我自小至大學會的是如何在這個深宮中生存。」

風夕長眉一挑，然後拍掌笑讚，「好好好！我本以為妳會像某些深閨小姐一樣豪氣地道：『且將富貴棄如土，換得逍遙白頭人』，華美人雖說深居宮闈，卻有慧根慧眼，識人知己。」

豐息一邊將棋盤上的黑白棋子分開放回棋盒，一邊道：「看似妳就山，實則山就妳。」

華純然聞言目射異光，看著豐息，似嘆似喜。

而風夕卻不再語，只是坐在欄杆上，一手托腮，笑看兩人，眸光深沉卻神色淡然。

暗香亭中於是一片靜謐。

「公主，主上請您過去。」凌兒忽上前稟報。

「嗯。」華純然點頭起身，「我去去就回，兩位請自便。」

「公主請便。」風夕與豐息皆微笑目送。

回到寢殿，華純然換了一身較為明豔的衣裳，一邊問侍候的凌兒：「知道父王召我所為何事嗎？」

「奴婢向傳訊的宮人打聽了，好像是跟公主私留的兩位客人有關。」凌兒答道。

「我不是告誡妳們不能將他們在此的消息洩露嗎，為何此事會傳至父王耳中？」華純然聞言頓時目光轉冷，掃向凌兒。

凌兒心頭一跳，趕忙跪下答道：「公主，奴婢確有按您的吩咐告誡了落華宮裡所有的宮女、內侍，決不許將豐公子與風姑娘在宮中之事宣揚出去，奴婢也未曾向任何人洩露此事，請公主明鑒！」

華純然看了她一眼，然後揮手，「起來吧，我又沒怪妳，妳慌什麼。」

「謝公主。」凌兒起身，微有些忐忑地看看她，然後小聲地道，「公主，奴婢大膽猜測，此事或許跟凌波宮的淑夫人有關。公主這幾日都在宮中陪伴二位客人，前天奴婢曾見到凌波宮的人在宮外轉悠，還向奴婢打聽這幾日怎麼不見公主出門，我只推說公主這幾日身體不適在休養。」

「哦？」華純然瞟一眼凌兒，片刻後才淡淡道，「走吧，別讓父王等得太久。」

她一揮袍袖領先而行，身後跟著凌兒及眾宮女、內侍。

暗香亭裡，風夕笑吟吟地看著豐息，而豐息只是將幾顆白子抓在手中把玩，目光微垂，怡然自得。

「你說，這個華美人如何？」風夕問。

「很好。」豐息漫不經心地應道。

「只是這樣？」風夕身子一縱，落座於他對面。

「如果妳是問我，韓家滅門之事是否為她主使，那我可以告訴妳，不是。」豐息依舊把玩著手中的棋子，頭也不曾抬一下，「或有其能，卻未有其心。」

「這個你不說我也知道。」風夕搖頭，目光盯住他，「我是問，你在打什麼主意？」

豐息終於抬頭看她，淡笑問道：「女人，說起來，這十來年妳欠了我很多人情呢。」

「怎麼?你想叫我給你辦事來還人情？」風夕眼眸微瞇，臉上笑容不改，「沒門！早八百年前我就告訴過你，想從我這得到回報是不可能的，所以你趁早打消主意，天下間你要算計誰便算計去，但決不要算計到我頭上。」

「想妳回報我，我從未存此念。」豐息搖頭，抬手將掌中的棋子全部放回棋盒中，「我只要妳置身事外，不管這個幽王都裡發生什麼事，妳都不許來破壞我的計畫，這對妳來說不是什麼難事，更談不上算計妳了。」

「怎麼?想讓我只看戲而不許摻一腳？」風夕趴在桌上，仰首看著他。

豐息手指指尖輕輕點著桌面，「妳知道嗎，我前段日子路過落日樓時，吃了幾道很不錯的菜肴……」

「你做給我吃？」風夕一聽馬上抓住了他的手，眼睛亮晶晶地看著他，就差嘴角沒流出口水，身後沒搖著尾巴。

「要是妳偶爾肯幫我一點小忙的話，我倒可以考慮的。」豐息姿態從容優雅。

「你這隻狐狸，認識你十來年，你卻只做過一次東西給我吃！」風夕指控著他，手下意識地加上幾分力道。

「可是那一次卻讓某人垂涎至今。」豐息左手一抬，指尖輕掃風夕手腕，將快被握斷的右手挽救出來。

「是啊。」風夕雖是心有不甘，卻不得不承認，「你這隻黑心黑肺的狐狸做出的東西卻是我吃過的所有東西中最美味的。」

「那妳答不答應呢？」豐息不緊不慢地問道。

風夕不答，只是笑吟吟地看著他，目光如芒刺似的盯著他，半晌後才道：「你想娶華美人，當幽州的駙馬？」

「妳覺得如何呢？」豐息笑吟吟地問道，目光同樣盯著她。

「啊呵……好睏哦。」風夕忽然打個長長的哈欠，雙臂一伸，便趴在桌上睡去。

霎時亭中一片安靜，豐息靜靜地看著似已睡去的風夕，良久後，他俯首在她耳邊輕輕地低語：「娶幽州公主，妳覺得如何呢？」

亭中靜靜的，沒有回答。

「女兒拜見父王。」金繩宮的南書房裡，華純然盈盈下拜。

「純然快起來。」幽王起身親自扶起愛女。

今年五十出頭的幽王保養得當，看上去也就四十四、五的樣子，中等身材，不胖不瘦，繼位為王已有十一年，眉宇間已凝就了王者的威嚴。

「不知父王傳女兒前來有何事？」華純然起身問道。

「沒什麼事，只是好幾日沒見純然了，想看看我的寶貝女兒。」幽王滿面慈藹看著最疼愛的女兒，「正好近日山尤國使臣到來，進獻了一批上等絲綢霞煙羅，待會兒妳去挑幾匹喜歡的做衣裳。」

「多謝父王。」華純然挽著幽王的手臂，一派天真女兒嬌態，「女兒也想天天都能侍奉父王，只可惜父王忙於國事，平日裡難得有空見我們幾個兒女。」

「這還不都是妳那幾個兄長太過無能，不能替父王分憂，事事都得我親自處理。」幽王愛憐地看著女兒。他有十七個兒女，但最疼愛、最喜歡的便是這位六公主，「若純然生為男兒便好了。」

華純然聞言輕笑，道：「父王，並非兄長無能，只是比起父王來，自是望塵莫及，因此父王才會覺得兄長們不堪重用。但虎父無犬子，假以時日，兄長們必也會學得父王才幹，成為像父王一樣英明的男兒。」

「哈哈哈哈，還是我的純然會說話。」幾句話哄得幽王歡笑。

「父王。」華純然扶著父親在椅上坐下，然後一雙柔荑不輕不重地為幽王捶著肩背，捶得幽王通體舒泰，「朝中有些瑣事交給大臣們去辦就好了，何必事事親為呢，不然您累著了，女兒可要心疼的。」

「好好好！」幽王心頭大悅，抬手輕拍愛女，「父王再忙，也要抽出時間陪陪我的女兒的。」

「父王，您喝茶。」華純然將桌上的茶捧過奉與幽王，輕聲細語道，「父王，純然平日裡聽幾位兄長提過，說國中錢起大人、王慶大人、向亞大人幾人都是忠臣又有才具。女兒有時就想啊，既然這幾位大人這麼能幹，父王當委以重任，這樣既可顯示父王賢達重才的英明，又可多些時間陪陪宮中的幾位夫人。」說到此，她忽地輕輕嘆息一聲。

幽王聽到此處一愣，轉頭便見女兒柳眉微蹙，眉籠憂愁，頓時心尖上便似被人揪了一下，滿懷關切地問道：「純然，怎麼啦？」

「沒什麼。」華純然強自一笑，「只是女兒自幼沒了娘，所以視宮中的幾位夫人如同母親一般，時常去給幾位夫人請安，只是夫人們都很想念父王，女兒去了反倒……」她說到此處話尾一收，只是脈脈垂首，不勝憐人。

果然，幽王一聽此話便連忙追問：「純然，妳可是受了什麼委屈？」

「女兒哪有受什麼委屈。」華純然轉過臉，「父王這般疼愛女兒，兄弟姐妹們也極盡友愛，這宮中不曾有人對純然擺臉色，說冷語的。」

「擺臉色？說冷語？」幽王臉色一整，眉頭一豎，「誰人如此大膽？敢欺我的純然！」

「父王誤會了，沒有人如此。」華純然慌忙道，臉卻依舊轉在另一邊，聲音輕輕的，似有無限委屈。

幽王扳過女兒的臉，果見玉似的臉頰上一行淚痕，頓時心疼不已，「純然，父王心裡明白，妳也不用替她們遮掩，定是我多疼妳一些，便有人眼紅心妒了！」

「父王。」華純然投入幽王懷中，嚶嚶輕泣，「沒人欺負女兒的，父王國事繁重，女兒不想父王再操心。女兒只是沒了娘，心裡沒個依靠，時常感到孤單罷了。」

「乖，我的乖女兒不哭。」幽王頓化身慈父，這會兒為了哄得愛女歡顏，只恨不得將天下珍寶全捧來才好，「妳還有父王啊，父王就是妳的依靠，定不會讓任何人欺負妳的。」

「嗯，女兒明白。」華純然在幽王懷中點點頭，然後放開了幽王，一張玉顏梨花帶雨，我見猶憐，更何況疼她入骨的幽王。

「乖女兒，別哭了。」幽王擁著女兒一起坐下，一邊拾過絲帕給女兒擦淚，「這麼多的兒女中，父王最疼的就是純然了，只要看著純然，心裡頭所有的煩事都飛走了。可妳這一哭啊，父王的心就像被針刺了似的，疼得要命。」

聞言，華純然破涕為笑，撒著嬌道：「父王，你這是在笑話女兒，本來女兒是有好事要說與父王聽的，這會兒女兒不要說了。」

「好吧、好吧，父王不說了，還是我的純然說話吧。」幽王愛憐地撫撫女兒的頭，「純然想要說什麼好事？」

華純然端正了神色，道：「父王，不知您有沒有聽說過白風黑息？」

「白風黑息？」幽王目光一閃，看著愛女，「父王聽說過，這兩人乃武林中的絕頂高手，只是純然何故提起？」

華純然盈盈笑道：「女兒正是想稟告父王，這白風黑息正在女兒的宮中做客！」

幽王聞言，頓雙眉一皺，其實他已經知曉此事，本來也是想要與她說這事，卻沒想到女兒如此坦白地告訴他，他看著愛女，道：「純然，妳公主之尊，豈能接觸這些江湖中人。況且這黑豐息乃男子，留在妳宮中，若傳揚出去，豈不壞妳聲譽！」

「父王。」華純然不依地搖搖幽王肩膀，「那白風黑息一男一女可是同在女兒宮中，女兒是敬他們卓絕的本領，所以招待他們做客，宮中上百的宮女、內侍看著，女兒坦坦蕩蕩的，不怕小人誣衊。況且父王曾說，江湖草莽中也出奇人俊士，通過這些天的接觸，女兒覺得這白風黑息真乃罕世奇才，父王若得他們相助，定能大展宏圖，我幽州將來定不會再屈居於冀州、雍州之下！」

「哦？」幽王眼帶奇異，「如此說來，純然是想引介這二人為父王所用？」

「嗯。」華純然點頭，一邊重斟了茶水捧給幽王，「父王，光憑這兩人不驚動宮中守衛便自如出入王宮的這等本領，女兒便覺得父王可用之，更何況這兩人之才具還遠不止如此，所以女兒才百般結交於他們，就是想將他們留在幽州，以襄助父王，或許……」說到此她聲音輕輕的，神色卻無比的端重，「父王，或許這兩人能助您得天下！」

幽王手中茶杯一響，抬眸看著華純然，目中精芒閃現，過得片刻，他放下茶杯，略帶嘆息地道：「純然，妳自幼聰慧，父王的心思也只妳能懂幾分，倒是妳那幾位兄長……唉！」

「兄長們還年輕，暫不能替父王分憂也是情有可原。」華純然淡笑道，「父王，您可要接見這兩人？」

「嗯……」幽王沉吟一會兒，搖頭道，「孤暫不接見，他們這些江湖人心性難測，且再看看。倒是那兩人在妳宮中已住有五日，妳貴為公主，豈能與這些草莽同住，還是讓他們搬去宮外的別館吧。」

「嗯？」華純然聞言微微一愣，然後輕輕嘆一口氣，很有些難過地道，「原來父王早就知道這兩人在女兒宮中，是父王派人監視女兒嗎？父王不信任女兒嗎？」

幽王自知失言，忙安撫愛女，「純然，父王絕無派人監視妳，只是淑夫人擔心妳，所以才告之父王的。」

「原來……」華純然話未說完便紅了眼圈，一串淚珠落下，又似不想父親看著，她忙別轉過頭去。

「純然，乖女兒，別哭。」幽王一見愛女難過落淚，忙摟住女兒輕輕撫拍，「純然，妳別哭啊，父王怎會不相信妳，父王最疼的就是妳，父王是關心妳啊。」

華純然轉過身背向幽王，肩膀微抖，輕輕啜泣，絲帕拭著眼角，「父王，女兒沒難過，您別擔心。」

「純然。」幽王一把將愛女扳過身來，卻見她已是滿臉淚痕，不由得懊悔不已，「純然，別哭啊，妳再哭，父王的心都要被妳哭碎啦！」

「父王！」華純然撲在幽王懷中，嚶嚶啼哭，一邊還輕輕泣訴，「女兒自幼失母，唯有依靠著父王疼愛，可這十多年在宮中，雖說周圍都是親人，可一個個視女兒為眼中釘，都要除而後快才好。父王，女兒活得很辛苦，也不知道哪一天就要不明不白地丟了性命。父王，乾脆您還是把女兒逐出王宮吧，女兒在民間或還能過幾天安生日子。」

「別哭、別哭，我的乖女兒，快別哭了！」幽王一顆心給華純然的眼淚淋得軟軟的、酸酸的，又是摟又是抱，又是撫又是拍，百般勸慰，只願懷中的寶貝女兒別再流那碎人心的眼淚了，「純然，別哭啦，以後不管是誰，只要是說純然的不是，孤一定二話不說就把他斬了！」

華純然從幽王懷中抬起頭，依舊是淚如雨下，若冷風裡瑟瑟的梨花兒，令人見之生憐，「父王當年將淑夫人喜歡的落華宮賜給了女兒，淑夫人不喜歡女兒，中傷女兒，這些女兒都能理解，都不在乎，只是……只是父王竟然相信她們，而不信女兒……這才真正叫女兒傷心！女兒只是一心想幫助父王，可……」說著說著又搗著絲帕嚶嚶哭泣。

「純然、純然……」幽王此時已是手足無措，不知如何才能哄得了懷中的寶貝女兒，只急得五內俱焚似的，「純然，父王以後決不再聽她們的胡言亂語，父王只聽純然一人的！」

「真的？」華純然微抬頭，眼睛紅紅的，鼻尖也紅紅的，臉上猶有淚珠滑過，帶著一種微微希冀的表情看著幽王，便似一支垂淚海棠，美豔中猶帶三分羸弱、五分嬌柔、兩分憂鬱，讓幽王又是憐愛又是心疼。

「當然、當然！」幽王連連保證，拾起絲帕為她拭淚，卻發現一條絲帕已浸濕了，此時也顧不得許多，抬起衣袖拭去愛女臉上殘留的淚珠，深深嘆一口氣，「唉，所有的女人中，父王唯怕妳的眼淚。」

「那是因為父王真心疼愛女兒嘛。」華純然嬌嬌地倚入父親的懷中。

「對。」幽王抱住女兒，「妳兄弟姐妹十七人，父王最疼的就是妳。」

「女兒也決不負父王一番疼愛，定會好好孝順父王的。」華純然抬首道，臉上一片赤誠之情，惹得幽王又是感動又是滿足。

「父王知道。」幽王點頭，見已安撫妥了女兒，忙提起正事，「純然，父王召妳前來還有一事要與妳商量。」

「是為女兒選駙馬的事嗎？」華純然問道，說完了便將頭埋於幽王懷中。

「哈哈，我的純然還害羞呢！」幽王見狀大笑，抬起女兒的頭，細看容顏，越看越滿意，越滿意就越驕傲，「我的純然有傾國之美，我幽州不知多少男兒欲求娶為妻，只是父王捨不得，所以一直不肯將妳婚配，但純然如今都十九歲了，父王再不能留妳了，否則就要耽誤了妳的青春。」

「女兒不嫁，女兒要終生侍奉父王！」華純然螓首伏在幽王肩上無限嬌羞地說出每個待嫁女兒都會拿來哄著父母的蜜語甜言。

幽王聞言果然是喜笑顏開，如飲蜜汁，「哈哈，女孩兒終需嫁人生子的，父王雖不捨，卻也不得不捨。」說到這頓了頓，拉著女兒坐好，「純然，父王要為妳選親的消息一經詔告，愛慕純然的男兒頓紛至遝來，有王侯子弟，有江湖豪傑，可謂是囊括了天下俊才。三日後即是妳選親之日，純然，告訴父王，妳想選什麼樣的駙馬？」

華純然聞言，掩唇而笑，道：「不是純然想選什麼樣的駙馬，而是父王想要什麼樣的女婿。」

「哈哈哈哈！」幽王大笑，「果然還是我的純然最聰明！」

「那麼，父王您想要個什麼樣的女婿？」華純然看著幽王，笑得慧黠。

幽王卻斂笑正容，道：「父王雖想要個好女婿，但同樣也一定要是妳的好駙馬。」對於這最疼愛的女兒，他決不虧待。

「女兒知道。」華純然也斂笑正容道。

「這世上配得上純然的人真不多。」幽王愛憐地看著女兒絕色的容顏道，「身分地位、才學容貌能與純然匹配的，父王看中兩人，一位是雍州蘭息公子，一位是冀州皇朝公子。」他說著起身走至窗前，負手看著窗外的碧空，「這兩人不但皆是他日要繼承王位的世子，還分別創有墨羽騎與爭天騎，俱為天下少有的英才，父王若得其一相助，何愁天下不到手！」

「父王是說，這兩位公子已至王都，也為求親而來？」華純然猜度著，想到這樣的兩位人物也來向自己求親，心中不由也有幾分暗喜與自得。

「純然不但是我幽州的公主，更是天下第一的美人，但凡男兒便想求為妻室，他二人當然也不例外。」幽王驕傲地道，「皇朝公子現已在王都，父王今晨已接見於他，果是才貌雙全的英偉男兒。至於蘭息公子，也曾有書信致達父王，信中亦有求親之意，只是人至今未到，倒有些奇怪了。」

「如此說來，父王中意冀州世子？」華純然聞言眸光微閃，柔聲問道。

「父王自然是中意的，但不知純然以為如何？」幽王看著垂首斂目似有羞意的女兒。

「父王中意皇世子，其人如何倒是先放一邊，最讓父王中意的，應該是冀州的爭天騎吧？」華純然默然良久，抬首看向幽王，已是一片沉靜從容，「只是純然曾耳聞皇世子性情剛傲，也有一爭天下之志，冀州國力更在幽州之上，若招之為駙馬，女兒只怕到時反是連累父王。」

幽王聞言心頭一凜，轉頭看著女兒。

華純然淺淺一笑，道：「當然，女兒這不過是片面猜測而已，或許他能為父王的雄才大略所折服，而效忠於父王也說不定，只是……」說至此忽然頓住不語。

「純然說下去。」幽王目光深思地看著她。

「父王可曾想過，若女兒的駙馬並不是蘭息公子、皇朝公子此等王族身分之人，而是一位才具卓絕的平民百姓，那麼他既可輔助父王，又不會心生貪念而圖謀幽州……」華純然話至此便收了聲，只低垂螓首，目光落在裙下的鞋尖上。

「純然，妳是不是中意妳宮中那個黑豐息？」幽王目中精光一閃，他並不糊塗，「妳難道想招他為駙馬？」

華純然心思被捅破，不由臉一紅，手指絞著掌中的絲帕，沉默半晌才道：「父王以為如何？」

「不行！」幽王卻斷然拒絕，「這黑豐息乃卑賤的江湖人，豈配孤的女兒！」

華純然聞言猛一抬頭，目中厲光一現，但稍縱即逝，緩緩舒一口氣，才放柔了聲音道：「可父王詔書上不是說了，不論貧富貴賤，只要是女兒金筆親點即為駙馬嗎？」

「話是那樣說，但妳難道真要以堂堂公主之尊匹配一介草民？」幽王沉聲道，濃眉一斂，隱有怒容。

華純然見此，忽而輕輕一笑，起身走至幽王身邊，輕挽其臂，將頭依靠其肩，「父王，您怎麼啦？女兒並未說要招豐公子為駙馬，只是想說萬一女兒選了個平民，父王會如何，既然父王不喜歡，那不招就是。」

「純然。」幽王牽著女兒在椅上坐下，「孤雖說不論貧富貴賤，但那只是收攏人心的手段，孤的女兒論才論貌都應是一國之母才是！」

「這麼說女兒只能在蘭息公子與皇朝公子之中選一人？」華純然垂首低聲問道。

「嗯，這兩人確為最佳人選。」幽王點頭，「只是純然剛才所言也確有幾分道理，此兩人或可襄助父王，但也可能威脅父王！」

「那麼父王更應該見見白風黑息。」華純然抬首道，「女兒不會招豐公子為駙馬，但其人其才確可成為父王的得力臂膀。」

「哦？」幽王見女兒竟如此推崇那兩人，不由也有幾分好奇心，沉吟片刻，「既然如此，那父王明日便接見這兩人吧。」

「父王見了定不會後悔的。」華純然欣然道。

她相信只要父王見到了豐息，定然會有所改觀，所以只要見了，自有機會！

幽州王都，東臺館。

這東臺館乃幽州招待國賓的地方，所以此館築建得十分華貴大氣。此時，東臺館的憐光閣裡，住著冀州世子一行。

推開憐光閣二樓的窗，舉目望去，亭臺點綴，鮮花繞徑，水榭迴廊蜿蜒曲折，微風拂過，猶帶花香。春天總是這般鮮豔而富有朝氣，尤其是這個以富庶聞名於世的幽州春天，明豔中猶帶一絲富麗。

「看什麼呢？」皇朝問站在窗邊已近半個時辰的玉無緣。玉無緣依舊望著窗外。

「有些天沒見雪空了，聽說你派他去了恪城？」

「嗯。」躺在軟榻之上的皇朝閉目答道。此時的他午睡才醒，頭髮披散於榻，一襲淺紫薄寬袍罩在身上，神情靜然，淡去了眉宇間的霸氣，別具一番疏狂魅力。

「恪城……他過來必要經過恪城吧？」玉無緣微微嘆一口氣道。

「好像是的。」皇朝依舊淡淡地答著。

「你只派雪空一人？好歹他也是與你我齊名之人，如此輕敵，只怕要吃虧的。」玉無緣抬手拂開被風吹起，遮住眼眸的髮絲。

「放心，我還派了九霜助他。」皇朝終於睜開眼。

「其他人呢？」玉無緣目光看向遠方。

「我的對手不過他一人，其餘不足為慮。」皇朝坐起身。

「我聽說白風黑息曾現身幽州。」玉無緣終於回轉身，目光落在他身上。

「那又如何？」皇朝勾起一絲淺笑，手指掠過眉心，「難道他們還要與我相爭？白風夕乃女子，而黑豐息……以幽王的心性，決不會選他。」

「昔日江湖神算月輕煙曾評點我們四人，分別是『玉和』、『蘭隱』、『皇傲』、『息雅』這八個字。」玉無緣走過去坐在他旁邊的椅上，目光卻又縹緲地越過皇朝，落向遙遠的前方，「這和、隱、傲多少說了我們一點性格，唯有這個『雅』字最為難測。」

「雅？看起來似乎是最簡單的。」皇朝撫著下巴，目中透著深思。

「說他人雅、言雅、行雅？」玉無緣淡淡一笑，「若只是一個簡單無害的『雅』，又豈能令得天下側目。」

「如此說來，這豐息我也須得防著了。」皇朝起身，稍稍整理一下凌亂的衣袍，「你曾與他在落日樓見過一面，可曾看出他是個怎樣的人？」

「一個『雅』字當之無愧。」玉無緣回想起落日樓頭那個總帶著淺笑，雍雅若王侯的墨衣公子。

「哦？」皇朝聞言站起身來，「能得你如此評價的定然不簡單。說心裡話，我其實挺希望能與蘭息公子、黑豐息他們一會的，只是……」

「只是為著你的霸業，他們最好是永不出世，是嗎？」玉無緣淡淡地接道。

「哈哈，」皇朝朗然一笑，眉宇間自然而然地溢出狂傲霸氣，「他們出世也好，不出世也好，通往蒼茫山的那條大道，我決不許任何人擋住！」

玉無緣靜靜地看著皇朝。當初會留在他身邊，並答應幫助他，便是為他這一身氣勢所吸引吧？這種可撐天踏地的王者氣勢，至今未曾見過第二個。

「白風黑息……我倒是很期待見到那個能令雪空有如此大的變化，又讓你也讚其風華絕世的白風夕。」玉無緣垂眸看著自己的手掌，細描其上紋路，語音平淡無波，「能與那個黑豐息齊名十年的人，定也不是平常女子。」

「白風夕呀……」皇朝嘴角微微勾起，一絲淺淺的，卻很真實的笑意從眼中溢出，「我也很期待見到洗淨汙塵的白風夕，看看素衣雪月到底是何等的風姿絕世。」

「公主。」

華純然一踏出金繩宮，凌兒忙趨上前。

「燒了。」華純然將手中那塊被淚水浸濕的絲帕遞給她。

「是。」凌兒平靜接過，顯然已是司空見慣了。

「是燒了，不是讓妳又一個『不小心』給丟了。」華純然睨一眼凌兒。

「是。」凌兒惶然低首。

兩人步出金繩宮前的丹階，往左是御花園，往右則是通往現今最得幽王寵愛的淑夫人之凌波宮，華純然目光看向凌波宮方向良久，唇邊浮現一絲淡薄笑容，淡得有若天際那一縷浮煙。

「公主要往凌波宮嗎？」凌兒見她看著凌波宮問道。

「不。」華純然抬步往左走，穿過御花園可以回到落華宮，「我只是想凌波宮是否應該換一位主人。」後一句極輕，輕得凌兒以為自己聽錯了。

「公主，妳說……」凌兒一驚，後半句卻被華純然回頭一眼給掃回去了。

「算了，暫時不想理會。」華純然摘下一朵伸出花壇的芍藥，手指一轉，花兒便在她手中化為一個旋渦，「這花開得極好，卻不知道過了界便會被園丁修剪掉。」

凌兒聞言低垂著腦袋，不敢看那朵花。

「凌兒，妳要記住，這人有人的規則，鳥獸有鳥獸的規則，花也有花的規則，萬事萬物皆不能越規而行，知道嗎？」華純然手一揚，將那朵芍藥拋得遠遠的。

「是，奴婢記住了。」凌兒垂首應道。

「回去吧。」華純然抬步離去。

凌兒慌忙跟上。

等她們步出了御花園，地上那朵被拋棄的芍藥，被一雙手撿了起來，珍愛地輕輕撫觸。

第十四章　採蓮初會覓風流

「搓揉捏拿任我而為，好一個華美人。」金繩宮屋頂之上，風夕幽幽嘆道，目送著那個窈窕的身影走遠。

「將屬於女人的本領運用自如，實是個聰明女子。」豐息同樣讚嘆，只是他的目光卻落向那個撿起芍藥的人。

但見那人撿起芍藥，輕輕拂去灰塵，湊至鼻尖嗅著花香，眼睛微閉，似陶醉熏然，半晌後才小心翼翼地收進懷中，然後四顧環視，確定無人瞧見後，移步往金繩宮而來。

「看來這小子癡戀華美人哦，只可惜華美人對你這黑狐狸情有獨鍾。」風夕自也看到那人舉動，涼涼笑道。

豐息仔細地看著那人，年約二十五、六，身量頗高，著一身武將鎧甲，倒算得上是相貌堂堂的英武男兒。

那人往金繩宮步來，一路走至南書房都暢行無阻，看來是極得幽王信任之人。

「臣葉晏參見主上！」南書房內，那武將拜倒於地。

幽王一言不發地看著腳下的臣子，臉上神色莫測高深。那武將葉晏也就一直垂首跪著，不敢出聲。

「葉晏，你看看這個！」半晌後幽王扔給葉晏一樣東西，語氣平靜中夾著濃濃的火氣。

葉晏撿起地上的東西，那是一個密折，他展開一看，頓時臉色大變，忙叩首於地，「臣知罪，請主上降罪。」

「哼！」幽王拂袖起身，看著地上的葉晏，「孤寄厚望於你，誰知你卻屢負孤！」

「是臣無能，請主上責罰。」葉晏誠惶誠恐。

「處罰就了事嗎？」幽王一拍書案，高聲怒道，「孤的曲城就這樣丟了最富有的祈、尚兩家！傾國的財富就這樣不翼而飛了！而落到了誰手裡竟是無人知曉！孤就養著你們這樣一幫窩囊廢嗎？」

「臣……」

「你還有什麼說的？啊？」幽王鬚髮皆張，目射怒焰，繞著地上的葉晏疾行數步，「孤只當你真是可造之才，卻不曾想到你竟是蠢得比豬還不如！」

那份密折上奏的正是韓家及曲城之事。

幾月前，幽王騎馬時不甚摔了下來，一頭磕在地上，額頭上磕去好大一塊皮，血流滿面頗為嚇人，當時太醫院獻了一瓶紫府散，說是外傷靈藥，敷在傷口處幾天後便癒合了，而且都沒留下疤痕。幽王想如此靈藥若用在軍中，便可救回許多的受傷將士，於是便叫太醫多配些這樣的藥，太醫卻道這藥乃是北州阮城韓家的獨門靈藥，太醫院重金購來此藥本也是想研究出藥方的，無奈數年工夫也無一收穫。

當時葉晏正隨侍在旁，一聽此話便主動請命。

他先是前往韓家，提出重金購買藥方，被韓家家主韓玄齡毫不留情地拒絕了。回來一想，這江湖人的事還是讓江湖人來辦的好，但他卻也不太好直接出面與江湖人打交道，於是便找到了曲城的祈、尚兩家。祈、尚兩家雖是巨富之家，可惜一直不曾攀附住朝中權貴，不曾有機會覲見幽州之王，說到底也只是低下的商賈之家。因此，當葉晏與他們接觸後，兩家頓覺得機會來了，眼前這位葉大人不但深受幽王寵信，而且還有可能會成為幽王愛女純然公主的駙馬，這簡直就是天降貴人呀，哪有不接住的理。

祈夷與尚也先是派人攜了許多珍寶前往韓家，自然也是遭了拒絕，隨後又找了些江湖朋友前往充當說客，依舊無功而返，這樣一來拖了兩個月都沒個結果，葉晏在幽王面前抬不起頭，那火一轉身便撒在了祈、尚兩家，對於給臉不要臉的韓家更是憎惡不已，直斥祈夷、尚也兩人，「韓家如此不識抬舉，滅了又如何！」

他一發話，祈、尚豈敢不從，於是便重金收買了斷魂門來辦此事，結果可想而知。

幽王得悉此事，真是氣得一佛升天、二佛出世。這失了祈尚兩家巨財且不說，這蠢材葉晏竟為了藥方而與江湖上聲名狼藉的斷魂門相勾結，滅了韓家數百人，這等卑劣行徑，若傳揚出去，幽州必將遭天下人唾棄，幽王又如何能再擺英主賢王的面孔！

「臣知罪，臣該死，可此事皆是祈、尚兩家的主意……」

「你這會兒還想找藉口！」葉晏的話沒說完，幽王便一腳踹去，一把將葉晏踢翻於地，猶是不解恨，又再加一腳，踢在葉晏臉上，「孤此刻不管祈、尚兩家如何，你現在馬上去給孤將此事收拾乾淨，但凡再出丁點差錯，孤不但斬你的頭，還要誅你九族！」

「是，臣馬上去辦。」葉晏趕忙叩首應道。

「還不快滾！」幽王看著他，真是恨不得殺了解恨，但此時卻殺不得，至少也得等此事了結了才行。

「是。」葉晏答應著，只是卻還似有些猶豫，「只是……只是三日後……」

砰！幽王一掌拍在書案上，指著葉晏，雙目氣得赤紅，「你難道還癡心妄想著要娶公主？你掂量一下你配嗎？孤現不殺你已是格外開恩，再不滾莫怪孤無情！」

「是……臣告退。」葉晏腦袋一縮，便起身退去。

「慢著！」幽王猛然又是一聲大喝。

「主上還有何吩咐？」葉晏忙回轉身。

「斷魂門務必清理乾淨！」幽王語氣陰冷，「此事若傳揚出去，孤何以君臨天下！」

「是！」

待葉晏離去，幽王一揮袍袖，摔落一只茶杯，「哼，真真是蠢材一隻！」

而屋頂上，風夕搖頭感嘆，「死到臨頭猶戀花，這葉晏還真有意思。」她轉頭看著豐息，「這就是你要我來看的好戲？」

「這樣，韓家的事也就算是清楚了。」豐息的目光卻還停留在幽王的身上，神情高深莫測中卻帶著絲絲淺笑。

風夕仰身躺在瓦上，目光看向天空，絲絲豔陽射入她眼，卻無法穿透眸中那層陰霾，「韓家數百性命，不過是因為一名蠢材的貪念而起，這就是權力握於愚人之手的惡果。」

「妳要告訴韓樸嗎？」豐息最後看一眼房中的幽王，將瓦蓋上。

「不，他不需要知道。」風夕似有些不能承受豔陽的刺目，抬手蓋住雙眸，「該償還的總會叫他們償還的。」

豐息默默看著她，片刻他將目光放向遠方。

金碧輝煌的幽王宮就在腳下，只是腳下還會有些什麼？是這些紅樓綠水還是赤血白骨？

落華宮，曲玉軒。

華純然鋪開一張玉帛紙，拾筆蘸墨，然後於紙上細細描繪，每一筆皆是小心翼翼，生怕有絲毫錯端，神情認真無比，眉眼間卻又透著絲絲甜意。

門口，風夕無聲無息地到來，目光從桌上移到她臉上，再從她臉上移到桌上，微微一笑，只是笑中卻帶著一絲嘆息。

「華美人，妳在畫什麼呢？」

驀然響起的淺問聲讓專心作畫的華純然猛然一驚，手一顫，手中之筆墜下，直往畫上落去，眼看剛畫好的畫即要被毀，華純然不由一聲驚呼，「哎呀！」

千鈞一髮間，一隻手忽然伸出，接住即將落在畫上的筆。

看著完好的畫，華純然鬆了口氣，然後轉身嗔道：「妳要嚇死我呀？老是走路沒聲音，還專愛突然出聲嚇人！」

而風夕目光卻被桌上的畫吸引，手一伸，拈起畫細看，一看之下不由大聲嚷道：「這隻黑狐狸哪有妳畫的這麼好？妳這畫的，簡直就是金光閃閃的天人呀！他哪有這麼純良正義的面孔？」

「我畫得不像？」華純然見她如此驚怪，不由問道。

「當然不像！」風夕一手轉著筆，一手抖著畫，連連搖頭。

「這……」華純然自己看看，覺得挺像的。

「我告訴妳，這黑狐狸應該是這樣畫的。」風夕走至桌邊，重新鋪下白紙，然後筆尖點墨，揮筆而下。

「這臉嘛，有點長，像只大鵝蛋；這眉嘛，這樣長長的，但到這裡時要稍微地往上挑一下；這眼嘛，唉，一個男人竟然長了雙天生勾人的丹鳳眼，所以這黑狐狸斜著眼看人時，特別是看向女人時就等於在問：『美人，要跟我走嗎？』非常非常的無恥啊。」風夕一邊畫著一邊極盡鄙夷地點評，「再來是這鼻子，唉，這傢伙唯一生得好的就是這管鼻子了，就是這鼻子讓他看起來蠻正義的，其實這傢伙的腸子是轉了很多彎的；最後就是這傢伙的嘴唇了，嗯，薄薄的，唇薄者無情，就是專門說這傢伙的，華美人妳要記住啊。哦、對了，還有他額頭上月飾，好了，差不多就這樣了。這傢伙雖然生了一張不錯的皮相，不過妳千萬不要以為他是好人。」

她一邊說一邊畫，片刻間，豐息的形象便躍然紙上，畫完了，她放下筆，拍拍手，將畫像遞給華純然。

華純然接過畫像，仔細看去。

這個豐息與她畫的豐息看似是一人，但卻又不儘然。

第一眼看去，畫中之人雍雅非凡；可看第二眼，卻發現那雙微挑的鳳目裡藏著一抹惑人的邪魅，似乎可以令人不知不覺間沉淪，卻還沉淪得心甘情願；再看第三眼，那嘴角噙著的那抹淺笑，分明帶著狡黠，似算計了天下而天下卻猶不知的驕傲與自得。這個豐息呀，真的與她所畫的那個俊雅若王侯的豐息不同，但這個豐息卻更為生動傳神，更加令人移不開目光。

「風姑娘所畫確實更有神韻。」華純然由衷嘆服，目光由畫移向風夕，帶著點點刺探，「能如此深刻地畫出豐公子，可見姑娘與他實是相知甚深。」

「嘻嘻，認識他十年，別的好處沒有，唯一的好處是將他看清了，然後呢，天下間也就沒人能騙得到我了。」風夕搖頭晃腦嘻嘻一笑，似是頗為自得。

「據江湖間傳聞，白風黑息乃天生一對，風姑娘與豐公子既相識有十年之久，那自是情誼深厚，對豐公子自也瞭解甚深。」華純然垂目淺笑道，手指卻微微捏緊了畫像。

「嘶！」風夕聞言驀然打了個冷戰，然後摟緊了雙臂，驚恐萬分地看著華純然，「華美人，妳可千萬千萬不要再說這種話了！」

華純然眨了眨美目。

風夕伸手握住她的手，鄭重無比地道：「華美人，如果妳想把我和某人配成一對，妳可以考慮考慮別的人，嗯……比如說那個天下第一的玉公子，甚至那個傲得不可一世的皇朝世子都行，但就是不要把我和那隻黑狐狸連在一起，拜託了！」

華純然頓時抿嘴微笑，眸中明燦一片，「風姑娘何必如此緊張，我也只是聽說了一些傳聞罷了。」

「唉，那些江湖人也真是！」風夕使勁地搓著手臂，滿臉的不敢苟同，「要給我白風夕配個男人，就不能想想其他人嗎？傳來傳去就是和這隻黑狐狸攪在一塊，真是倒了八輩子楣！」

華純然看著她那模樣不由輕笑，「豐公子儀表非凡，又滿腹才華，多少人想得如此佳婿，為何風姑娘卻不以為然，而且還總是戲稱其狐狸？」

風夕偏頭一笑，看著華純然，「想得佳婿的是公主吧？」說到此，她跳到桌上坐下，抬手托著下巴，目光上下打量著華純然，「其實說來，公主與那黑狐狸倒是天生一對。」

「說妳呢，幹嘛扯到我身上來。」華純然頓轉過身去，似有些羞惱，只是眼角那一絲笑意卻是怎麼也掩不住。

「華美人，妳害羞呢？」風夕跳下桌，一個滴溜便轉到華純然跟前，手一伸，華純然便只覺握在手中的畫像似被什麼力量吸住，瞬間便到了風夕手中。

「華美人，妳幹嘛害羞呢？」風夕兩手一揉畫像，然後再一揮，霎時，紙屑如白雪從天而降，撒落華純然一頭一身。

「說什麼呢，誰害羞了。」華純然側眸看她，那情態仿若是雪裡綻著的一株牡丹，芳姿豔極中猶帶一絲不勝雪意的柔弱與嬌怯，令風夕看了由衷讚嘆，這位純然公主其美豔更勝鳳棲梧三分，只是鳳棲梧卻勝在一份孤高清華。

「說的就是妳呢。」風夕彎著腰，低著頭，側著臉，以一種自下而上的姿態看著微垂螓首的華純然，「華美人，妳是不是中意那黑狐狸呀？要不要我幫妳？」她說著眨了眨眼睛，「那隻黑狐狸可是拜託我了哦。」

「看看妳弄了我這一身。」華純然以袖輕拂身上的紙屑，似乎並沒有聽到風夕最後所說的話。

「來，我幫妳弄。」風夕上前替她掃去頭上的紙屑。

華純然等了半晌，沒有後續，只好裝作無意地問道：「他拜託妳什麼？」

風夕卻似沒聽到，幫她掃著紙屑的手順便在她臉上摸了兩把，笑咪咪地說道：「下次我採牡丹花，到時滿天花雨撒下，妳就是花中的仙子，必定是美絕人寰呀！」

華純然想矜持著不問，可實在壓不住心頭的念想，最後只能微惱地瞟一眼風夕，輕聲問道：「豐公子武功高強，還會有何事需要拜託他人幫忙？」

「哦。」風夕不以為然地挑了挑眉頭，「黑狐狸雖武功了得，但有些事也不是武功高就可以解決的嘛。比如說……」她瞅著華純然眨了眨眼睛，「比如說這姻緣啊，可不就得靠月老紅娘來牽線嘛。」

「哦？」華純然垂眸，「豐公子有心上人嗎？不知是哪家姑娘？」

「那可是一等一的大美人呢！」風夕笑吟吟地看著華純然，依舊賣著關子。

華純然似有些害羞，低垂著頭，目光絞著腳尖，等著風夕再往下說去，可等了半天，風夕卻只管瞅著她笑，滿臉的趣意與戲謔。

終於華純然抬起頭，臉上的羞怯已一掃而光，代之而起的是一臉坦然的淺笑，「風姑娘，妳願意幫我嗎？」

「華美人，妳要我幫妳什麼呢？」風夕依舊笑吟吟地看著她。

「我中意豐公子，我想招他為駙馬。」華純然一字一字、清清楚楚地吐出，臉上未有一絲羞意與猶疑。

「呃？」風夕聞言微怔，然後放聲大笑，一邊還大力拍掌，「哈哈哈哈……華美人，妳果然沒讓我失望，果然不同於一般深宮女子。」

「風姑娘願意幫我嗎？」華純然儀態動人地在椅上坐下。

「妳能不能先回答我一個問題？」風夕卻一把跳上桌，坐在上面。

「請說。」華純然優雅地點了點頭。

「此次向妳求親之人可謂網盡整個大東朝的俊傑，其中不乏如冀州世子、雍州世子這種無論家世、才貌皆舉世難求的人物，可妳為何偏偏要選一個身分卑微的江湖人？」風夕側首笑看華純然。

華純然手托香腮，怡然淡笑，「因為……我希望往後的歲月之中，我的笑能多一些真心與……開心！」

「嗯？」風夕倒料不到她會如此作答。

「我一生的追求，便是享有一個女人所能享有的至高地位與無盡榮華。」華純然坦然道，螓首微抬，目光落向牆上高掛的華貴水晶宮燈，屋外的陽光射進，宮燈發出燦目的光芒，「憑我自己，無論我嫁與誰，無論我是在幽州、冀州或雍州，我都會富貴一生。」她的目光從宮燈調向風夕，臉上因著自信而帶有一種高貴無倫的風華，「妳信嗎？」

「信。」風夕頷首，臉上笑容不改，看著華純然的眸中只有一片讚賞。

「可是至高之處未免總有些孤寂。」華純然面上透著淡淡憂愁。

「嗯。」風夕再次頷首。

「這幾日，與豐公子相處……我非常非常開心。」華純然的聲音忽然變得明亮，眉宇間有一抹飛揚的喜色，「我知道，我以後再也找不到一個像他這樣的人，因此我想讓他為我留下。」

聽了這話，風夕身子一縱，便落在華純然面前，右手一伸，托起華純然的臉，細細審看，臉上的微笑一直未斂，而華純然也就任她看著。

「有一張絕美的臉，還有聰慧的頭腦以及深沉的城府，某些方面倒還真有些相似。」風夕喃喃低語，看著手中的這張絕世容顏，「精明而擅謀算，虛偽狡猾又貪戀權力榮華……卻有一顆七竅玲瓏心。」

「第一次有人當著面這樣，毫不留情地說我。」華純然一笑，抬手攀住風夕的手，微微握緊，「但我確實是這樣一個女人。」

風夕聞言笑意加深，然後眉峰一挑，「只是妳為何要對我說真話，其實妳可以有其他藉口，而我決不會深究。」

「因為……」華純然伸出雙手，然後輕輕地捧住風夕的臉，認真地看著那雙歷經風塵而清澈不染塵垢的眼睛，「我這一生還從未有過真心相待的朋友，只有妳──風夕，我希望妳是我唯一的朋友，不帶絲毫欺瞞、算計，只是真心相待。」

風夕也看著她的雙眸，透過那雙眼睛直看到她的心裡，「因為我屬於江湖，永遠不會威脅到妳？」

「是。」華純然坦然承認。

「好，我幫妳。」風夕粲然一笑。

而那一刻，華純然卻是一呆，竟不能從風夕剛才那一笑中回神。那一剎而過的笑容，竟是燦然奪目，光華懾人。為何以前竟未發現，原來風夕竟有如此絕倫風采？有著一種她這個天下第一美人也無法企及的東西。

「姐姐、姐姐！」

正在此時，忽然一陣呼喊聲傳來。

風夕頓時身子一縱，躍出了屋子，便見暗香亭的亭子頂上，韓樸與顏九泰正坐在上面。

「樸兒，你怎麼來了？」風夕驚訝地問道。

「哼，還不是妳丟下我，自己跑來這裡玩，都這麼多天了還不回去，所以我叫顏大哥帶我來找妳！」韓樸噘著嘴道，然後從亭上跳了下來，直撲風夕。

風夕一把接住韓樸，然後招呼著還在亭子上的顏九泰，「顏大哥，辛苦你了。」

顏九泰點頭致意，身子卻未動。

「風姑娘，這位是？」華純然也走出屋外，看向這兩個不速之客。想著這宮中住著白風黑息，是否日後還會有更多這樣飛簷走壁的客人。只是連這麼小的孩子都能在王宮中來去自如，看來這王宮的守衛真得好好敲打敲打了！

「華美人，這是我的弟弟韓樸。」風夕轉身，然後一巴掌拍韓樸的腦袋上，「樸兒，快叫公主姐姐，這個姐姐美吧？」

「好俊俏的孩子。」華純然看一眼那個雖則因為風夕拍了他而皺著眉頭，卻依然難掩俊秀的少年，讚道。

「他就是太小了點，不然以外表而論，倒也是可以與公主相匹配的。」風夕笑嘻嘻道。

「……」華純然對於風夕的胡言亂語只能一笑置之。

「我才不要與她配一對。」誰知韓樸卻用一副侮辱了他般的樣子抗議道。這個女人扭扭捏捏地看著就不舒服，哪有姐姐一半的清爽！

「去，你這臭小子再修三輩子都沒這福氣呢！」回應韓樸無禮的是風夕狠敲他的一記。

「我都說過，別敲我的頭，會敲傻的。」韓樸撫著腦門叫道。

「你已經夠傻了，再傻點又何妨。」風夕再敲一下，然後轉頭對華純然道，「華美人，我先送這小鬼回去，後天我再來找妳。」

「妳的兄弟也留在宮中就是，明日父王想召見妳和豐公子。」華純然挽留道。

「哈哈，幽王的召見嘛，只要見著那隻黑狐狸即可，至於我嘛，不見也罷。」風夕一笑，牽過韓樸，身子一縱便躍上屋頂，然後回首問道，「華美人，最後確認一次，妳真的要我幫妳？」

「要。」華純然清晰明瞭地回答。

「好，我會幫妳的。」風夕身形一飄，眨眼間不見蹤影，顏九泰也跟隨其後而去。

景炎二十六年，三月二十四日。

離幽州純然公主選親的日子還有一日，齊聚幽州的許多男兒都在摩拳擦掌地準備著。習武的多練幾套拳腳，希望到時公主會為他的英姿而傾倒；習文的多念幾篇文章、多寫幾篇詩詞，希望到時公主會為他的才華而折服。

娶天下第一的美人，是許多男兒的夢想。

而那一日清晨，在落華宮裡，不斷響起呵欠聲。

「華美人，她們在我頭上弄了一個時辰了，還沒弄好嗎？我枯坐得實在有些睏了！」一道窮極無聊的嗓音響起。

然後一道清柔甜美的嗓音馬上安撫，「再等等，馬上就好。」

「天啦，妳手中拿的是什麼？別，千萬別往我臉上抹，我說了，別抹……妳再抹我就踢妳了……我可是說真的！」無聊的聲音叫囂著威脅人。

「好吧，別給她抹了。」輕柔的聲音趕忙道。

「哇，妳手上拿的什麼？金鳳凰啊！好大、好漂亮……呃？妳幹什麼？不要插在我頭上，這東西雖是好看，但是太重了……我說了別插，很重呀……妳再插，信不信我把它折成兩段！」

「好吧，『火雲金鳳』太重就別戴了，那就戴那支『流雲山雪』，更加別致些。」

「我警告妳們啊，別再在我臉上畫啊抹啊的，我可不想待會兒再洗一次臉……妳拿的是什麼？說了不要畫……華美人，妳叫她住手，再不住手我就咬她了！」

「眉毛我看看，嗯，不錯，天生的一線長眉，纖濃合宜，不用畫了。」

「公主，給她穿哪件衣裳？」

「拿來我看看。嗯……就這件鵝黃色的吧。」

「弄好了沒有啊？華美人，妳到底想搞什麼呀？一大早就把我弄醒……我想睡覺。」哈欠聲再次響起。

「為明天作準備，我想看看哪種裝扮最適合妳。」

「是妳選親又不是我，我幹嘛要裝扮？」

「妳答應要幫我的。」

「那還不簡單，我把除黑狐狸以外的人全部打趴在地上不就行了？那樣誰也沒臉向妳求親了。」

「哈哈，虧妳想得出。好了，睜開眼睛，站起身，讓我看看如何。」

「先讓我睡一覺好不好，我好睏……」話沒說完又一個哈欠。

「不行，花了這麼一番工夫，怎麼也得看看。妳們把風姑娘扶起來。」

華純然指揮著宮女將如同沒有骨頭般軟癱在榻上的風夕扶起來，無奈風夕雖被扶起了，卻是垂著頭，弓著腰，閉著眼，全身都倚靠在宮女身上。

「凌兒，將那盤珍珠糕端來。」華純然淡淡吩咐一聲。

此言一出果然奏效，只見風夕馬上站直了身子睜開了雙眼，哪裡還有一絲困頓疲倦。也在那刻，滿室宮人都有瞬間的呆怔。

就彷彿是一尊泥娃娃，睜眸的瞬間注入了生命，鍍上了華彩，霎時鮮活了，周身靈氣流溢。

在眾宮人還在呆怔時，黃影一閃，室中便失了風夕身影，而殿外卻傳來她歡快的叫喊聲。

「凌兒，妳走路太慢了，我來接妳啦！妳手中這珍珠糕我來端吧。」

「唉！」室內眾宮女皆發出一聲惋嘆。

「這個風夕呀……」華純然搖頭笑嘆，心頭卻驀然間閃過一個念頭。

「老遠就能聽到妳的叫喊聲，妳何時能斯文秀氣一點？」宮外傳來豐息優雅的聲音。

華純然聽得忙移步出宮，便見風夕正坐在欄杆上埋頭大吃，一旁站著看著她發呆的凌兒，而豐息正自前方緩緩走來。

「豐公子，過來看看風姑娘，我先前可真沒想到風姑娘竟是如此美貌。」華純然走近風夕，從她手中將珍珠糕拿過遞回給凌兒，抬手拈帕拭去她嘴角的糕屑，拉她下欄站在地上。

「這隻黑狐狸，就會來壞我好事。」風夕喃喃抱怨，目光戀戀不捨地盯著凌兒手中的珍珠糕。

華純然將她轉過頭，面向走來的豐息，看著一步一步靠近的豐息，風夕眼珠一轉，忽然嫣然一笑，盈盈一拜，「見過豐公子。」

這一笑一拜間竟是禮節完美，儀態優雅。

豐息在約一丈距離的地方停步，看著婷婷而立的風夕，長眉清眸，玉面朱唇，如緞黑髮挽成風霧鬟，略飾珠釵，一襲鵝黃宮裝替代寬大的白衣，柔柔絲帶繫住纖纖細腰，襯得她身段修長玲瓏，巧笑倩兮，美目盼兮，仿若空谷佳人，清雅絕世。

「豐公子覺得如何？」華純然目光緊緊盯於豐息面上，想從那獲得某種訊息，奈何豐息卻一直是面帶淺笑，眼波不驚，彷彿眼前的風夕是再正常不過。

「有一句話叫『穿上龍袍也不像太子』，可不就是說眼前之人嗎？」豐息低眸把玩著手中的白玉短笛。

「哈哈！華美人，妳白費了一番工夫呀。」風夕放聲而笑，頓時將高雅的氣質破壞殆盡，手一伸，將頭上的珠釵拔下，頓時一頭長髮披散而下，花費近半個時辰梳成的頭髮便毀於一刻。她身子一躍，坐回欄杆上，兩條長腿懸空，搖搖晃晃，「華美人，我答應幫妳就會幫妳的，不必讓我來穿這件『龍袍』的。」

「豐公子真愛說笑。」華純然眉眼如花，心亦開花。

「公主有何事需要幫忙？」豐息看向華純然。

「沒，只是一件小事。」華純然以袖掩唇輕笑，一雙美眸輕輕溜一眼豐息，其意濃如美酒，欲醉人心。

「哦。」豐息點頭，似並不在意，一揮手中玉笛道，「近日在貴宮之琳琅閣中尋得一支失傳了的古曲曲譜，請公主一品如何？」

「此純然之幸。」華純然嫣然一笑。

「公主請。」豐息側身讓路。

兩人於是往曲玉軒方向而去。

風夕看著兩人遠去的背影，輕輕撥弄著手中珠釵，面上似笑非笑的，喃喃輕呢語，「這算不算郎情妾意，琴瑟和鳴呀？」

三月二十五日，大東第一美人純然公主的選親之日。

據說從大東各國來向公主求親的有數千人，但最後經過幽州太音大人的層層篩選，到今日僅餘一百人。此一百人可謂俊傑中的俊傑，有武功高強的江湖奇士，有富甲天下的巨賈，有朝中高官，也有出身尊貴的王侯公子……皆是文才武功各具風采。而公主今日便要在金華宮接見此一百人，到時公主將考其文才武功，擇中意者贈以金筆，點為駙馬。

是以，往日顯得沉寂肅靜的金華宮，今日則是十分的熱鬧，到處可見侍從穿梭。

金華宮東邊有一湖泊，名攬蓮湖，湖的周圍建有一圈水榭，在湖中心又建有一座高約三丈的六角水亭，名採蓮臺。顧名而思義，定要以為此湖必定種滿蓮花，其實不然，攬蓮湖中未種蓮花一株，只是因為亭的六角以漢白玉石砌成，從湖面伸出呈半月弧狀拱向亭頂，形似六片雪白的花瓣，亭頂又以琉璃裝飾，就彷彿花之黃蕊，遠遠望去，水亭便若湖中盛開的一朵蓮花。

幽王建此宮，便是賜給愛女純然公主成婚居住的，所以宮殿落成之時，讓公主為此湖及水亭命名，純然公主便將此亭取名採蓮臺，湖便名攬蓮湖。

採蓮臺矗立湖中，離湖岸約有五丈之遠，並未築有橋樑連接，只因純然公主說此亭立於湖中有若天然，架橋便壞其韻致，因此平日皆以小舟通行。

今日的攬蓮湖湖面飄浮著朵朵牡丹，那都是一大早，由金華宮的宮女從花園中採來，撒落於湖面，點綴得湖面仿若百花擁蓮。

此時圍繞著攬蓮湖的長長水榭裡，坐滿了今日求親的男兒，每隔一米則設一席，每席上坐一人，每人身前都有一方長几，長几右邊擺有美酒佳餚，左邊置著文房四寶。而湖心的採蓮臺，周圍垂下長長絲縵，好似在亭子周圍築起一道絲牆，遮住亭中佳人，微風拂過，絲縵飄舞，偶露佳人一片衣角，水榭中眾位求親者無不引頸欲探，佳人卻依然身在縹緲中，令人更是心癢難耐。

「各位英雄高士，純然這廂有禮了。」

清泠泠的女聲從亭中傳出，朦朧絲縵中，有道窈窕身影盈盈行禮。

聽得這樣好聽的聲音，所有人都是心神一振，暗想聲音已是如此好聽，那公主定是更美，想著那天下無雙的容顏，眾人心頭劇跳，激動不已，皆起身行禮。

「見過公主！」眾人有的起身而拜，有的則只是微微躬身還禮。

「今日有幸，得見各國高人，純然在此彈奏一曲，以示誠意，還請各位不吝指教。」佳人鶯聲嚦嚦，溫柔有禮。

「好！」眾人齊聲叫好。

其中更有一人高聲叫道：「即算不能當駙馬，能親耳聆聽公主琴曲，已不枉此生！」

那人話落，便有許些附和，「說得有理！」

「只是不知公主為我等彈奏何曲？」驀然一道嗓音插入。

在採蓮臺正對面的水榭裡，一名紫衣男子倚欄而立，方才正是他發問，此刻他目光射向亭中，銳利得似可穿透絲縵將亭中看得一清二楚。

「此亭名為採蓮臺，純然便彈一曲〈水蓮吟〉，不知皇世子以為如何？」

亭中，風夕透過絲縵一角看向水榭裡的皇朝，雖隔著七丈遠的距離，卻依然能看清他臉上那種不將天下放在眼中的傲然氣勢，不由微微一笑。

「好。」皇朝頷首，似王者允旨一般，回身坐回椅中，抬手執壺，卻忽又放下，轉頭看向身後，「無緣，你真的不出來親眼見識一下名動天下的美人？」

「不用了，所謂相由心生，我自由琴心而識天下第一美人的絕代風華。」圍湖的水榭隔廊都有一排竹簾，那人坐於簾後，淡看天際流雲。

聽到這個聲音，聽到這樣的話，風夕不由心中一動。琴心識人？玉無緣？他也來了？她之所以代華純然坐於此處，是因為答應了要幫華純然的忙，但心底卻是想戲耍一番這些人，可此刻，她忽然非常非常想要好好地彈琴，傾盡自己所能地彈一曲，聽聽這個聲音會如何評價她。

指尖輕挑，琴音劃空而起，一曲悠揚清澈的〈水蓮吟〉便若流水一般由指間傾瀉而出。琴音入耳的剎那，水榭裡的人彷彿間覺得置身碧波清水之間，朵朵蓮花正綻開花瓣，嫩嫩花蕊遞送縷縷幽香，田田蓮葉隨風微微擺舞，翩翩彩蝶繞花而飛。清風拂過，衣袂飛揚，正意暢神怡間，忽見小舟，有美一人，宛若青蓮，飄然流雪，矯然遊龍，驚鴻踏水，笑語嫣嫣，可親可憐，意傾情動，且攜素手，同醉蓮中……

一時間所有人皆為琴音所醉，皆癡癡注目於採蓮臺上，而皇朝身後竹簾微動，那一抹淡影終於走出簾外，玉立於欄前。

風夕眸光一掃，一眼看清，心頭一跳，指尖一顫，錯音便出，不看卻已知那人長眉微斂。

吸氣，閉眼，靜心。

手一瞬間恢復穩定，心一瞬間清明如鏡，琴音一瞬間由優雅婉約轉為清逸瀟灑，灑脫飛揚，無章可依，無跡可尋，一縷清音，化為疾飛無拘的冷風，化為自在飄浮的絮雲，化為清涼甘甜的細雨，化為明淨無垢的初雪，隨心所欲天地翱翔……

當一曲已畢，整個攬蓮湖只是靜默一片，無一人敢發出一絲聲響，似仍沉醉於琴中，又似不敢打破這由琴音營造的絕美氣氛。

「好、好、好，此曲清新脫俗，不墨守陳規，意境不凡。」皇朝率先讚道，「無緣，你說如何？」

玉無緣注視採蓮臺良久，然後輕輕吐出，「風華絕世，琴心無雙。」

風夕心頭一震，抬目看去，竹簾前立著一道白色身影，素服無華，人潔如玉。

第十五章　枝頭花好孰先折

「好、好、好！」其餘的人回過神來，齊齊讚道，「公主好高超的琴技！」

「純然陋技，有汙各位耳目。」風夕端坐於琴案前說著華純然會說的話，可一雙手卻忍不住搓了搓手臂上的疙瘩。

而聞得此言，皇朝與玉無緣不由相視一眼，這幽州公主竟也有一身高深內力？否則如何於此喧嘩中，其聲音卻依然清晰如耳畔輕語？

「公主乃我大東第一美人，我等久慕公主，甚想一睹公主芳容，卻不知是否有此幸？」有人忽提議道。

此言一出馬上得到附和，「是啊，請公主讓我等一睹芳容！駙馬只能一人當，我等若落選，但能見公主一面，那便也值了！」

這些求親者中，也不乏只為一睹美人芳容而來的人。

「各位，純然選出駙馬後，自會與各位相見，所以還請稍待片刻如何？」清亮的聲音蓋過所有喧嘩，傳遍攬蓮湖每一個角落。

「那就請公主快快出題！」眾人道。

「好！」風夕差點忘形大叫，趕忙掩了掩口，忽又想起亭外人根本看不到她的舉動，當下舒服地靠入椅中，其聲音卻還是文雅的，「純然自小立願，想選一位文武雙全的駙馬，因此要做純然的駙馬，需做到兩件事。」

「只有兩件？那要是大家全做到了怎麼辦？」

眾人一聽似乎十分簡單，不由皆問。

「諸位請先聽純然說完。」風夕暗自咬著牙，偷罵這些猴急的人，華美人沒在這都這麼忘形，要是真在了那還了得，「這第一件事，請各位從自己所在之地躍至此採蓮臺，中途可點水踩花渡湖，但不可借助其他物具，落水者即喪失資格。」

此言一出，眾人紛紛起身目測自己與採蓮臺之間的距離，一觀之下，頓時失色。

從水榭至採蓮臺至少有七丈遠的距離，平常的江湖高手能將輕功練至一躍三、四丈，即是上乘之境，而能練至五、六丈遠，可謂一流之境，練至七丈遠的人屈指可數，即算你能登萍渡水一氣躍過七丈湖面，可七丈之後還有那三丈高的採蓮臺。

這誰人能做到？

一時之間，水榭裡響起此起彼伏的嘆氣聲。

就在眾人為難之際，亭中清音再起，「昔日青州惜雲公主以其十歲稚齡作〈論景臺十策〉才壓文魁，因此這第二件事，便是請各位在一個時辰內也以〈採蓮臺論政〉為題，寫出一篇更勝〈論景臺十策〉的文章。」風夕再次搓了搓胳膊，只覺得說這些話怪讓人哆嗦的，「能做到這兩件事的，即為純然駙馬。」

這一件事說出，眾人又是一片譁然。

惜雲公主昔作〈論景臺十策〉，此文一出，青州當年的文魁也為之拜服，而青州之人一向才冠六州，眾人中雖也有自負才名之人，但一想到一個時辰內便要寫出篇賽過那個才名傳天下的惜雲公主的文章，不由皆是心底打鼓。

「各位，可有信心做到這兩件事的？」風夕閒閒地聽著亭外眾人的嘆氣聲，眼光卻掃向皇朝與玉無緣，那兩人對坐飲酒，怡然悠閒。

「好！既然公主提出，我明月山便盡力一試！」一個年約二十五、六的年輕男子縱身一躍，立在水榭欄杆上，長衫飄飄，俊眉朗目，頗是不凡。

「原來是明家的少主。」風夕瞄一眼那人，點點頭，「那麼純然在此恭候大駕。」

「好！」明月山一聲大喝，然後振臂展身，身姿瀟灑，一躍即是四丈，中途落向湖面，足尖在牡丹花上一點，花沉入湖，而他身形卻忽又拔高飛起，直向採蓮臺飛去，眼見即要落於亭臺上，卻已力竭，身子往下落去，緊要關頭，他抬掌一探，竟按在了亭柱上，然後借力一撐，身形再次飛起，落在水亭欄杆上。

「好身手！」

水榭裡眾人看得都拍手叫好，便是皇朝與玉無緣也頷首微笑。

「公主，月山雖已至採蓮臺，但最後卻不得不借力亭柱，這第一件事算是沒有過關。」明月山對著絲縵中的人影抱拳道，「月山此來並無奢望可為駙馬，只想一睹公主傾國之容，但請公主一見，月山雖敗猶快。」

「明少主。」縵後的佳人輕聲細語，「你一躍四丈後能借浮花之力再躍三丈，足見你明家青萍渡水之輕功謂為武林一絕並非浪得虛名，不過你鞋面全濕，想來功夫只練至第七層，否則你定可躍完五丈才需借力。只是你既未能達純然要求，那純然便不會在此時見你！」

「原來公主也精通武學，月山慚愧。」明月山躬身，「月山就此告辭。」

「好，純然送你一程。」

話音一落，但見亭內絲縵紛飛，明月山只覺一股氣流迎面湧來，他不由自主往後退去，眼見已退至亭邊，他趕忙運功於身，一展身形，往湖岸飛去，途中只覺似有什麼在後推著他前進，眨眼之間，竟已安然落回原先所在的水榭。

「公主如此高深的武功，月山拜服。」

明月山此時已知，亭內公主的武功勝他許多，因此全心拜服，而其他人眼見一向以輕功享譽武林的明家少主都未能成功，掂掂自己的分量，不由皆有些膽怯。

「這純然公主武功竟如此高強？」皇朝目光盯住採蓮臺。

「怎麼從未有過耳聞？」玉無緣也有些疑惑。

「不知諸位可還有人要試試輕功的？」風夕挽一縷長髮在手中把玩，明月山都不行，那這一群人中除了皇朝、玉無緣外，再無人有此本領了。至於皇朝嘛，風夕輕輕一笑……

而眾人聽得公主問話，卻皆是不敢答，答沒人，那太窩囊，答有人，可自己卻沒這本事，一時間竟全怔住了。

「純然自小立志，必嫁天下第一的英雄，若不能，純然甘願終生孤老。若諸位皆不能渡過此湖，那看來純然此次是無法選得駙馬了。」

耳邊聽到公主的話，眾人不由都有些著急，這選親大會難道就這麼窩囊地結束了？

「公主，我山葉城有一問。」一名文士裝扮的青年走至欄前揚聲道。

「哦？」亭中風夕看了一眼那人，「原來是北州名士山先生，不知你有何要問？」

「公主所出這兩題我等實難辦到，因此請問公主，這兩件事可曾真有人做到，若無人能做到，那我等皆要懷疑公主此不過是要戲弄我等！」山葉城振振有詞道。

「山先生果然心思細密。純然卻可以告訴你們，這兩點都有人可做到。前些日子純然結交了一位友人，她雖為女子，卻可從水榭一躍至採蓮臺而不需借任何外力。」絲縵之後傳出的聲音透著一種笑意。

「是誰？」明月山脫口問道，他明家輕功為江湖一絕，連他都難以渡湖，卻不知哪位女子竟有此輕功。

「白風夕。」風夕再一次搓了搓胳膊，原來誇自己的感覺是這麼的冷呀。

「是她！」

所有人皆是一震，然後俱都釋然。

皇朝手中酒杯一抖，酒水溢出。

「原來白風夕真的在幽州，看來還在這個幽王宮呢。」玉無緣淡淡笑道。

「那誰又寫了超過〈論景臺十策〉的文章？」又有人問道。

風夕繼續搓著胳膊，想著華美人到底是個什麼心理，老要她說些這樣讓人打冷戰的話，

「惜雲公主十五歲時作〈清臺泉敘志〉，我國太宰錢起大人就讚其文采斐然，乃罕世之佳

作，天下學子亦都朗然誦之，諸位以為如何？」

眾人又是一片靜然。

「這兩位女子都可以做到，諸位堂堂七尺男兒竟不如兩位女子，這如何能讓純然心儀？」絲縵後的聲音隱帶一絲嘲意，「諸位皆自認為英雄才子，應配美人為妻，純然卻也自認為佳人，應配真英雄、真才子！」

「公主一言愧殺葉城。」心高氣傲的山葉城雖是不甘，卻不得不服。而那些本是自命不凡的人，在明月山、山葉城這兩位佼佼者垂首之際，自也就心知肚明，諸人皆無望。

「諸位雖不能為純然駙馬，但各位確也皆是世間俊傑，因此都請前往正殿，我父王將在那裡接見各位，父王求才若渴，必會重用各位。」

眾人正洩氣時忽又峰迴路轉，竟是前途光明。

「請各位隨宮人前往正殿。」

話音一落，眾人眼前皆走來了一名如花宮女，前來為其引路，眾人不由自主站起身來，可走前卻皆是依依不捨地看向採蓮臺。

「公主，你剛才曾答應與我等一見，不知……」終於有人大膽提出。

「見一面是嗎？好。」

清亮的聲音裡夾著一絲隱隱的譏誚，話音落時，採蓮臺上絲縵輕飛如煙，一道纖影從中飛出，衣白如雪，髮黑如墨，裙裾飛揚，輕盈如羽般悄然落在湖面漂浮的牡丹花朵上。

燕昭延郭隗，遂築黃金臺。
劇辛方趙至，鄒衍復齊來。
奈何青雲士，棄我如塵埃。
珠玉買歌笑，糟糠養賢才。
方知黃鵠舉，千里獨徘徊。[9]

湖中白影引頸高歌，淡雅脫俗，有若空谷清音。她足尖點花，翩然起舞，素手微伸，廣袖揚空，飛如驚鴻，躍如遊龍，黑色長髮如絲般飄舞，遮擋了玉容。

一時間，水榭中眾人只覺眼花繚亂，可看清湖中有白影高歌起舞，卻無法看清湖中人的面貌，只是這踏花而舞、臨水而立的天人風姿，卻讓所有人銘刻於腦。

很多年後，有人將純然公主選親之事編成傳奇話本流傳於後世，但後來又有人說那日的純然公主其實是白風夕假扮的，真正的純然公主雖有傾國之容，但無那種絕世武藝。

「你們已見過我，請前往正殿，讓父王久等，諸位豈不無禮？」

白影歌畢，身形一躍，飛向半空，最後盈盈落在皇朝所在水榭。

此話一出，眾人雖萬般不捨，卻不敢再留，片刻間走個乾淨，只是心中卻暗想，那得公主青睞的水榭中到底是何人？

而水榭中，本安坐於椅的皇朝與玉無緣在白影落於眼前時，皆不由自主地站起身來。

風夕目光先是掃向皇朝，然後再掃向玉無緣，一眼之下不由讚嘆，難怪被稱為天下第一公子。不論其外表，也不論其風采，只是一雙眼睛，那一雙彷彿可包容整個天下的眼睛便無人能及。那雙眼睛中，沒有絲毫世人所有的自私陰暗，只有溫柔平和與憐憫，彷彿是遠古最安詳靜謐的湖泊。

而其他人與之相比，又皆有所失。豐息比之太過貴氣，失之清逸；皇朝比之太過傲氣，失之淡泊。這應該是去參加瑤池仙會的碧落仙人，卻不知何故偶謫凡塵？

皇朝目光不移地看著眼前的白衣女子，眼神灼亮，他看了許久，許久，終抵不過心中那股前所未有的欲望，他走近風夕，彷彿誓言一般輕語道：「若有朝一日我君臨天下，妳可願嫁我為后？」

「不願意。」乾乾脆脆地，沒有一絲猶豫地回答，白影一閃，已移開三步。

「哈哈哈哈！」皇朝聞言卻未有絲毫惱怒，只是暢然大笑，「這天下女子，也只妳會如此對我！」

玉無緣靜靜地看著眼前的女子。

白色的衣，黑色的髮，簡單素淨如畫中的黑山白水。

眉在展，眼在笑，頰含意，唇含情，彷彿這世間沒有任何事可讓那眉梢染上愁煙，沒有任何人可讓那水眸籠上憂霧，那如花笑靨似永不會消逝褪色，似可明媚至天荒地老時。

忽然間他很想掩住自己的雙目，那樣便不會為她之清耀光華所灼痛，那一臉明燦無瑕的笑便不會撼動靜若古井的心湖。

「白風夕。」他輕輕吐出這三字。

「是呀，我是白風夕，不是華純然。」風夕粲然一笑，目光溜過皇朝，「我剛才的歌唱得好聽嗎？」

「好聽。」皇朝將酒壺執起，斟滿三杯酒。

「我的歌可是唱給你們聽的哦。」風夕手一伸便取一杯在手，然後身子後躍，坐在欄杆上，「算是答謝你上次請我吃飯。」

玉無緣看看手中酒，又看看風夕，一貫平靜清明的眼眸此時升起了迷霧，喃喃輕語：「『素衣雪月，風華絕世』，原來是真的。」

風夕頓時笑了，明淨歡快得彷彿是山澗躍出的溪水。

「是否只要是和妳在一起的人，便可歡笑至老？」皇朝看著她，從來沒有人可笑得如此隨性縱意。

「不會。」風夕斂笑，轉著手中的酒杯，「皇世子，你可知今日我這番作為可使你失去半個幽州，這樣你還笑得出嗎？」

皇朝眸光一閃，然後又笑道：「若今日我能得妳為妻，那更勝半個幽州！」

「哈哈！」風夕再次大笑，「幽王既請你在此看熱鬧，定也有其深意，只不知皇世子以為你此次求親有幾成把握呢？」

「本來只五成，但後來我認為有十成。」皇朝看著杯中十分滿的酒道。

「因為雍州蘭息公子未到是嗎？」風夕眼睛一眨，笑得十分神祕，「可你的對手並不只一人呀。」

「除蘭息外，這世上還有何人是我的對手？」皇朝不認為這世間會有第二個對手。

「太過驕傲自滿的人，總是敗得很快很慘的。」風夕手一動，杯中便躥起一道水箭直直射向皇朝。

「有自信的人才有資格驕傲。」皇朝手中酒杯也射出一道水箭撲向風夕。

叮！兩道水箭中途相撞，雙雙化成千萬滴水珠。

「皇世子，做人應該虛懷若谷。」風夕抬袖一揮，那些水珠便全掃向皇朝。

「真實的驕傲總比虛偽的謙虛讓人欣賞。」皇朝也揚袖一揮，一堵氣牆擋住所有飛向他的水珠。

於是，那些可憐的水珠便在風夕、皇朝兩人深厚的內力相擊下，慢慢地化作了水霧。

「兩位不如都坐下來罷。」玉無緣手微微一抬，擋在兩人之間的水霧便都飛向了湖面。

「好吧。」風夕拍手坐下，「皇世子此行是否對華美人勢在必得呢？」

「風姑娘以為如何？」皇朝也坐下。

「你依然只有五成的機會。」風夕抬手掠掠長髮，眼中閃著狡黠，「此次選親，幽王可謂網盡天下英才，皇世子以後可要多費心思了。」

這話暗藏機鋒，皇朝自是聽得出，心思一轉，然後問道：「不知風姑娘如何與此事扯上了關係？」

「因為我答應幫人的忙呀。」風夕眼光溜向一旁自斟自飲的玉無緣。

「幫誰？黑豐息？」皇朝眸中光芒變利。

「他、她、你。」風夕屈著手指數，「這一舉便三得呀，誰也沒偏幫，真好。」

「風姑娘也幫了我？」皇朝挑眉。

「剛才這些『英雄高士』全被我打發了，不也等於幫你減少了競爭對手嘛。」風夕笑咪咪看著皇朝，手一伸，「我是不是對你很好呀？」那模樣好似想得到糖果的小孩子在邀寵。

「是很好。」皇朝點頭，「如此說來，我豈不是要答謝姑娘？」

一直聽著他們對話的玉無緣忍不住輕輕笑了。想著一貫都是讓別人聽從自己的皇朝，此時卻是言行全跟著風夕走。

風夕聽見他的笑聲，轉頭看著他，看了片刻，她輕聲喚道：「玉公子。」

玉無緣抬眸，「風姑娘有何吩咐？」

「我聽說，幽王都境內有一座天支山，山上有一高山峰和流水亭。」風夕看著他的眼睛道。

「是的。」玉無緣亦注視著風夕的眼睛。

「那我們明晚去山上看看如何？」風夕盈盈淺笑。

「好。」玉無緣頷首。

皇朝看看兩人，忍不住問道：「風姑娘只獨請無緣嗎？」

「皇朝。」風夕轉頭亦盈盈笑看他。

「嗯？」皇朝聽得她直喚他的名，頓時眼睛一亮。

「我偏不請你，又如何？」風夕眨眨眼睛，然後在皇朝一臉愕然之際，她飄身飛出了水榭，足尖輕點湖上花朵，人眨眼間便飛過攬蓮湖，飛離金華宮，只聲音遠遠傳來，「我偏不請你，你也不能拿我怎麼樣啊……」

「哈哈哈哈……」水榭裡傳出玉無緣的笑聲。

而皇朝只能搖頭嘆息，「這樣的女子……可惜。」

金繩宮，南書房。

「哈哈，女兒又贏了！」華純然歡快的笑聲傳出。

「好啦、好啦，妳又贏了。」幽王看著棋盤無奈搖頭。

「父王，您這次獎賞女兒什麼？」華純然嬌憨地搖著幽王的手臂。

「哈哈……」幽王拍拍愛女的手，「這次賞妳一個駙馬如何？」

「父王又取笑女兒。」華純然不依地扭轉身。

「純然。」幽王拉過女兒，「妳真的很喜歡那個豐息嗎？」

華純然聞言低頭，貝齒輕咬櫻唇，玉頰染上紅雲，一副羞窘的女兒嬌態。

「這有什麼不好意思。」幽王撫著女兒柔聲道，「男大當婚，女大當嫁，這乃人生必經之事。」

「父王，女兒、女兒……」華純然聲若蚊音，卻終是不好意思直言，埋首於父親懷中，掩去一臉的紅暈，也掩去眼中的笑意。

「好啦，妳不說父王也知妳中意。」幽王摟著懷中的愛女，神色卻是頗見嚴肅，「那豐息，父王前日接見，確實才貌難得，只是……」他微微頓住不語。

「父王。」華純然從幽王懷中抬首，看著父親此時嚴肅的神情，心中不由生出不妙之感。

「純然，妳看那豐息是何等樣人？」幽王忽問女兒。

「父王不是也說他才貌難得嗎？」華純然看著幽王，「女兒看他，乃罕世奇才。」

「純然，妳一直是個很聰明的孩子，看人眼光自也是十分高明，只是……只是這豐息啊，父王自問活了幾十年，識人無數，卻從未見過此等人，也看不透他是個什麼樣的人。」

幽王看著女兒，神情認真無比。

「他……難道有什麼不妥？」華純然看著父親這種神色，頓時緊張。

「他沒有任何不好的地方，相反，他可說是十全十美，只是……」

幽王回想著那日接見的豐息，一個普通的江湖人，卻一身雍容氣度，讓他這個一國之君在他面前都有一種矮他一截的感覺，彷彿他才是王，而自己卻成了卑下的臣民。

他活了這麼多年，這一點眼光還是有的，豐息身上那種氣勢，他只在冀州世子皇朝身上見過。皇朝貴為儲君，有那種氣勢是理所當然，但他一介平民……這個豐息比之皇朝更讓人警惕。若皇朝是一柄出鞘的寶劍，光華燦爛鋒利無比，但因其出鞘，所以人一眼即能看明，反能防範躲閃，而這個豐息卻好比九淵的藏龍，深藏不露，而一出必是驚天動世！

「父王、父王。」華純然見幽王怔怔出神，不由出聲輕喚。

「嗯。」幽王回神，看看愛女，然後道，「純然，妳要選那豐息為駙馬，父王也不反對，畢竟他實為難得的人才，只不過……父王卻還有一言，望妳聽著。」

「父王請說。」華純然螓首依在幽王膝上。

「現今亂世，其他幾國莫不是向王域擴張，其疆土國力都已今非昔比，獨我幽州，雖說富庶居六州之冠，但一直夾於青州、冀州之間，至今國土未有寸進。這些年來，父王幾次出戰冀州、青州都無功而返，長此以往，父王胸中宏圖不但化成空想，我幽州早晚也將被冀、青二州所吞併。」說到此，幽王不由握緊雙拳，「論才貌，冀州世子不輸豐息，若與冀州結親，兩州必將結盟，且此次世子前來求親，曾允諾助我攻打青州。若能得爭天騎相助，風行濤哪是我的對手，青州必為我囊中之物。所以……」

「所以父王希望我選皇朝世子為駙馬，是嗎？」幽王的話未說完便被華純然接住。

「父王是有此意，純然……」幽王才剛開口，便見膝上愛女已是眼淚汪汪，頓時心急，「純然，妳別哭啊。」

「父王，您心中就只有幽州，只有霸業，就沒有女兒嗎？」華純然抬手輕拭眼角，神色一片黯然。

「純然，妳別哭。」幽王一見女兒的眼淚心就軟了，眼前的宏圖霸業暫時也就煙消雲散了，只想著如何讓愛女止淚，「純然，父王也只是提議一下，還沒定嘛，妳別哭。」

華純然哽咽著，「女兒只是想嫁個喜歡的人，而且這個喜歡的人同樣可以幫助父王一展宏圖，父王為何就不肯成全女兒呢？女兒從小就沒求過父王，可這一次，這唯一的一次……嗚嗚嗚……」

「好啦，純然，別哭了。父王答應妳，駙馬的事由妳自己做主，妳想選誰就選誰，行了吧？」幽王摟著女兒哄道。

「真的？」華純然抬首看著幽王。

「真的！」幽王點頭，暗想也許那個豐息比皇朝更合適當幽州的駙馬。

「多謝父王！」華純然頓喜笑顏開。

「唉，有時候父王想想，這個天下是不是還比不上純然的眼淚？」幽王看著愛女嘆道。

「在這個世間，父王也是女兒最重要的人。」華純然感動地抱住父親，八分真、二分哄地道出甜言，「女兒一定和駙馬幫助父王奪得天下。」

「嗯，還是我的純然最乖。」幽王抱住女兒。

「父王，現在您是不是該去金華宮接見各國英才了？」華純然見事已妥，扶幽王起身，「您看女兒此次不就為您網羅了不少人才嗎？」

「是，還是我的純然最聰明。」幽王愛憐地刮了刮愛女的臉蛋，「父王現在去金華宮，妳也回去休息吧，養足精神，後天父王將宴請皇世子、豐公子、玉公子還有妳那個白風夕以及今日挑選的人才，到時妳就帶上妳的金筆點駙馬吧。」

「女兒恭送父王！」華純然目送幽王離去的背影，臉上露出淺淺的笑，目中卻露出一絲得意。

她雖生為女兒身，或許不能得至尊至高之位，但只要能掌握住至尊至高的人，只要能在至尊至高之人的心中牢牢占住第一位，那麼這幽州乃至整個天下，也就沒有什麼事情是她不能做成了。

今日既能讓父王應承招豐息為駙馬，那他日定也能讓駙馬繼位為王，又或……真如父王所說，能得整個天下，那她必是女子至高之處的皇后！

當春風悄悄，楊柳多情，

我溯洄而來，

只爲牽著哥哥你的手……

幽州王都之南，有一座院落，此院不大不小，十分雅致。

此時從院子裡的花園中傳出歌聲，歌聲雖輕，但歌者歡快的心情卻表露無遺。

「什麼事讓妳如此開心？」豐息一推院門，即見風夕正坐在桃花樹下，伸手捕一隻白色蝴蝶。

「嘻嘻，我今天見到玉無緣了。」風夕回頭對他一笑，「天下第一的玉公子，果然比你這隻黑狐狸要強許多呀。」

豐息踏向東廂的腳步忽然一頓，回頭看著風夕，只見她微仰著臉看著桃花微笑。

風夕一直是愛笑的，但這樣的笑卻是從未見過的。她的笑多半是嘲笑、訕笑、冷笑、無聊的笑，可這一刻的笑卻褪去所有稜角，只是一種純粹的歡笑，眉眼盈盈，唇畔微抿，整個人清潤柔和，淡淡風韻裡隱帶一絲甜蜜之意。

「玉無緣？」豐息轉過身，臉上卻浮起淺笑，「他是與皇朝一道？」

「是呢。」風夕起身來走到豐息身前，上下左右地打量他一番，「黑狐狸，原來這世上還有那樣的男子呀，跟你是完全不一樣的人。你算計天下人，可是他……」她頭一歪，臉上浮起一絲比桃花還要柔麗的微笑，「他卻是為天下人而謀算。」

「妳……」豐息審視著她，忽然抬手，伸指點向她的額間，指尖落在她眉心的月飾上，「妳難道對他——」底下的話卻不說了，只是眼睛緊緊盯住她，眼中閃著莫名難測的光芒。

「哈哈，」風夕一笑退開身，手往西邊一指，「鳳美人等你可謂望穿秋水，你不覺得應該去看望她一下，並且……」她忽然壓低聲音，眼神詭異，「你不覺得應該好好安慰她一下嗎？畢竟你接下來做的事會刺痛她的心哦。」

正說著，西邊房門打開，走出懷抱琵琶的鳳棲梧。

「風姑娘，笑得這般開心，可是有何高興的事？」鳳棲梧目光溜過豐息，清冷的眸中有剎那的柔和。

「是啊，是有喜事呀！」風夕眼光掃向豐息。

「是嗎？」鳳棲梧卻並不追問，目光望著豐息，「公子幾日未歸，今天棲梧又譜得新曲，唱與公子和姑娘聽可好？」

「好呀！」不待豐息答應，風夕便拍掌叫道。

鳳棲梧當下於園中石凳上坐下，手撥琵琶，啟喉而歌：

蘭葉春葳蕤，桂華秋皎潔。
欣欣此生意，自爾爲佳節。
誰知林棲者，聞風坐相悅。
草木本有心，何求美人折？[10]

「好個『草木本有心，何求美人折』呀！」風夕聽罷喟然而嘆，目光別有深意地掃向豐息，卻見他少有的神色恍惚，眉峰竟微斂，似在想著什麼疑難問題。

似乎感覺到了她的目光，豐息抬眸望向她，第一次，她無法從那雙深沉的黑眸中看出什麼。

翌日，一大清早，風夕少有地起床了。

「樸兒、樸兒！你再不出來我就不帶你去玩了！」

「我起來了，姐姐！今天妳帶我去哪兒玩？」韓樸一蹦三跳地開門而出。

「咱們一路走，看到好玩的就去玩。」風夕向來如此。

「那我們走吧。」韓樸一把拉住她的手就往外走。

風夕與韓樸一出門，東邊的房門打開，走出豐息，看著那一大一小的背影，雍雅的俊臉忽然變冷。

「公子，馬車已備好。」鍾離上前稟告。

豐息聞言，卻並不動身，沉吟半晌，然後吩咐道：「不用馬車了。」語畢即向院外走去，鍾離、鍾園忙跟在其後。

幽王都無愧於最繁榮的王都之稱，一大清早，街上已有了許多的人，店鋪早已開門做生意，街上攤販也早擺好攤位，叫賣的、還價的、鄰里招呼的、婦人東長西短的……各種聲音交織，各色人物聚集，匯成熱鬧繁華的街市。

豐息閒走在街上，目光飄過人群，一貫雍雅從容的微笑淡薄了幾分，有些心不在焉，有些心神不定。

忽地瞅見一道人影，他定睛一看，眼中光芒一冷，但馬上他的笑容加深了幾分，迎上那個人。

「玉公子。」

正看著小攤上一朵珠花的玉無緣聞聲抬頭，然後微笑，「豐公子。落日樓一別，想不到竟能於幽州再與公子一會。」

「在下也想不到竟與玉公子如此有緣。」豐息也笑道，目光掃過那朵珠花，「玉公子對此物感興趣，莫非想買來送與心上人？」

「豐公子見笑了，在下孤家寡人，何來心上人。」玉無緣淡淡搖頭，目光掃過珠花，輕悠飄忽，不驚輕塵，「只是看到這朵珠花，不由想起新近結識的一位友人，她似乎沒有戴頭飾的習慣，所以無緣不知不覺在此多留了一會兒。」

「哦，原來是睹物思人。」豐息似是恍然大悟，「這朵珠花雖不是什麼名貴之物，卻也別致，玉公子不如買下，你那位友人之所以從不戴頭飾，或許是因為沒有如公子這般的人物相贈。」

玉無緣聞言看一眼豐息，唇畔笑意加深，「或許豐公子比我更熟悉這位友人才是，畢竟她與公子齊名近十年。」

豐息眉頭一揚，「難道玉公子所說的友人是指白風夕？」他不待玉無緣回答，又道，「如果是那個女人的話，我勸公子還是不要買了，你若送了給她，她肯定……」

「肯定拿來換酒喝。」玉無緣接口道。

「哈哈，原來玉公子也這般瞭解她。」豐息輕笑，只是他此時的笑容略有幾分乾澀。

「無緣雖是昨日才與風姑娘第一次相見，卻似相識已久，所以知道她就是那種行事無拘，只求開懷的瀟灑之人。」玉無緣別有深意道，目光看著豐息。

「這話若叫那女人聽著，定引玉公子為知己。」豐息笑容依舊，拿起那朵珠花道。

「公子，這珠花可是上品呀，珍珠全是碧涯海裡採的，公子買下吧，送給心上人最合適不過了。」一旁久候的小販早看出眼前這兩位公子定是貴客，早準備了一籮筐的話，此時一見豐息拿起，當然就鼓起了三寸不爛之舌吹噓著，「我羅老二在這一帶可是有名的羅老實，決不會騙公子爺，這絕對是上好的碧涯海珍珠……」

那羅老二還要滔滔不絕地說下去，豐息卻只是抬眸淡淡掃他一眼，頓時，他只覺喉嚨處一緊，所有的話便全吞回了肚裡。

「公、公子……」

「這珠花我要了。」豐息將珠花放入袖中，回頭瞟一眼鍾離，鍾離立刻掏錢付帳。

「豐公子買這珠花是打算送與落日樓的那位鳳姑娘嗎？」玉無緣看著豐息的舉動，「鳳姑娘近來可好？」

「安然無恙。」豐息將珠花收入袖中，「在下還有事要往品玉軒一趟，不知玉公子去往何處？」

「無緣正要前往天支山。」玉無緣答道。

「那麼就此告辭。」

「告辭。」

兩人拜別，一往東，一往西，錯身而過之際，豐息嘴唇微動，似講了一句什麼話，而一貫淡然的玉無緣卻是聞言色變，震驚、愕然、悲哀甚至還有一絲隱隱的憤怒，這屬於凡人的表情一一在那張靜謐安詳如神佛的臉上閃現。但瞬間，這些表情全部消失，恢復平靜鎮定，只是臉色十分的蒼白。

玉無緣怔怔望著豐息，呆立街上，半晌未動。

而豐息將之表情盡收眼底，然後微微一笑，轉身而去。

9 引自李白〈古風．其十五〉。

10 引自張九齡〈感遇．其一〉。

第十六章　高山流水空相念

「黑狐狸，你坐在這裡幹嘛？」

夕陽西落時，玩了一天的風夕、韓樸終於回來，一進門即見豐息坐在園中，手中把玩著什麼，在夕暉之下反射著耀目的光芒。

「樸兒，你先去洗澡，洗完了叫顏大哥做飯給你吃，吃完了就睡覺。」風夕一邊吩咐韓樸，一邊向豐息走過去。

「姐姐，妳待會兒是不是還要出去玩？我和妳一塊去好不好？」韓樸今天玩得太開心了，這會兒玩心還沒收回。

「不好！」風夕斷然拒絕。

韓樸無奈，噘著嘴走了。

「今日玩得可盡興？」豐息瞟她一眼，手中動作並沒有停止。

「差點沒走斷兩條腿，唉，小鬼比我還有精力。」風夕嘆口氣，看到他手中之物，頓時驚訝，「認識你十年，我可從沒從你手中見過這種女人用的東西！你這朵珠花是準備要送給鳳美人呢，還是華美人呢？」她一邊說著，一邊湊近了去瞅他手中的珠花，「既然還沒送，那不如先送我好了，待會兒我正要出門去，你這珠花就讓我去換兩罈美酒得了。」

聞言，豐息手一頓，抬眸看她，三月底的天氣已十分暖和，但他那一眼卻讓風夕感覺到一種寒意，她不由自主地打了個哆嗦，然後不忿道：「至於麼，這麼小氣的，這東西又不值幾個錢，不願給就不給唄。」

她話未說完，眼前忽然珠光閃爍，她立刻雙手一揮，霎時幻出千重手影，將那些向她射來的珠子盡抓手中。

「黑狐狸，你今天怎麼啦？陰陽怪氣的。」

風夕看著手中，再看看安坐於椅，意態悠閒的豐息，若不是手中握著一把珍珠，她還真要懷疑剛才不是他用珍珠襲擊了她。

「妳不是要換酒喝嗎？這樣可以換得更多。」豐息淡淡掃她一眼。

「說的也是。」風夕粲然一笑，懶得深究他今天稍稍有些怪異的舉動，轉身離開，「陪韓樸玩了一天，累出了一身的汗，我先去洗個澡。」

身後，豐息默默看著她的背影，許久後才幽幽嘆口氣，「世上為什麼會有這種女人？」

當春風悄悄，楊柳多情，

我溯洄而來，

只爲牽著哥哥你的手……

夜色裡，星月淡淡，風夕在屋頂上輕盈起落，懷中抱著兩罈美酒，哼著歡快的小調，想著待會兒要見的人，唇角勾起微笑。

忽然眼前黑影一閃，一人擋在了她的身前。

「皇朝？」看到來人，風夕微有驚訝。

「是我。」一身紫袍的皇朝仿若暗夜裡華貴的王者。

風夕看著他，眼珠一轉，偏頭笑問：「你來找我？」

「是的。」皇朝負手而立。

「找我何事？」風夕將酒罈往屋頂一放，然後坐下。

皇朝走近兩步，看著月下的她，仔仔細細地看了一遍，然後無比清晰而認真地問道：「我來是想在妳去天支山前再問一次，妳願不願意嫁給我？」

「哈哈……」風夕聞言頓仰首輕笑。

「風夕。」皇朝在她面前蹲下，眼睛比那天上的星辰還要明亮，「我是認真的。」

風夕斂笑，眼光落在月下那張臉上，俊挺的眉目裡張揚著霸氣，神色卻無比的莊重。她心頭微微一動，然後道：「既然你是認真的，那麼我也認真地問你一句，若我嫁你為妻，那你便不得再娶他人，終生只得我一人，你可願意？」

皇朝眉頭微斂，半晌無語。

「哈哈，」風夕輕輕笑著，「你無須回答，我也知你決不能做到。」她伸手拍拍皇朝的肩膀並站起身來，「幽王宮裡就有一個你想方設法都要娶到的女人。」

皇朝也站起身來，抬手按住她的肩膀，「風夕，不管我娶多少女人，妳都必然是我心中最特別、最重要的一個！」

風夕手一抬，拂開他的手，目光落向渺遠的夜空，「皇朝，我與你是不同的人，你不管喜歡或不喜歡，都可以擁有很多的女人，但我只想擁有一個我喜歡的，並且也只喜歡我一個的人。」

「風夕，無論我有多少女人，但我的妻子只有妳，甚至日後我若為皇帝，皇后也絕對是妳！」皇朝伸手拉住風夕的手臂，「風夕，我皇朝可對天發誓，若得妳相許，妳必是我此生唯一的妻子！」

風夕移眸看著皇朝，看了片刻，然後她微微一笑，眼神清澈似水，「別人的誓言我都覺得是空話，但你皇朝的誓言我信。只是……我不稀罕后位，我此生只要一個男人，而我的男人的身心亦只能我一人擁有！」

聞言，皇朝抿緊嘴唇，看著她，許久後他放開了她，長長一嘆，轉身望向無垠的夜空，語意蕭索沉重，「誠如妳所言，眼前就有一個我必須想方設法娶到的純然公主，因為這是我要得到天下的必經之路。」

「天下，又是天下。」風夕搖頭，「皇朝，自我們商州相會以來，我一直認為你是一位仰吞天地的英雄，而英雄是不屑於利用女人的。」

「我不是英雄。」皇朝猛然回首，目光如電，神色平靜而冷然，「風夕，我不是英雄，我是王者！」

目光相視的剎那，風夕驀然心頭一顫。

「世間英雄有舉世罕有的武功，有笑談生死的氣概，有光明磊落的胸襟，可戰千百人而不敗，是如天上星月般受萬眾景仰的神！」皇朝以手指天，天幕上一輪皓月，點點寒星。

風夕仰首，望向蒼茫夜空。

「而我是要當王者！是權衡、謀劃、取捨、定奪……戰千千萬萬、戰整個天下的人！」皇朝伸出手臂，敞開懷抱，彷彿要擁抱這個天地，神情莊嚴而肅穆，帶著義無反顧的決然，「我要用我的雙手握住這個天下，而握住天下需要力量，需要最為強大的力量，所以我要累積我的力量，透過各種手段、途徑來累積我所需要的力量，然後成為這天地間獨一無二的王者！」

聞言，風夕心頭怦然一動，側首看向皇朝。

星月的光輝灑落在他的身上，從風夕的角度看去，他一半在光芒裡，一半在黑暗中。她想，他會握住這個天下的。有那麼一剎那，她的心沒來由地沉了沉，也許就在這一刻，她失去了一樣很珍貴的東西，也是她註定會失去的。

壓住心頭的微澀，風夕轉過頭，看著腳下黑壓壓的大地，驀然便覺得有些冷。

其實這個亂世裡，有志者誰不是如此，不擇手段地謀劃以成就自己的霸業，他如此，他也如此，所有的人都如此！那麼這世間可有人做事是不求利益回報？做事只是純粹地想做，而不是心機沉沉地出手？

她心頭輕輕一嘆，彎腰抱起屋頂上的酒罈，略帶玩笑似的笑道：「唉，怪傷面子的，與天下相比，我是如此輕微。」

皇朝回首看她，那一眼看得很深，「風夕，妳拒絕只是因為我會有很多女人，還是因為妳心中已有了人？」

風夕聞言，沉默了片刻。

夜風吹起她長長的髮絲，遮住了她的眼眸，卻沒有遮住唇邊那抹飄忽的淺笑，「有與沒有，於你來說都無區別，無論是為妻為后，我都不會嫁你，因為……」

她語氣一頓，皇朝眉頭一挑，等待她的後半句。

「因為，你這樣的人，做你身邊的朋友可共甘苦、同悲歡，遠勝於做你身後默默無聞的妻室。」風夕看著皇朝眨了眨眼睛。

「哈哈哈哈！」皇朝大笑，伸出手來攬住風夕的肩膀，這一次，風夕並未推開他，「自小到大，從未有人如妳般讓我屢屢受挫，偏生我還就真拿妳無可奈何了。」

風夕粲然一笑，「或許你馬上還會在另一個女子身上再次受挫呢。」

「哈哈，那又如何。」皇朝不以為然，「我若只因兩個女子便一敗塗地，那上天生我何用。」

「所以啊，對於你來說，女人不過是衣裳，只有天下才是最重要的。」風夕足尖一點，身形便飄遠了數丈。

皇朝看著她遠去的背影，讚賞而又嘆息地道：「能娶到妳的人定是這世上最幸運的人，但能做妳的朋友也一樣的幸運。」

「可惜朋友很少有一輩子的。」

風夕身影已逝，聲音卻遠遠傳來，獨留皇朝於屋頂之上細細品味她這最後一語。

天支山群峰聳立，其中最高的山峰名高山峰，在高山峰的西面懸崖邊，有一座山石築成的石亭，名流水亭。

關於這高山峰和流水亭，世代流傳著一個故事。

在很久很久以前的一個朝代，有一名樂師名高山，他擅長琴藝，傳說他彈奏的琴曲能引來百鳥啼鳴，可引得百花綻放。但當時的皇帝卻喜歡笙，誰的笙要是吹得好，他便重賞誰，於是為討皇帝的歡心，舉國上下都吹笙，導致了百樂閒置。

是以，高山雖琴藝絕代，卻無人欣賞，甚至彈琴時還會遭人恥笑，認為他對皇帝不敬，久而久之高山便不再於人前彈琴，而是攜琴至天支山山頂，彈琴與高山幽谷、白雲清風聽。

有一天，高山又在天支山上彈琴，忽然有人走來，一邊鼓掌一邊歌道：

山君抱五弦，西上天支峰。
閒灑一揮手，如聽萬壑松。
塵心洗流水，餘響入霜鐘。

不覺碧山暮，秋雲暗幾重。[11]

高山大為感動，與此人結為知己，這個人名流水，高山從此只彈琴與流水聽。

後來過了些年，皇帝駕崩了，新皇帝即位了。

新皇帝不似他的父親那般只喜歡笙，他喜歡各種樂器之音，於是百樂又在民間興起。

新皇帝聽聞高山擁有高超的琴藝，便下旨召高山進宮彈琴，但高山卻拒絕了。他說，有生之年，只彈琴與流水聽，因為只有流水才是他的知音。

前來傳旨的官員見他竟敢拒絕皇帝，大為震怒，便將他抓起來送到了皇宮。但是最後，高山還是沒有彈琴給新皇帝聽，因為他在路上折斷了自己的指骨，此生再也不能彈琴了。

新皇帝感於他的絕烈，便放他回去，並賞賜了他一些珍寶，但高山什麼也沒要，只是孤身回家了。回到家後，高山才知道，流水在他被抓往皇宮後，自刺雙耳，此生再也聽不到任何聲音了！

高山與流水重逢後，彼此相視一笑，然後一起上了天支山，但是兩人再也沒有下山來。

有人說他們跳下山崖死了，有人說他們在天支山上隱居起來了，還有人說他們被天帝派來的仙使接往天庭了……有各種各樣的傳說流傳下來，後來仰慕他們的後人便將當年高山彈琴的山峰稱作高山峰，並在高山峰峰頂築了一座石亭，取名為流水亭，用以紀念高山、流水的友情。

而今夜，高山峰上，流水亭裡，有兩人相約而來。

皓月當空，銀輝若紗，琴音泠泠，清幽雅淡。亭中二人，白衣勝雪，風姿飄逸，令人幾乎以為置身幻境，重會那高山流水。

「你這一曲飄然不似人間，讓我聽著以為自己已到碧落山上，有瓊花玉泉，有瑤果白鹿，有流霞飛舞、青娥翩然，正是無拘無束，悠然若仙啊。」琴音止時，風夕睜開雙眼看向玉無緣輕聲讚嘆著。世間也只有此人才能彈出這般脫塵絕俗的琴音。

「高山流水，高山的琴音果然只有流水能聽懂。」玉無緣抬眸看著風夕，淺淺笑開。

風夕聞言凝眸。高山流水，他們會是嗎？

「這支琴曲叫什麼？」她問。

「沒有名字。」玉無緣抬首望向夜空明月，「這支琴曲，只不過是我此時所感，隨心而奏罷了。」

「哈哈，你的琴沒有名字，想不到你彈的琴曲也沒有名字。」風夕伸手取過琴，隨手一挑，琴弦頓發出空靈清音，「隨心而彈便是非凡之曲，難怪世人都讚你為天下第一公子！」

玉無緣淡淡一笑，石桌上有風夕帶來的酒罈、酒杯，他捧起酒罈將兩個酒杯斟滿，然後一杯遞與風夕，一杯端在手中，悠然吟道：

清夜無塵，月色如銀。

酒斟時、須滿十分。

浮名浮利，虛苦勞神。

嘆隙中駒，石中火，夢中身。

風夕執杯在手，看著玉無緣，然後笑吟吟接道：

雖抱文章，開口誰親。

且陶陶、樂盡天眞。

幾時歸去，作個閒人，對一張琴，一壺酒，一溪雲。[12]

「幾時歸去，作個閒人……」玉無緣念著，輕不可聞地嘆息一聲，仰首飲盡杯中酒，然後轉頭望向亭外的萬丈峭壁，「歸去歸去，去已不久。」

「嗯？」風夕正飲完了酒，聞言沒來由地心口一緊，放下酒杯的手一抖，瓷杯碰著石桌發出一聲輕響，「難道玉公子也想如詞中所說，去做個隱士？」

玉無緣目光依然看著萬丈絕壁，只是輕聲道：「無福做隱士，卻當真要歸去了。」

風夕一怔，靜默了片刻，忽然笑了，「難道今夜是辭別？玉公子要歸去，卻不知要歸往何處？何時歸？又有何人同歸？」

玉無緣回頭看著她，目光縹緲，聲音幽絕，「不和誰，一個人，也許很快，也許過些日子。」

「一個人？」風夕還是在笑，笑得燦爛，然後手猛地一推，將琴推回他面前，「至少要帶著這張琴，高山不論走到哪，不管有沒有流水相伴，至少都有琴的！」

風夕臉上的笑，令玉無緣心頭一痛，他驀然伸手握住她的手，看著她的目光幽深難懂，輕輕道：「風夕，我不是高山，我從來都不是高山……」說到此處忽然頓住，喉間似哽住了一般，無法再說話。

風夕看著他，目中帶著一種微弱的希冀看著他，等著他說話，等著他說出……

「我只是玉無緣。」最後一語輕輕吐出，說出這一句話玉無緣便似耗盡了所有心力，臉色一瞬間變得蒼白疲倦。

「我知道。」風夕將手輕輕從他手中抽出，一瞬間手足冰冷，喃喃道，『風雨千山玉獨行，天下傾心嘆無緣』。我早該知道不是嗎？」

聞言，玉無緣垂眸看著自己空空的手掌，一絲苦笑浮上面容，「說得真是貼切，傳出這兩句話的人是不是看盡了我玉無緣的一生？」

「天下傾心嘆無緣……」風夕慘澹一笑，笑得萬般辛苦。

無緣、無緣，是無緣啊！

「不是天下嘆，是我嘆。」玉無緣移目看著她，眼中有著即將傾瀉的某種東西，但他猛然轉頭，望向絕壁之外那深不見底的幽谷。

「不管誰嘆都是無緣。」風夕霍地站起身，凝眸看著玉無緣，「只是若有緣也當無緣，那便可笑可悲。」

玉無緣依然望著幽谷不動。

風夕閉目，再次睜眼時，已掃去所有落寞，「你為我彈琴一曲，我便贈你一歌。」說完她足尖一點，落在亭外那一丈見方的空地上，手一揮，袖中白綾飛出。

瑤草一珂碧，春入武陵溪。
溪上桃花無數，枝上有黃鸝。
我欲穿花尋路，直入白雲深處，浩氣展虹霓。
只恐花深裡，紅露濕人衣。

她啟唇而歌，人亦隨歌而舞，歌聲清越，舞若驚鴻，白綾翻捲，衣袂飄揚，夜色清風裡，彷彿是天女臨世，於此飛舞清歌，豐神天成，風姿絕世。

坐玉石，倚玉枕，拂金徽。
謫仙何處，無人伴我白螺杯。
我爲靈芝仙草，不爲朱唇丹臉，長嘯亦何爲？
醉舞下山去，明月逐人歸。[13]

歌至最後一句，白綾直直飛去，縛上一株高樹上，然後她身子一蕩，輕飄飄地，若蕩秋千般飛掠而過，眨眼間便消失身影，只嫋嫋清音，蕩於高山夜風裡。

山上，明月依舊，石亭如初，只是夜風寥寥，沁涼如水。

許久後，玉無緣伸手移過琴，雙手撫下，琴音頓起，心中悽楚和著琴音盡情傾出：

蒼穹浩浩兮月皎然，紅塵漫漫兮影徒然。
欲向雲空兮尋素娥，且架天梯兮上青冥。
三萬六千兮不得法，黯然掬淚兮望長河。
澹澹如鏡兮映花月，月圓花好兮吾陶然。
唉噫——
天降寒冰兮碎吾月，地劃東風兮殘吾花。
唉噫——
傾盡泠水兮接天月，鏡花如幻兮空意遙。
唉噫——
傾盡泠水兮接天月，鏡花如幻兮空意遙……

長歌似哭，含著無盡的悵然憾恨，哀涼悲愴。

樹林深處，風夕抱膝而坐，聽著從山頂傳來的琴歌，眸中水汽氤氳，如訴如泣。

「傾盡泠水兮接天月，鏡花如幻兮空意遙……玉無緣，你……」一個「你」字含在齒間半晌，最後終是咽下了餘下的話，只幽幽一嘆，拾起地上的白綾，抬步往山下走去。

山頂之上，玉無緣走出石亭，抬首仰望，無垠的夜空上，明月皎潔無瑕。這不知人間怨憂的明月，為何偏向別時圓？

他閉上眼睛，隔絕了明月，掩起了所有心緒，卻無法止住心頭的悲楚。

終是放開了，這一生中唯一動心想抓住的，還是放開了手！

妳以為我為靈芝仙草而棄朱唇丹臉？其實我願以靈芝仙草換謫仙伴我白螺杯！只是……

風夕，對不起，終是讓妳失望了！

人若有來生，那妳我以此曲為憑，便是千迴百轉，滄海桑田，我們還會相遇的。

四月初二。

幽王於金華宮宴請各國俊傑，請帖也送了一張給風夕，但她自天支山回來後便情緒低落，一直待在小院不出，是以到了這天她依舊神思懶懶，並不想動。

『去王宮做什麼呢？去看純然公主金筆點婿嗎？干卿何事！』她鼻子裡冷嗤一聲。

不過到了中午，豐息卻進宮赴宴去了。看著他的背影，風夕嘲弄地笑笑，心頭卻沒來由地一陣酸苦，深吸一口氣，搖搖頭，甩去腦中煩緒，搬張長椅放在院中，躺著曬太陽，一邊自己對自己說，這是多麼舒服自在的日子，何必自尋煩惱。

至於煩什麼，苦什麼，她不肯深思，也不肯承認。

金華宮裡，豐息卻有些心不在焉。

按理說，殿中此刻上有幽王，下有勁敵皇朝、玉無緣，又有那些才華各具的俊傑們，更何況今天還是決定幽州駙馬的重大日子，怎麼說也該集中精力慎重以對才是。可自入殿以來，豐息都一直恍惚著，心神不定。

「豐公子。」

耳邊傳來喚聲，豐息猛然回神，卻是華純然入殿了，正立於他桌前，一雙美眸含情看著自己。

是了，酒宴已過半，公主要開始選駙馬了。

今日的華純然，分外的明豔高貴。一襲粉紅綺羅宮裝，頭梳飛仙髻，髻中飾大鳳凰，髻兩側分插鳳銜玉珠步搖，蛾眉淡掃，櫻唇輕點，雪白的臉頰在看向他時湧上一層淡淡緋霞，說不盡的嬌媚明麗，端是世間罕有的絕色佳人。

可亂緒紛紛的心頭卻在此刻變得寧靜清醒，她不是她！不是她！

豐息猛然站起身來，因起身太急，桌子被他撞得晃了晃，那聲輕響讓殿中所有人的目光都移了過來，有的審視，有的銳利，有的妒忌，有的疑惑，有的輕蔑……

「豐公子。」華純然見他猛然起身，只當他是緊張。想至此，她心頭又是羞澀又是甜蜜，藏在袖中的手不由微微握緊。

是他了，就是他了。她秋水似的眸子溫柔地望著他，手臂微抬，羅袖輕滑，露出點點玉筍似的指尖，指尖中夾著一點金光，那是……

「在下忽然想起還有要事未辦，先行告辭了，請幽王與公主恕罪。」豐息一步踏出，向著幽王與華純然一禮，然後不等人反應，他便大踏步走出金殿。

大殿中一片譁然，幽王震怒，華純然震驚，便是皇朝也不解，只有玉無緣垂眸輕嘆，然後端起酒杯一口飲盡。

「哈哈哈哈，」幽王畢竟是一國之君，很快便恢復常態，他舉起酒杯，「豐公子有事先行，孤不可為難，他的那一份美酒諸位可不能推辭，必要代他喝了！來，我們乾杯！」

「幽王說的是，我等敬幽王一杯！」眾人齊舉杯。

華純然也端起豐息桌上的酒杯，仰首飲盡的一瞬間，苦澀與微鹹一齊入喉。

放下酒杯，一滴清淚滴入杯中，喧鬧的大殿裡，她卻清晰地聽到酒杯裡發出的空曠微響，咬住嘴唇，止住即將溢出的悲泣。

她握緊袖中的金筆，姿態端莊地轉過身，抬首間，她依然是美豔無雙、高貴雍容的幽州純然公主！

一抹輕淡適宜的微笑浮上無瑕的玉容，她蓮步輕移，款款走向皇朝，那位尊貴傲然的冀州世子——她攥緊了手中的金筆，似乎怕它忽然間掙脫出手去。

砰！

院門被大力推開的聲響將院中曬著暖暖太陽，正昏昏欲睡的風夕給驚了一下。

她睜眼坐起，見豐息正立在門口，眼睛緊緊盯著自己，神情間懊惱非常。

「咦？你怎麼這麼快就回來了？怎麼，幽王已選定你為駙馬了？不過以華美人對你的情意，此事應當水到渠成才是。」風夕懶洋洋打趣一聲，然後又躺回長椅上。

豐息也不答話，走進院子，立在她身前，不發一言地盯著她。

風夕頓時有些奇怪，抬頭看著他，疑惑地問道：「你這樣子好像是在生氣？難道失敗了？」

「哼！我不會娶純然公主了，妳是不是很高興？」豐息冷哼一聲，然後抬腳一踢便將長椅踢翻，風夕不防他這一手，頓時連人帶椅摔在了地上。

「咦？真的？」風夕這刻倒忘了惱怒，坐在地上，抬頭看著豐息，待從他臉上得到證實後，嘴角不由勾起，一絲歡喜的笑容就要成形，忽然間腦中閃過一念，歡喜的笑便轉成了嘲諷的大笑，「哈哈哈哈！黑狐狸，難不成幽王還是不中意你這個江湖百姓當女婿，而是中意那個擁有二十萬鐵騎的冀州世子，所以你垂頭喪氣地回來了？哈哈哈……真是笑死我了，原來這世上也還是有你辦不成的事呀，精心算計一場，到頭還是空呀！」

她一邊笑著，一邊從地上站起來，看著豐息陰沉的臉色，不但不收斂，反而越發笑得倡狂了，「哈哈哈哈！黑狐狸，你求親不成就如此生氣，實在有失你那個『雅』的名頭呀，嘖嘖嘖，你那一身的雍容大方哪去了？」

豐息看著大笑不已的風夕，一貫雍雅的神情早已消失得無影無蹤，眼睛盯著她，彷彿能冒出火來。

風夕看著他那模樣越看越歡快，湊近了他，眼睛瞄了瞄他懷中，故意壓低了聲音說道，「黑狐狸，其實只要你拿出某樣東西，幽王一定會馬上招你為婿的，你為何不拿呢？太過自傲了便白白錯過機會呀，白白浪費了一番工夫呀！」

豐息依舊不語，只是眼色越來越陰沉，最後竟是拂袖而去了。

他離去後，風夕依舊在長椅上躺下，口中喃喃自語，「難得呀，這黑狐狸竟如此生氣，可生氣也不該沖著我發啊，又不干我的事，要知道我可是幫了他不少忙的……」

豐息走進屋子，推開窗，便看著躺在椅上閉目養神、愜意非常的風夕，不由敲敲掛在窗臺上的鳥籠，逗著籠中的碧鸚鵡，輕聲道：「真不值得，你說是不是？真是不值啊。」

第二天，風夕顯然心情十分好，一大早就把韓樸叫起來，「樸兒，快起床，姐姐今天帶你去玩。」

「噢！」本還賴在床上的韓樸馬上蹦出了被窩。

等韓樸洗漱好，風夕便帶著他出門了，顏九泰也跟著他們一起走了。

小院裡靜了片刻，然後豐息啟門而出。

「公子，需不需要準備馬車？」鍾離問他。

「不用，帶上錢就好，上街挑件禮物，以賀純然公主即將到來的大婚慶典。」豐息淡淡地道。

「是。」

鍾氏兄弟伴著豐息出門後，西廂開啟的窗門後，露出鳳棲梧清冷的麗容，看著豐息走出的背影，心頭默然輕嘆。

在幽王都繁華的街市上，風夕牽著韓樸亦在輕聲感嘆，「幽州不愧是六州富庶之首，這些年走過的地方，還真是少有能及得上幽王都之繁華的。」

「姐姐，我們在幽州還要待多久呢？什麼時候走？我們還要去哪裡？」韓樸一邊看著街市上的行人，一邊問道。

顏九泰沉默地站在二人身後。

風夕神色微怔，然後笑道：「樸兒，今天不說這個，今天只管玩。」

儘管她的語氣輕淡，但韓樸卻從她的聲音裡聽出一絲沉重，不由抬頭疑惑地看著她。

「夕兒！」

正在此時，驀然一道有如吟唱般的嗓音傳來，三人頓時循聲望去。

「久微！」風夕一望見那人，頓時飛身撲了過去，一把抱住了那人，大聲歡笑，「久微！你怎麼會在這裡？」

名喚「久微」的人在被風夕抱住的剎那，感覺到有兩道目光射來，不由抬首望去，便見不遠處的街道兩旁，分別立著一黑一白兩位公子。白衣的在與他目光相碰時，淡淡一笑，黑衣的則微微點頭致意。他低頭看了看抱住他的風夕，不由輕輕一笑，真是有眼光啊。

「夕兒，妳快要把我的脖子給勒斷了。」久微扯著風夕抱住他頸脖的手叫道。

「久微，我好久好久都沒見到你了，你都跑到哪兒去了呀？」風夕鬆開手問他。

「我還不就是四處飄蕩著。」久微微笑道。

「我也在四處飄蕩著，我們怎麼就沒在路上碰見呢。」風夕語氣裡頗有些抱怨的意味。一旁，韓樸與顏九泰都吃驚地看著這個叫久微的人，眼中都有些疑惑。他們與風夕相處了一段時日，大概都熟悉了她的性情，雖然看起來言行無忌，與誰都可打成一片，但與人相處時，其實是有著親疏遠近的區別的，而顯然風夕對這個人是不同的，她對他有著純粹的親近與喜歡，這一點上便是與她相識最久的豐息都是及不上的。

韓樸與顏九泰仔細地打量著他，想知道這人有何特別之處，可以讓風夕另眼相看。

久微的年齡約三十左右，身材高瘦，面貌普通，穿著青布衣，長髮在腦後以青帶縛住一束，順著餘下的披垂於肩背，只看外表實在不怎麼出色，可再看第二眼時，卻覺得這人很特別，可特別在哪兒卻不知道，或許在他抬眉啟唇間，又或許在他雙目有意無意的顧盼間，令你覺得他有一種獨特的風韻。這人就是那種第一次看著時並無甚引人注目之處，但第二次見面時，你定能在第一眼就認出他的人。

久微拉著風夕細看一翻，然後輕輕感嘆，「十年重見，依舊秀色照清眸！」

「你也沒怎麼變啊。」風夕也打量著久微。

「姐姐！」韓樸走過去將風夕的手奪回，重新牽在手中，眼睛盯著久微，其意不言而喻。

風夕不以為然，將韓樸推到久微面前，「久微，這是我新收的弟弟韓樸，怎麼樣，很漂亮吧？」然後又敲了敲韓樸的頭，「樸兒，這位是久微，是祈雲落日樓的主人，天下第……嗯，數一數二的大廚師，做的菜非常非常好吃！」

「弟弟？」久微看了一眼韓樸，自然不會錯過那張小臉上的戒備神情，於是笑謔道，「夕兒，我記得妳沒有弟弟、妹妹的，這該不會是妳兒子吧？嗯，我看看，長得還真有幾分像呢。」

風夕顯然被這話給嗆著了，抬手就一拳捶在久微肩上，「認識你這麼多年，我竟然不知道你還有這等『一鳴驚人』的本事。」

「哎喲，我說夕兒妳輕點。」久微揉著肩膀呼痛，「就算是被我說中了，妳也不要心虛得這麼大力啊，要知道我是普通人，經不起妳白風夕一擊的。」

「嘿，誰叫你亂說話。」風夕挑眉斜睨著他，「現在罰你馬上做一桌子菜給我吃，否則本姑娘必定十八般武藝招呼你！」

「唉！」久微撫額長嘆，「能有一次妳見到我不提吃的嗎？我走遍六州，也沒見過第二個比妳還要好吃的女人！」

「哈哈，誰叫我每次見到你，就想到你做的菜。」風夕一手挽住他，一手牽著韓樸，「走啦、走啦，我知道你這傢伙住的地方肯定是最舒服的，我們去你那裡。」

久微離去前回頭一顧，街旁一黑一白兩位公子早已杳無蹤跡。

穿黑的定然是夕兒口中常提起的黑狐狸黑豐息了，那麼穿白的呢？那般出塵風姿、舉世無雙，想來也只那天下第一的玉公子玉無緣才有如此風采吧。

——且試天下（上）完

11 改自李白的〈聽蜀僧濬彈琴〉。
12 引自蘇軾〈行香子〉。
13 引自黃庭堅〈水調歌頭〉。

高寶書版集團
gobooks.com.tw

YE 002
且試天下（上）

作　　者　傾泠月
責任編輯　高如玫
封面設計　林政嘉
內頁排版　賴姵均
企　　劃　鍾惠鈞

發 行 人　朱凱蕾
出　　版　英屬維京群島商高寶國際有限公司台灣分公司
Global Group Holdings, Ltd.
地　　址　台北市內湖區洲子街88號3樓
網　　址　gobooks.com.tw
電　　話　(02) 27992788
電　　郵　readers@gobooks.com.tw（讀者服務部）
傳　　真　出版部　(02) 27990909　行銷部 (02) 27993088
郵政劃撥　19394552
戶　　名　英屬維京群島商高寶國際有限公司台灣分公司
發　　行　英屬維京群島商高寶國際有限公司台灣分公司
初版日期　2022年1月

國家圖書館出版品預行編目(CIP)資料

且試天下（上）/傾泠月著. -- 初版. -- 臺北市：
英屬維京群島商高寶國際有限公司臺灣分公司,
2022.01
面；　公分. --

ISBN 978-986-506-275-0（第1冊：平裝）
ISBN 978-986-506-279-8（全套：平裝）

857.7　　110017616